Es geschah in Berlin 1962

Horst Bosetzky

Berliner Filz

Der 27. Kappe-Fall

Kriminalroman

Jaron Verlag

Horst Bosetzky alias -ky lebt in Berlin und gilt als «Denkmal der deutschen Kriminalliteratur». Mit seiner mehrteiligen Familiensaga (schließend mit «Kartoffelsuppe oder Das Karussell des Lebens», 2012), dokumentarischen Spannungsromanen und biografischen Romanen avancierte er zu einem der erfolgreichsten Autoren der Gegenwart. Daneben verfasste er mehrere Bände für die Krimiserie «Es geschah in Berlin» (zuletzt «Auge um Auge», 2014). 2015 erschienen von ihm unterhaltsame Mittelalter-Geschichten unter dem Titel «Otto mit dem Pfeil im Kopf», 2016 unter dem Titel «Mit Genuss in Taxe, Bahn und Bus» Vergnügliches zum Berliner Nahverkehr.

Originalausgabe
1. Auflage 2016

www.jaron-verlag.de
Umschlaggestaltung: Bauer+Möhring, Berlin
Satz: Prill Partners | producing, Barcelona
Druck und Bindung: CPI books GmbH, Leck

ISBN 978-3-89773-797-6

EINS

ER ZIELTE LANGE und sorgfältig. Nicht auf eine normale Scheibe, wie man sie bei Wettbewerben mit der Luftdruckpistole benutzte, sondern auf ein selbstgebasteltes Ziel, das dem menschlichen Körper nachempfunden war. Der erste Schuss musste sitzen. Mitten ins Herz hinein. Auf seiner Abschussliste standen einige Namen – die von Männern, die ihm gefährlich werden konnten.

Otto Kappe hatte schon seit Jahren Hobbys, wie man Freizeitbeschäftigungen neuerdings nannte, das Kegeln und den Faustball. Der Donnerstagabend war für den Kegelsport reserviert. Gertrud erinnerte ihn beim Abendbrot daran.

«Iss nicht so viel, sonst kommt dir nachher alles wieder hoch, und eure Bahn muss extra wegen dir gesäubert werden!»

«Dann darfst du mir nicht so viel Schokolade zum Naschen aus der Firma mitbringen.» Gertrud arbeitete schon seit Jahren als Kontokorrentbuchhalterin bei Sarotti in Tempelhof.

«Warum gehst du nicht zum Bowling, wo du doch so gerne Bowle trinkst?», fragte sie.

Otto Kappe seufzte. «Weil wir bei uns im Vereinslokal nur eine Bohlebahn haben.»

«Na, dann mal los auf die vorderen Damen!» Gertruds Chef war auch Kegler und hatte ihr den sogenannten Kegelstand aufgezeichnet. Hatte man die Raute mit den neun Kegeln vor Augen, dann war der erste Kegel das Vorderholz und der letzte das Hinterholz. Die Kegel zwei und drei waren die vorderen Damen und die

Kegel sieben und neun die hinteren Damen. Zwischen ihnen stand der König, und die Kegel ganz außen waren die Bauern.

Otto stand auf und küsste seine Frau. «Du bist und bleibst für mich immer die vorderste Dame!»

Pünktlich um halb acht traf man sich in einem Lokal in der Bismarckstraße. Nach kurzer Begrüßung ging es hinunter in den Keller, wo die Kegelbahn aufgebaut war. Noch immer gab es keine automatische Kegelaufstellanlage. Die war dem Wirt zu teuer. Lieber bezahlte er weiterhin einen Kegeljungen. Peter Kappe, Ottos Sohn, hatte sich auf diese Weise sein erstes Taschengeld verdient.

Los ging es. Man spielte in die Vollen, das heißt, es gab kein Abräumen, sondern es wurden alle Kegel, die ein Spieler beim ersten Wurf getroffen hatte, für den nächsten Versuch wieder aufgestellt. Jubel brandete immer dann auf, wenn «Alle Neune!» geschrien wurde oder aber – falls die Kugel in der sogenannten Fehlwurfrinne landete – «Wieder eine Ratte!».

Heute Abend hieß der Rattenkönig Otto Kappe. Er hatte zu oft zu viel riskiert. Wollte man nämlich alle neun Kegel beim ersten Wurf umwerfen, musste man die Kugel mit Drall und schräg oben ankommen lassen, und das ging manchmal schief, obwohl die Bahn gekehlt war. Von der Aufsatzstelle der Kugel bis zum Vorderholz waren es immerhin über zwanzig Meter. Otto Kappe nahm den Titel des Rattenkönigs gelassen hin, obwohl alle spotteten, dass er auf dem Schießstand der Polizei das Zielen doch eigentlich hätte gelernt haben müssen.

Nach Hause ging er zusammen mit Herrn Dr.-Ing. Eduard Dankert. Der kam natürlich sofort auf seinen Beruf zu sprechen. «Na, wieder 'n Mörder zur Strecke gebracht, Herr Kommissar?»

Otto Kappe lachte. «Nein. Wo kein Ermordeter ist, kann es auch keinen Mörder geben.»

«Gestern hätte ich fast gedacht, wir haben was für dich», sagte Eddie, der zurzeit mithalf, die Stadtautobahn Richtung Norden zu verlängern. «Bei der Ausfahrt Spandauer Damm meinten wir, wir hätten einen Toten gefunden, doch es war nur eine alte

Schaufensterpuppe, die jemand auf die Baustelle geworfen hatte. Aber ich habe neulich einen amerikanischen Krimi gelesen, darin lässt der Boss einen Arbeiter, der seine krummen Machenschaften anzeigen will, erschießen und im Fundament eines Hauses einbetonieren. Derlei könnte hier auch mal passieren, so mafiös, wie es in der Baubranche zugeht.»

«Danke für die Warnung!»

Im Jahre eins n. M., das heißt nach dem Mauerbau, hatten es viele West-Berliner noch schwer, sich mit der neuen Situation abzufinden. Wohin man auch fuhr oder ging, früher oder später stieß man auf die «Schandmauer» oder zumindest auf einen schwerbewachten Grenzzaun mit Todesstreifen und Beobachtungsturm.

Froh über den Mauerbau waren aber etliche «Republikflüchtlinge», denn nun war klar, dass der Ostblock es aufgegeben hatte, West-Berlin zu schlucken oder, wie das Chruschtschow-Ultimatum von 1958 hatte befürchten lassen, zur «politisch selbständigen Einheit WB» zu machen. Hatten die Ex-DDR-Bürger vordem noch die Einnahme West-Berlins durch die Nationale Volksarmee gewärtigen müssen und sich selbst schon in Bautzen gesehen, so durften sie nun aufatmen. So auch Lothar Laukisch.

Ein Journalist des *Telegraf* hatte jetzt schon zwei Stunden lang mit Laukisch geredet und seinen Notizblock vollgeschrieben. «Ich fasse noch einmal zusammen ... Sie sind am 27. April 1929 in Berlin-Lichtenberg als Lothar Tandler auf die Welt gekommen und haben in der Sowjetischen Besatzungszone und später der DDR als Journalist für verschiedene Blätter und das Fernsehen gearbeitet. Sie betätigten sich aber nicht nur offiziell für die *Wochenpost* und die Adlershofer, sondern auch im Geheimen für den UFJ, den Untersuchungsausschuss Freiheitlicher Juristen, und den Rundfunk im amerikanischen Sektor, kurz RIAS. Die Stasi ist dahintergekommen, und Sie haben eine schreckliche Zeit in Bautzen verbracht. Nachdem Sie entlassen wurden, gingen Sie nach West-Berlin, dort heirateten Sie 1956 die Blumenhändlerin

Uta Laukisch und nahmen deren Nachnamen an, um Bautzen und die DDR zu vergessen. Dann hat sich Ihre Frau von Ihnen getrennt, und Sie erkrankten …»

Laukisch nickte. «Das stimmt alles.» Als Uta sich von ihm getrennt hatte, weil es mit ihm nicht mehr auszuhalten war und er immer neue psychotische Schübe bekam, wurde er im September 1961 in die Karl-Bonhoeffer-Heilstätten eingeliefert. Er hörte Stimmen, die ihm sagten, er solle alle Menschen umbringen, denn *alle Menschen sind schlecht, alle Menschen sind Verbrecher und müssen ausgerottet werden – durch dich!*

«Im Februar 1962 wurden Sie entlassen, inzwischen leben sie als Sportjournalist in der Boppstraße nahe dem Kottbusser Damm.»

«Genau so ist es, am sogenannten Zickenplatz.» Er kam aber nicht von seiner geschiedenen Frau los. Die wohnte jetzt bei ihrem neuen Lebensgefährten in Hermsdorf, in der Frohnauer Straße. Oft strich er dort herum.

«Sie sollen im Jahre 1956 auf einen Mann geschossen haben, den Sie für einen Stasi-Mitarbeiter hielten», fuhr der Mann vom *Telegraf* fort. «Das Verfahren ist aber eingestellt worden.»

«In der Tat.» Das war lange her, und Lothar Laukisch sprach nicht gern darüber, auch musste er dem Zeitungsmann nicht unbedingt auf die Nase binden, dass er ständig eine alte Wehrmachtspistole bei sich trug, eine Mauser C96, denn auf seiner Abschussliste standen etliche Namen. Konrad Habedank hatte er ganz besonders auf dem Kieker. Immer wieder gingen seine Gedanken in die Jahre 1954 und 1961 zurück …

Wer 1954 durch die Fruchtstraße, die spätere Straße der Pariser Kommune, ging, sah, dass der Krieg von deren Häusern nicht viel übrig gelassen hatte. Die Fruchtstraße nahm ihren Anfang am Ufer der Spree, unterquerte am Ostbahnhof die Gleise der Stadtbahn und lief über die Stalinallee hinweg zum Friedhof der Parochial- und St.-Petri-Gemeinde hinauf, wo sie in die Friedenstraße überging. Die Trümmer waren weithin abgeräumt worden, und in Bälde würden hier DDR-typische Plattenbauten emporwachsen. Am Franz-Mehring-Platz, wo früher im Gebäude eines alten Bahnhofs das «Varieté Plaza» Tausende angelockt hatte, sollte einmal das *Neue Deutschland*, die größte Tageszeitung der DDR, ihren Sitz haben. Nur vor der Kreuzung mit der Stalinallee waren einige Altbauten stehen geblieben, und in einem dieser Häuser wohnte Lothar Laukisch mit seiner Freundin Gisela, die bei der HO eine Filiale für Industriewaren leitete und SED-Mitglied war.

Natürlich hörte er beim Frühstück den RIAS. Schon deshalb, um mitzubekommen, was er selbst dem Sender aus den einzelnen Bezirken Ost-Berlins zugetragen hatte. Zumeist ging es um Versorgungsengpässe und die Festnahme von Regimegegnern.

«Muss das schon wieder sein!», rief Gisela, als sie in die Küche kam, und drehte so lange an der Skala, bis sie einen DDR-Sender gefunden hatte.

Er wählte seine übliche Verteidigungsstrategie. «Ich muss doch wissen, was der Klassenfeind über uns denkt!»

Sie tippte sich gegen die Stirn. «Ja, denkste!»

Noch war ihre Liebe stärker als die ideologischen Gegensätze. Er wäre am liebsten in den Westen gegangen, sie wollte am Aufbau des Sozialismus teilhaben und träumte von einem Sitz in der Volkskammer.

«Fährst du heute wieder zum Recherchieren nach West-Berlin rüber?», fragte sie. Das klang harmlos, aber sie ahnte schon lange, dass er sich nicht mit einem alten Schulfreund traf, um den über Skandale beim Senat auszuhorchen, sondern mit einem Mann vom Untersuchungsausschuss Freiheitlicher Juristen.

«Ja, ich wollte mit Peter essen gehen.» Der war Senatsrat beim Innensenator am Fehrbelliner Platz.

Sie lachte. «Na, solange der Peter keine Petra ist – oder der Heinz Petruo.» Das war ein Sprecher beim RIAS.

Nun wurde ihm der Boden langsam doch zu heiß. «Du, ich muss los!»

Von der Fruchtstraße aus war seine Arbeitsstelle in Adlershof auch ohne Wartburg leicht zu erreichen: Er brauchte nur zum Ostbahnhof zu laufen und sich in die S-Bahn zu setzen. Im Juni 1950 hatten sie in Adlershof mit dem Bau des Fernsehzentrums Berlin begonnen, und am 21. Dezember 1952, dem 74. Geburtstag Stalins, war das «öffentliche Versuchsprogramm» des Deutschen Fernsehfunks (DFF) mit zwei Stunden Sendezeit täglich gestartet worden. Zwei Jahre später war Lothar Laukisch zur Nachrichtenredaktion gekommen.

Da er Englisch, Französisch und Spanisch sprach, gehörte es zu seinen Aufgaben, die Presse der USA, Großbritanniens, Frankreichs, Spaniens und verschiedener kleinerer Staaten hinsichtlich ihrer Berichterstattung über die DDR auszuwerten.

Daneben blieb ihm genügend Zeit, sich umzusehen und umzuhören. Als er ein Papier über die Einführung einer einjährigen Arbeitsdienstpflicht für Studienbewerber aus dem Funkhaus schmuggeln wollte, erwischte ihn ein Kollege, der Zuträger der Stasi war. Damit nahm das Drama seinen Lauf. Erst kam er in das Untersuchungsgefängnis des Ministeriums für Staatssicherheit in Hohenschönhausen, dann, nach seiner Verurteilung zu achtzehn Monaten Haft, nach Bautzen.

Nachts brachten sie ihn in einem verschlossenen Kleintransporter in die Oberlausitz.

«Tandler, Sie haben Ihren Namen ab heute zu vergessen! Sie sind 44/57, basta! Über sich und Ihr Urteil dürfen Sie mit keinem anderen sprechen, klar?»

«Ja.»

Tag für Tag Gitterstäbe vor den bis auf einen kleinen Schlitz zugemauerten Fenstern, Stacheldraht und stählerne Türen. In der Zelle eine Holzpritsche mit einer dünnen Decke. Täglich musste er Demütigungen ertragen. Das Essen, dieser Fraß, war eine zusätzliche Strafe. Zum klitschigen Graubrot gab es ein paar Gramm Margarine, dazu jeden zweiten Tag eine Scheibe Leber- oder Blutwurst, immer von der gleichen Sorte. Die Suppe war besseres Abwaschwasser.

«44/57, singen Sie die Nationalhymne!»

«Jawoll, Genosse Wachtmeister!» Dass der Mann, der ihn ständig quälte, Konrad Habedank hieß, hatte er schon herausbekommen. Zu recherchieren war schließlich sein Beruf. Nach einer kleinen Pause begann er zu singen: «*Einigkeit und Recht und Freiheit / für das deutsche Vaterland! / Danach lasst uns alle streben / brüderlich mit Herz und Hand!*»

«*Unsere* Hymne, Mensch!»

«Das ist doch *unsere* ...»

Daraufhin wanderte er in eine besondere Zelle für den verschärften Arrest, die nicht beheizbar war. An der Decke baumelte eine nackte Vierzig-Watt-Glühlampe, die aber nur alle halbe Stunde kurz eingeschaltet wurde – wenn die Aufseher durch den Spion in die Zelle sahen. Einen Monat lang blieb er dort.

Obwohl die schreckliche Zeit in Bautzen bereits Jahre zurücklag und er längst im Westen lebte, wurde Lothar Laukisch 1961 in die Karl-Bonhoeffer-Nervenklinik eingeliefert, in «Bonnies Ranch», wie sie im Berliner Volksmund hieß. Er war ein gebrochener und schwer traumatisierter Mann.

«Sie waren bei der Wehrmacht, Herr Schultz?», fragte er einen Mitinsassen.

«Ja, als General.»

«Gestern erzählten Sie, Sie seien nur Gefreiter gewesen.»

Sein Zimmernachbar war mit der ungewissen Diagnose Schizophrenie eingeliefert worden und hörte, obwohl im Raum absolute Stille herrschte, ein pausenloses Flüstern, Sprechen, Wehen, Rasseln und Läuten, schließlich auch ein Donnern und Schießen. «Das kommt alles aus der Hölle», versicherte er den Ärzten.

Im Nebenzimmer litt ein Mann unter der Krankheit, die von den Psychiatern Katalepsie genannt wurde. Eine Stunde lang stand er jeden Tag auf den Zehenspitzen des rechten Fußes am Fenster und hielt das andere Bein wie ein Hürdenläufer mit der Hand waagerecht in die Höhe.

«Ich will raus hier!», schrie Lothar Laukisch nach einiger Zeit. «Sonst werde ich noch völlig verrückt!»

Aber man ließ ihn noch lange nicht gehen.

Hermsdorf war ein Ortsteil des West-Berliner Bezirks Reinickendorf und zählte im Jahre nach dem Mauerbau über 15 000 Einwohner. Seine wichtigsten Straßen waren im Westen der Hermsdorfer Damm, der es mit Tegel verband, der Falkentaler Steig, über den man ins Dominikus-Krankenhaus gelangte, die Burgfrauenstraße und die Heinsestraße mit Einkaufszentrum und S-Bahnhof. Ebenso wie durch die S-Bahn-Trasse wurde Hermsdorf vom Tegeler Fließ durchschnitten, das sich hier zu einem kleinen See ausweitete. Hermsdorf hatte eine weit zurückreichende Geschichte. Ende des elften Jahrhunderts war es als slawische Siedlung entstanden, später von den Deutschen übernommen und erstmals 1349 als *Hermanstorp* urkundlich erwähnt worden. Max Beckmann und Erich Kästner hatten in Hermsdorf gelebt.

Und nun, 1962, wohnte hier offenbar auch der Bauunternehmer Konrad Habedank, wie Lothar Laukisch einem Artikel des *Tagesspiegel* entnommen hatte. Das war der Anstoß für Laukisch gewesen. Seitdem streifte er durch Hermsdorf, um die Adresse Habedanks herauszufinden. Er wollte ihn niederschießen, aus Rache für das, was der ihm in Bautzen angetan hatte. *Die Rache ist mein; ich will vergelten.*

Irgendwo hier musste das Schwein doch wohnen, verdammt noch mal! Laukisch war nicht mit der S-Bahn gekommen, denn die war nach dem Boykottaufruf vom August 1961 noch immer ziemlich leer. Deshalb hatte er Angst gehabt aufzufallen und war mit dem 25er Bus aus Tegel gefahren. An der Kreuzung Falkentaler Steig, Hermsdorfer Damm und Heinsestraße war er ausgestiegen, und nun durchkämmte er vom Bahnhofsvorplatz aus systematisch das Schachbrettmuster der in Richtung Südwest abgehenden Straßen: der Fellbacher Straße, bis vor Kurzem noch Kaiserstraße genannt, der Heidenheimer, der Schramberger, der Backnanger

Straße und wie sie alle hießen. Meist gaben ihm die Namensschilder Auskunft, die neben den Klingelknöpfen angebracht waren, manchmal erfuhr er auch nur die Initialen der Mieter und Hausbesitzer. Nach Konrad Habedank zu fragen, wagte er nicht. Nur keine Spuren hinterlassen! Dass Habedank in dieser Gegend von Hermsdorf wohnte, wusste er, seit er einmal in einer Taxe einem von Habedanks Firmenwagen gefolgt war. Leider hatte er den wegen einer roten Ampel aus den Augen verloren. Heute aber musste es klappen!

ZWEI

«HIER KAPPE.»

«Hermann Kappe! Ich dachte, man habe Sie längst in Pension geschickt.»

«Nein, ich bin Otto Kappe, sein Neffe.»

Anrufe wie diesen gab es noch immer, obwohl Hermann Kappe schon vor acht Jahren pensioniert worden war, und Otto Kappe hatte sie langsam satt. Bei aller Wertschätzung für seinen Onkel – dass der im Nachhinein zu einem zweiten Ernst Gennat hochstilisiert wurde, ging ihm gewaltig gegen den Strich. Nun lasst mal bitte die Kirche im Dorf!

Manche hielten ihn auch für Hermann Kappes Sohn. So entspann sich kürzlich folgender Dialog: «Ah, der Hartmut Kappe!» – «Nein, Otto Kappe, sein Cousin.» – «Ich dachte schon, Sie sind auch aus der DDR getürmt.» – «Nein, der Hartmut ist weiterhin bei der Kripo Ost.»

Nicht genug damit, dass er andauernd gegen den Schatten seines Onkels ankämpfen musste, sie hatten ihm auch noch den Enkel des ebenso legendären Gustav Galgenberg als Assistenten zugeordnet, Hans-Gert Galgenberg. Da kam er gerade zur Tür herein, so stattlich von Gestalt, dass er im American Football eine Chance gehabt hätte, wenn es den Amerikanern denn gelungen wäre, diese Sportart in West-Berlin zu etablieren. Gegen den Fußball hatte jedoch keine andere Ballsportart eine Chance, selbst im amerikanischen Sektor nicht. Freilich war West-Berlin nicht gerade mit Spitzenvereinen gesegnet. Als Charlottenburger schwärmte Otto Kappe für Tennis Borussia, während es Galgenberg eher mit Tasmania 1900 hielt. Die Meisterschaft in der eingemauerten Frontstadt wurde in einer Liga aus zehn Vereinen ermittelt, die in drei Runden jeweils neun Spiele austrugen. Die Vereine waren Tasmania 1900, Hertha BSC, Tennis Borussia, der Spandauer SV, der BSV 92, Südring, Hertha Zehlendorf, Wacker 04, Viktoria 89 und Union 06. Galgenberg konnte die Namen der wichtigsten Tas-Spieler im Schlaf aufsagen: Posinski im Tor, in der Verteidigung Bäsler und Talaszus, die Läufer Becker und Peschke, im Sturm Neumann, Engler, Rosenfeldt und Fiebach. Otto Kappe kannte nur die herausragenden Spieler von Tennis Borussia und Hertha BSC: bei den «Charlottenburger Veilchen» Hans Eder und Wolfgang Seeger und bei den Blau-Weißen vom Gesundbrunnen, der «Plumpe», Hans-Günter Schimöller und Helmut Faeder. Im Augenblick lief alles auf einen Zweikampf zwischen Hertha und Tas hinaus.

Die nächste Viertelstunde verbrachten beide damit, in unterschiedlichen Teilen ihrer *Berliner Morgenpost* zu blättern. Otto Kappe stand der CDU nahe, und so kam für ihn der sozialdemokratische *Telegraf*, den sein Onkel früher so geliebt hatte, nicht in Frage.

Viel Weltbewegendes gab es nicht zu lesen. Im Gaswerk Mariendorf hatte es einen Feueralarm gegeben. Ein sogenannter Ausgleichstank war in Brand geraten, das Feuer konnte aber bald wieder gelöscht werden, obwohl sich die Feuerwehrleute wie auf einem Pulverfass gefühlt hatten.

Etwas anderes interessierte Otto Kappe mehr, und laut las er vor: «*Die Polizei warnt alle Berliner Leute vor einem Trickbetrüger.* Der gibt sich als Nachbar aus und borgt sich Geld.»

«*Berliner Leute*», wiederholte Galgenberg. «Was ist denn das für 'n Deutsch! Bin ich also kein Mensch, bin ich ein Leut?»

«Im Jiddischen sind's die Leit, also …»

«Hier», rief Galgenberg, «das ist doch was für uns! *Machtkämpfe der Mafia forderten 200 Todesopfer. Italien sagt diesen Verbrechern den Kampf an.* Also auf nach Italien, mithelfen!»

«Nicht nötig, wir haben doch schon die Baumafia bei uns –

und die wird bald so richtig loslegen.» Otto Kappe war schon an einem anderen Artikel hängengeblieben. «*Mit Schierling vergiftet.*»

«Klar, der Sokrates.»

«Nein, ein achtjähriger Junge aus Altglienicke.»

Das war tragisch, und sie schwiegen eine Weile.

Auf der Seite dreizehn wurde über die große Politik berichtet. Der Aufmacher galt der Verhaftung des ehemaligen Vizepräsidenten Jugoslawiens. *Milovan Djilas: Ich mußte die Wahrheit sagen.* Grund waren die Veröffentlichung seines Buches *Gespräche mit Stalin* und seine Enthüllungen im Zusammenhang mit dem Albanien-Problem. Daneben zeigte ein Foto, wie die persische Kaiserin Farah und Jackie Kennedy vom New Yorker Flughafen zum Weißen Haus fuhren. Wichtiger fand Otto Kappe einen kleinen Artikel links unten mit der Überschrift *Stikker: Keine Lösung für Berlin in Sicht.* Dirk Stikker war der Nato-Generalsekretär.

«Na endlich!», rief Galgenberg. «*Erste deutsche Rakete 1965 – Im Juni 1965 wird die erste deutsche Raumforschungsrakete auf einem australischen Versuchsplatz abgeliefert. Das teilte gestern Bundesatomminister Balke in Bad Godesberg mit.*»

«Da haben sie sicherlich eine alte V2 gefunden», murmelte Otto Kappe.

«*Bundestag billigt Rekordhaushalt!*», tönte Hans-Gert Galgenberg weiter. «*Parteien: Ausgabenflut muss eingedämmt werden.* 53,4 Milliarden D-Mark!»

Otto Kappe kommentierte das mit einer Überschrift aus der Lebensmittelreklame: «*Mit dem Pfennig rechnen!* Bei Bolle kostet die Tafel Schweizer Schokolade nur eine Mark und Marzipan-Eier pro 200 Gramm 95 Pfennige. Ja, es ostert sehr.»

Was gab es sonst noch Neues? Vier Männer hatten in Schöneberg ein Auto gestohlen und waren nach einer wilden Verfolgungsjagd, an der sich mehrere West-Berliner Funkwagen beteiligt hatten, am Kontrollpunkt Heerstraße gegen einen Schlagbaum geprallt. Ein sowjetischer Hubschrauberpilot hatte die Orientierung verloren und war im westlichen Staaken gelandet. Und genau vor der Gedächtniskirche hatte ein Pony, das vor einen Lumpenwagen gespannt war, ein gesundes Fohlen zur Welt gebracht. Bis zur Fußballweltmeisterschaft in Chile waren es noch 47 Tage, und die deutsche Mannschaft hatte in einem Vorbereitungsspiel Uruguay mit 3:0 geschlagen. Das Wetter: sonnig, plus sechzehn Grad. Der Fernsehabend versprach einigen Spaß, denn es gab *Die Familie Hesselbach.*

Das Telefon riss sie ins Berufsleben zurück. Otto Kappe nahm regelrecht Haltung an, denn es war ihr Vorgesetzter.

«Kappe, in Hermsdorf draußen, in der Fellbacher Straße, der früheren Kaiserstraße, gleich am Bahnhof, ist auf einen Mann geschossen worden. Der Kollege Mannhardt sollte das übernehmen, aber der ist krank geworden, nun machen Sie und der Galgenberg das mal!»

«Selbstverständlich.»

Otto Kappe besorgte sich das vorliegende Material, dann machten sie sich in seinem VW Käfer auf den Weg. Bald kamen sie auf die Entlastungsstraße, die man in West-Berlin mit einer Länge von 1,2 Kilometern in nur 44 Tagen angelegt hatte, da man nach dem Mauerbau ja nicht mehr durch Ost-Berlin fahren konnte. Der Bezirk Mitte, der zum sowjetischen Sektor gehörte, ragte wie ein Keil weit nach West-Berlin hinein und zwang einen zu erheblichen Umwegen, wollte man zum Beispiel von Neukölln nach Tegel.

Obwohl die Notwendigkeit der Entlastungsstraße unumstritten war, meckerten viele West-Berliner, so auch Galgenberg. «Ich kann mich immer noch nicht damit abfinden, dass diese blöde Straße unseren schönen Tiergarten in zwei Teile zerschneidet!»

«Beschwer dich bei Walter Ulbricht!», erwiderte Otto Kappe und fügte mit der Fistelstimme des Sachsen hinzu: «Niemand hat die Absicht, eine Mauer zu errichten.»

Sie kamen in den Wedding und damit vom britischen in den französischen Sektor. Es ging die ewig lange Müllerstraße hinunter. Endlich hatten sie den Kurt-Schumacher-Platz erreicht. Nun waren die Scharnweber- und die Seidelstraße zu bewältigen.

«Wer war Scharnweber?», fragte Otto Kappe, der manchmal etwas von einem Oberlehrer an sich hatte.

Galgenberg lachte auf. «Keine Ahnung. Und dass ich das nicht weiß, hat mich auch nie sonderlich gestört.»

Otto Kappe ließ sich nicht beirren. «Scharnweber war Jurist und Geheimer Regierungsrat, der sich insbesondere für den Straßenbau im Niederbarnim eingesetzt hat.»

«Ich hätte eher gedacht, dass der den Knast hier in Tegel gebaut hat», sagte Galgenberg, als der rote Backsteinkomplex des Strafgefängnisses links vor ihnen auftauchte.

Otto Kappe lachte. «Nee, das war der nicht. Außerdem sind wir hier schon auf der Seidelstraße. Ich weiß nur, dass der Hauptmann von Köpenick und Carl von Ossietzky hier einmal eingesessen haben.»

«Und wie vielen Mördern und Totschlägern haben die Kappes, also du und dein Onkel, schon einen Aufenthalt in Tegel verschafft?»

«Keine Ahnung. Aber ein paar Dutzend waren es allemal.»

Bald erreichten sie das Dominikus-Krankenhaus, wo sie sich zu Hans-Peter Habedank durchfragten, zu dem Mann, auf den in der Fellbacher Straße geschossen worden war. Eine Kugel war in dessen rechtem Oberschenkel stecken geblieben, eine andere hatte seine Brust auf Höhe des Herzens gestreift.

«Ich hätte auch tot sein können», stellte Habedank fest.

Galgenberg lachte. «Genügend Trefferfläche haben Sie dem Täter ja geboten.»

Das bezog sich darauf, dass Habedank ein kugelrundes Männchen war, Lehrer für Chemie und Physik an einem Tegeler Gymnasium.

«Ihr Beruf legt folgende Arbeitshypothese nahe», begann Otto Kappe das Gespräch in einer betont gehobenen Ausdrucksweise. «Haben Sie vielleicht einmal einen Ihrer Schüler mit einer Fünf bedacht, der sich dadurch ungerecht behandelt fühlte?»

«Darüber denke ich auch schon die ganze Zeit nach», bekannte Habedank. «Aber mir ist niemand eingefallen.»

«Haben Sie vielleicht irgendwelche Neider?», wollte Galgenberg wissen.

Der Oberstudienrat überlegte nicht lange. «Nun, wenn ich jemanden beim Schach besiege, wird er nicht gleich auf mich schießen.»

Nach zehn Minuten hatte Otto Kappe eingesehen, dass es keinen Sinn hatte, weiterhin mit der Stange im Nebel zu stochern. Immer mehr ging er davon aus, dass es sich hier um keinen gezielten Anschlag handelte, sondern Habedank das zufällige Opfer eines Geisteskranken geworden war. Von denen gab es schließlich etliche. Damit war das Programm der nächsten Stunden umrissen.

«Wir werden uns in der Fellbacher Straße einmal umhören, ob ein Verdächtiger beobachtet worden ist, und dann bei allen psychiatrischen Kliniken anrufen.»

Hermann Kappe verfluchte Gottes Schöpfung. Was blieb ihm mit seinen 74 Jahren noch anderes, als auf die nächste Krankheit, das Altersheim und den Tod zu warten? Noch immer kam er mit dem Ruhestand überhaupt nicht klar. Und seine Frau nicht mit ihm.

«Leg dir doch endlich ein Hobby zu, das deine Zeit ausfüllt!», mahnte sie ihn immer wieder.

«Was denn? Mein einziges Hobby war die Verbrecherjagd!» Jetzt konnte er nur noch die Mehlmotten in der Küche jagen.

Klara hatte eine Reihe von Vorschlägen. «Tu das, was andere Männer nach der Pensionierung auch tun! Die sammeln Briefmarken oder basteln den ganzen Tag an ihrer Modellbahn herum und freuen sich darüber, dass ihre Züge immer im Kreis fahren.»

«Soll ich also auch einen fahren lassen?»

«Wehe! Du weißt, wie geruchsempfindlich ich bin.»

«Eben.»

«Oder sieh zu, dass wir irgendwo in einer Kleingartenkolonie ein Stück Land pachten – dann kannst du den ganzen Tag Rasen mähen und Hecken beschneiden.»

«Ja, wie hat Gustav Galgenberg immer gesagt? Wer Gott vertraut und Bretter klaut, der hat 'ne schöne Laube.» Der alte Weggenosse fehlte ihm mächtig. «Nun ist er leider schon eine Weile tot.»

«So hat er wenigstens den Mauerbau nicht miterleben müssen», sagte Klara.

Hermann Kappe wandte sich wieder der Zeitung zu, die er jeden Morgen zu lesen pflegte. Auf der Seite sechzehn erfreute ihn eine junge Dame im Turnanzug. *Turne dich schlank mit Debbie Drake.* Das erinnerte ihn an John Drake. *Geheimauftrag für John Drake* hieß die TV-Serie, die er gerne sah. So wie Patrick McGoohan, der Held der Serie, hätte er früher auch gern einmal ausgesehen. Fast eine ganze Seite hatten sie dem Eislaufen gewidmet. *Sonja Henies Triumph in Hollywood* lautete die Überschrift. Er blätterte weiter, denn er hatte die Norwegerin nie gemocht, auch wenn sie dreimal bei den Olympischen Winterspielen eine Goldmedaille gewonnen hatte.

«Was gibt's denn Neues?», wollte Klara wissen.

«*Jetzt nach Spanien – Ferien an der Costa Brava.*»

«Das sollten wir auch mal machen.»

«Mir wäre Wendisch Rietz lieber», brummte Hermann Kappe. «Hier, das wäre doch was für uns: *Privatzimmer melden! – Der diesjährige Osterverkehr dürfte alle Rekorde schlagen. Um für den Fall der Fälle eine Reserve zu haben, wendet sich das Verkehrsamt an die Berliner: Melden Sie bitte geeignete Ein- und Zweibettzimmer!* Wir können doch die Kammer ausräumen, ein Bett reinstellen und uns ein paar Pfennige dazuverdienen. Vielleicht kommen interessante Leute.»

«Ja, vielleicht Debbie Drake persönlich. Nur über meine Leiche!»

«Warum nicht, ich habe schon lange keine mehr gesehen.»

«Hör auf!» Sie warf eine zusammengeknüllte Serviette nach ihm.

«Oh», rief Hermann Kappe, «das wird Otto weniger freuen: *Selbstmordversuch in der Zelle.*» Im Polizeigefängnis in der Gothaer

Straße hatte sich ein 21-Jähriger, der an einem brutalen Überfall auf eine Tabakwarenhändlerin beteiligt gewesen war, das Leben nehmen wollen. Mit einer Scherbe hatte er sich die Pulsadern aufgeschnitten.

«Gibt's nicht auch was Erfreuliches?», fragte Klara.

«Sicher: *Adenauer wieder in Cadenabbia.*» Noch immer war der Mann Bundeskanzler. «Drei Raubüberfälle in Schöneberg. Na, das ist ja auch nicht sonderlich erfreulich.»

«Was gibt's denn abends im Fernsehen?»

«Im ersten Programm *Wallenstein* mit Wilhelm Borchert in der Titelrolle.»

«Und im zweiten Programm?»

«Um Viertel nach acht *Panorama.*»

«O Gott, da zählen sie auch nur wieder alles auf, was angeblich mies ist bei uns!»

Der Sportteil war auch nicht gerade aufregend. Bei der Deutschland-Rundfahrt war Hennes Junkermann in der Rhön geschlagen worden. Hertha BSC hatte im Qualifikationsspiel nach einem 1:1 gegen den 1.FC Kaiserslautern die Intertoto-Runde verpasst, weil das Los für die Pfälzer entschieden hatte.

Nach dem Frühstück ging Hermann Kappe erst einmal spazieren. Er empfand seine Wohnung zunehmend als Gefängnis. Gott sei Dank war er noch gut zu Fuß. Viele seiner Altersgenossen saßen schon im Rollstuhl oder gingen zumindest am Stock. Seine Route war immer dieselbe. Ein paar hundert Meter ging er, nachdem er aus dem Haus getreten war, die Wartburgstraße entlang, dann bog er ab in die Berchtesgadener Straße. Schon allein der Straßenname löste angenehme Gedanken in ihm aus: an den Watzmann, den Königssee. Klara liebte das Meer, er die Berge. Den nächsten Urlaub wollten sie in Berchtesgaden verbringen.

Er kam auf die Grunewaldstraße und ging Richtung Bayerischer Platz. Ein ziemlich leerer Zug der Linie 3 ratterte an ihm vorbei. Die Straßenbahn wollten sie in West-Berlin völlig abschaffen, um eine autogerechte Stadt zu schaffen. Je näher er dem Bayerischen Platz kam, an desto mehr frei geräumten Trümmergrundstücken ging er vorbei. Zwischendurch erblickte er auch einige kastenförmige Neubauten. «Berlin baut auf!», so hatte es gleich nach dem Krieg geheißen. Am Bayerischen Platz standen die prunkvollen alten Mietshäuser nur noch auf der westlichen Seite. Gott, musste das vor dem Krieg hier schön ausgesehen haben! Er stieg zur U-Bahn hinunter. Nicht um zum Innsbrucker Platz zu fahren, sondern nur, um die herrliche Architektur zu genießen. 1910 war der Bahnhof eröffnet worden. In diesem Jahr war er aus Wendisch Rietz nach Berlin gekommen. Er konnte sich noch genau an diesen Tag erinnern. Damals war Schöneberg noch eine selbstständige Gemeinde gewesen, viel wohlhabender als Berlin. Ein halbes Jahrhundert war das nun schon her. Unfassbar!

Er stieg wieder ans Tageslicht hinauf und lief nun die Innsbrucker Straße Richtung Süden entlang, immer auf dem Rücken der U-Bahn sozusagen. Er hatte noch die Fotos im Gedächtnis, auf denen die Tunneldecke von Bomben weggesprengt worden war und es deshalb so aussah, als würden die gelben Züge in einer Rinne fahren. Er kreuzte erst die heimatliche Wartburg-, dann die Badensche Straße, wo er einen Doppeldeckerbus vorüberlassen musste. Es war der 4er zum Brixplatz im noblen Westend. Vor ihm erstreckte sich nun in einer alten eiszeitlichen Rinne der Wilmersdorfer Volkspark. Die U-Bahn wurde auf einer Art Brücke über diese Mulde hinweggeführt, und unter dieser Brücke lag der U-Bahnhof Rathaus Schöneberg, der bis 1951 den Namen Stadtpark getragen hatte. Hermann Kappe spazierte jetzt auf breiten Parkwegen. Obwohl ihm das als hochgradig albern erschien, hielt er ständig nach einer Leiche im Gebüsch Ausschau. Die Kommentare in den Zeitungen wären großartig gewesen: *Seine Spürnase ließ ihn auch viele Jahre nach der Pensionierung nicht im Stich.*

Er überquerte die ehemalige Kaiserallee, nun in Bundesallee umbenannt. Die kannte er schon aus Kästners *Emil und die Detektive.* Vielleicht war es Kästner gewesen, der in ihm früh den Wunsch geweckt hatte, einmal zur Kripo zu gehen. Am Fußballplatz, kurz vor der Blissestraße, machte er halt, um den Spielern des 1. FC Wilmersdorf einen Augenblick lang zuzusehen. Dabei versuchte er sich daran zu erinnern, ob er in seiner Zeit bei Viktoria 89 einmal hier gespielt hatte, vor dem Ersten Weltkrieg noch oder während des Kriegs. Es fiel ihm nicht mehr ein. Jedes Spiel dauerte neunzig Minuten, dann wurde abgepfiffen. Betrachtete er sein Leben, dann war jetzt vielleicht schon die 86. Minute angebrochen, aber niemand kannte ja Tag noch Stunde.

Er schlenderte jetzt auf der südlichen Seite des Parks entlang und kam an der Kufsteiner Straße dicht am RIAS vorbei, einer der heiligen Kühe der West-Berliner. Seine Sendungen waren ein unverzichtbarer Bestandteil des Lebens geworden, ob es nun montags die *Schlager der Woche* waren oder die legendäre Krimireihe *Es geschah in Berlin* von Werner Brink. Es war ein Ritual, jeden Sonntag um Viertel vor elf Friedrich Luft mit seiner *Stimme der Kritik* und anschließend das Geläut der Freiheitsglocke zu hören. Aber auch andere Sendungen bestimmten den Alltag, so *Berlin spricht zur Zone, Damals war's, Geschichten aus dem alten Berlin, Die Rückblende, Kutte kennt sich aus, Onkel Tobias, Wer fragt, gewinnt* mit Hans Rosenthal, *Wo uns der Schuh drückt* mit dem jeweiligen Regierenden Bürgermeister und natürlich *Die Insulaner*. Deren Lieder hatte er ständig im Ohr. Edith Schollwer sang das *Insulanerlied*. Er kannte sie alle: Günter Neumann schrieb die Texte, Bruno Fritz war der Herr Kummer, Joe Furtner der Professor Quatschnie, Walter Gross der Jenosse Funzionär, Tatjana Sais und Agnes Windeck gaben die Klatschdamen vom Kurfürstendamm.

Hermann Kappe schlenderte weiter und kam zum Vorplatz des Rathauses Schöneberg, des Sitzes des West-Berliner Parlaments und des Regierenden Bürgermeisters. Willy Brandt war das jetzt seit 1957 – ein Glücksfall für West-Berlin. Auf dem Posten hatten sie ja anfangs den charismatischen Ernst Reuter gehabt («Ihr Völker der Welt, schaut auf diese Stadt!»), dann aber mit Walther Schreiber eine ziemliche Null. Otto Suhr, der ihm nachgefolgt war, hatte auch keine Bäume ausgerissen. Beim Blick zum Rathausturm hinauf hörte Hermann Kappe ganz automatisch die Freiheitsglocke läuten und die sonore, gottähnliche Stimme im RIAS: *Ich glaube an die Unantastbarkeit und an die Würde des einzelnen Menschen. Ich glaube, dass allen Menschen von Gott das gleiche Recht auf Freiheit gegeben wurde. Ich schwöre, der Aggression und der Tyrannei Widerstand zu leisten, wo immer sie auf Erden auftreten werden.*

Mit diesen hehren Worten im Kopf kehrte Hermann Kappe über die Martin-Luther-Straße nach Hause zurück. An die fünf Kilometer mochten es gewesen sein, die er zurückgelegt hatte. Er sank erst einmal aufs Sofa und schlief kurz danach ein.

Zum Kaffee kam Otto mit Gertrud vorbei. Hermann Kappe konnte ein Gefühl des Neids nicht ganz unterdrücken. Der Neffe war gerade einmal 51 Jahre alt, stand noch voll im Saft und hatte jede Menge interessanter Fälle zu bearbeiten.

«Was liegt denn gerade an bei euch?», lautete dann auch die erste Frage, kaum dass der Neffe Platz genommen hatte.

Otto Kappe hätte lieber über Fußball oder die Familie geredet. «Nicht viel. Nur die Schüsse auf diesen Studienrat oben in Hermsdorf, Hans-Peter Habedank. Bislang haben wir keine Spur.»

Wie gerne hätte Hermann Kappe jetzt gehört, dass man ohne ihn hilflos sei, doch Otto ließ nichts dergleichen verlauten.

Auch Hertha Börnicke, Hermanns Cousine, kam zum Kaffee. Sie hatte Multiple Sklerose und ging am Stock. Schließlich erschien noch Peter, Otto und Gertrud Kappes einziger Sohn. Er studierte jetzt an der FU Psychologie.

«Seelenklempner will er also werden», hatte Hermann Kappe gebrummt, als Otto ihm davon erzählte. «Na, soll er … Dann kann er sich wenigstens selber therapieren.»

«Wenn das in Deutschland so weitergeht, müssen wir alle in die Therapie», hatte sein Neffe dagegengehalten. «Erster Weltkrieg, NS-Diktatur, Zweiter Weltkrieg, Spaltung Deutschlands, Berlin-Blockade und jetzt der Mauerbau – da müssen wir ja alle 'ne Macke kriegen!»

Dann beredeten sie Familiäres. Was Hermann Kappes Bruder

Albert in Wendisch Rietz und sein ältester Sohn Hartmut in Ost-Berlin wohl machten? Sie zu besuchen war ja ein Ding der Unmöglichkeit.

«Im Osten nichts Neues.» Hertha Börnicke, die früher beim RIAS gewesen war und aus der Zone berichtet hatte, wusste noch immer bestens Bescheid über das, was in der DDR so geschah. «In Ost-Berlin soll es eine Ruhrepidemie gegeben haben, und die Nationale Front hat ein ‹Komitee zum Studium der gesellschaftlichen Verhältnisse in Westdeutschland und ihrer Veränderungen› gegründet.»

«Das haut ja den stärksten Eskimo vom Schlitten!», rief Otto Kappe. «Mehr ist da nicht los?»

«Da musst du schon Hartmut fragen. Was bei der Kripo so an großen Fällen anliegt, muss der ja am besten wissen.»

«Nie was vom Kontaktverbot gehört?»

«Doch. Das ist ja der Witz daran.»

Auf dieses Stichwort hin erzählten sie sich nun die gängigen DDR-Witze.

Hertha Börnicke machte den Beginn. «‹Du, Schatz, ich lese hier gerade: Die DDR gehört zu den zehn führenden Industrienationen der Welt. Ich glaube, das schreibe ich mal unserem Onkel Herbert in Düsseldorf.› – ‹Klar, mach das ... Dann kannst du ihn auch gleich bitten, zu Ostern ein paar Rollen Klopapier mitzuschicken.›»

Hermann Kappe war der Nächste. «Ein treues SED-Parteimitglied kehrt von einer Dienstreise aus der Bundesrepublik zurück. Sein Vorsitzender fragt ihn: ‹Na Genosse, haben Sie den faulenden und sterbenden Kapitalismus gesehen?› – ‹Ja.› – ‹Und was halten Sie davon?› – Die Antwort kommt mit verklärtem Gesichtsausdruck: ‹Es ist ein sehr schöner Tod ...›»

Auch Otto Kappe wollte sich nicht lumpen lassen. «Ein DDR-Bürger geht spät in der Nacht durch Ost-Berlin und ruft lauthals immer wieder: ‹Scheißstaat, Scheißregierung!› Sofort taucht ein Stasi-Offizier auf und verhaftet ihn. Der Verhaftete verteidigt sich: ‹Ich habe ja gar nicht gesagt, welchen Scheißstaat und welche Scheißregierung ich meine.› Der Stasi-Offizier denkt kurz nach und lässt den Mann wieder laufen. Der verschwindet, wird aber zwei Minuten später von dem Stasi-Offizier wieder eingeholt und erneut verhaftet. Darauf der Mann: ‹Warum denn das?› Entgegnet der Stasi-Mensch: ‹Es gibt ja nur einen Scheißstaat und eine Scheißregierung.›»

Peter Kappe wollte sich nicht an der Diskriminierung der DDR und ihrer Bürger beteiligen, hatte aber bei Freud etwas über den Witz und seine Beziehung zum Unbewussten gelesen. «Freud spricht von der Euphorie des spontanen Lachens und erkennt darin einen Widerschein unseres vergangenen Kinderglücks, denn der Witz erlaubt es uns, uns für Augenblicke vom Verdrängungsdruck der Kultur zu befreien.»

Alle nickten schwer beeindruckt von seinen frischerworbenen Erkenntnissen.

«Wer liegt auf dem Friedhof neben Freud?», fragte Hermann Kappe seinen gebildeten Großneffen.

«Keine Ahnung.»

«Na, Leid. Denn Freud und Leid liegen doch dicht beieinander.»

Klara fiel kein DDR-Witz ein, worauf Hertha Börnicke alles glasklar analysierte. «Der eingemauerte West-Berliner gewinnt seine Identität und seinen Überlebenswillen nicht zuletzt dadurch, dass er über alles, was in der Ostzone passiert, spöttisch herzieht.»

Otto Kappe klatschte ihr Beifall. «Mensch, Hertha, was wären wir ohne dich!»

Hermann Kappe setzte noch einen drauf. «Lieber Hertha Börnicke als Hertha BSC.» Den Verein sah er schon absteigen, wenn es diesen Sommer mit der Bundesliga losging. «Ich hätte lieber Tasmania 1900 in der Bundesliga gesehen.»

«Deine Tasmanen spielen ja nächste Woche gegen den 1. FC Nürnberg in der Vorrunde um die Deutsche Meisterschaft», sagte Klara. Karl-Heinz, ihr jüngerer Sohn, wolle auch hingehen.

Karl-Heinz Kappe, nun auch schon 35 Jahre alt, war ein windiger Bursche geblieben, obwohl er es bei der SBN, der Südost Bau Neukölln, bis zum Prokuristen gebracht hatte. Dass er es mit den Gesetzen mitunter nicht ganz so genau nahm, hatte ihn in seiner Branche schnell aufsteigen lassen.

Heute nun, am Ostersonnabend, ließ er Arbeit Arbeit sein und fuhr mit seinen Freunden Manne und Rudi in der überfüllten U-Bahn ins Olympiastadion raus, um das Spiel von Tasmania 1900 gegen den 1. FC Nürnberg mitzuerleben. Die Karten hatte ihnen sein Chef spendiert. Rudolf Orkusch selbst war in sein Ferienhaus nach Vietze im Wendland gefahren. Solch ein Haus auf dem Land wurde bei den Neureichen in West-Berlin langsam Mode.

Aufgrund der anstehenden Fußball-Weltmeisterschaft in Chile wurde die Vorrunde nur in vereinfachter Form ausgetragen. Jede Mannschaft hatte ein Heimspiel, ein Auswärtsspiel und ein drittes Spiel an einem neutralen Ort.

«Nürnberch, det is schon wat», stellte Manne fest.

«Ja, aba nur, weil die den Morlock ham. Wenn de den kaltstellst, haste schon jewonn'n.»

«Der Strehl is aba ooch nich schlecht.»

Karl-Heinz Kappe gefiel es am besten, dass die Nürnberger einen Verteidiger mit Namen Derbfuß hatten. Viel Spaß aber hatten sie als Berliner nicht, denn Tasmania 1900 sollte am Ende mit 1:2 verlieren. Auf dem Nachhauseweg stieß Karl-Heinz Kappe auf dem Olympischen Platz mit einem Mann zusammen, den er dort nicht vermutet hätte: dem Bausenator Arnulf Klaffenbach.

«Sie hier?», staunte er.

«Ich bin nur hier, um die Bausubstanz des Olympiastadions zu kontrollieren.»

Karl-Heinz Kappe fand Klaffenbach einen komischen Vogel. Er wusste so einiges über ihn. Klaffenbach war geborener Berliner und 47 Jahre alt. Der Vater Arthur Klaffenbach war Philosophieprofessor, die Mutter Isolde Oberstudienrätin für Deutsch und Latein. Nach dem Abitur hatte der Sohn Kunstgeschichte und

Architektur studiert. Verheiratet war er auch, Hannelore hieß die Glückliche mit Vornamen, drei Kinder hatten sie: Bernhard, geboren 1944, Beate, Jahrgang 1946, und Friedhelm, der 1950 das Licht der Welt erblickt hatte. Arnulf Klaffenbach war hochgewachsen und sehr sensibel, spielte Cello und schrieb Gedichte. Eines davon hatte sogar im Berliner *Tagesspiegel* gestanden, Karl-Heinz Kappe hatte es ausgeschnitten.

Heutungen

Morgen ist Heute
Gestern ist Heute
Es gibt kein Morgen mehr
Es gibt kein Gestern mehr
Darum lebe Du
Heute heute heute
und
Häute Dich

Warum interessierte Karl-Heinz Kappe das alles? Er ging davon aus, dass alle Menschen käuflich waren, und wenn er jemanden kaufen wollte, dann war es immer gut, alles über ihn zu wissen.

Rund vierzehn Tage später sah er Arnulf Klaffenbach wieder. Das war am 4. Mai 1962, als sich ganz West-Berlin auf dem Falkenhagener Feld zur Grundsteinlegung traf. Das Falkenhagener Feld, das westlich der Spandauer Altstadt gelegen war, wurde noch für die innerstädtische Landwirtschaft genutzt und war außerdem reich mit Schrebergärten und den dazugehörigen Lauben bestückt. Hier sollte nun aufgrund der Wohnungsnot in West-Berlin links und rechts der Falkenseer Chaussee eine der drei geplanten Großsiedlungen entstehen. Man hatte sogar vor, sie mit einer U-Bahn-Linie an die Innenstadt anzubinden. Das betonte Klaffenbach jedenfalls in seiner Rede.

Karl-Heinz Kappe war aber nicht in den äußersten Zipfel

Spandaus gekommen, um den Senator zu hören, sondern um mit Baustadtrat Ralf-Werner Wolla zu reden. Die SBN brauchte dringend ein paar neue Aufträge.

«Ihr Haus in Hermsdorf, Herr Wolla, könnte durchaus einen preiswerten Anbau vertragen ...»

Wer gut schmiert, der gut fährt. Karl-Heinz Kappe wusste, wie die Welt funktionierte.

DREI

DIE FREIE UNIVERSITÄT BERLIN war die Antwort des Westens auf die Übernahme der alten Berliner Universität Unter den Linden durch die Kommunisten Anfang 1948. Der Lehrbetrieb wurde am 15. November 1948 in Gebäuden der Kaiser-Wilhelm-Gesellschaft zur Förderung der Wissenschaften in Dahlem aufgenommen. Im Umkreis des Hauptgebäudes der FU, des ehemaligen Kaiser-Wilhelm-Instituts für Biologie, mietete man nun für die einzelnen Institute etliche Villen an. Zudem wurden die Mensa, verschiedene Fakultätsgebäude und der Henry-Ford-Bau mit dem Audimax und der Bibliothek neu errichtet.

Auf einer der Bänke zwischen der Juristischen Fakultät in der Van't-Hoff-Straße und der Wirtschafts- und Sozialwissenschaftlichen Fakultät in der Garystraße hatten zwei Studenten des dritten Semesters in der Maiensonne Platz genommen: Rainer Arys und Wilhelm Pandelwitz. Sie hatten schon im Buddelkasten miteinander gespielt, da ihre Elternhäuser am Hermsdorfer Klosterheider Weg aneinandergrenzten. Beide waren süchtig nach Karl May und hatten sich ewige Blutsbrüderschaft geschworen. Außenstehende hielten sie für homosexuell, aber das waren sie nicht, sie hatten lediglich Angst, sich in ein und dieselbe Frau zu verlieben.

Vom Körperbau und ihren Interessen her unterschieden sie sich gehörig. Rainer Arys war der untersetzte, muskulöse Typ, lief die hundert Meter beim SC Tegeler Forst in 11,3 Sekunden, während man Willy Pandelwitz, der die klassische Musik mehr liebte als den Sport, in früheren Zeiten wohl gemäß der Kretschmer'schen Typologie als Leptosomen bezeichnet hätte.

Selbstverständlich hatten sie in der Schule von der ersten Klasse bis zum Abitur im März 1961 an der Hermsdorfer Georg-Herwegh-Schule immer nebeneinandergesessen. Jetzt studierten sie beide an der Fakultät der Wirtschafts- und Sozialwissenschaften der FU, Rainer Arys hatte als Hauptfach Soziologie, Willy Pandelwitz Politologie. Allzu viele Lehrveranstaltungen jedoch besuchten sie nicht, denn zum einen war es vom hohen Norden, sprich Hermsdorf, bis in den tiefen Süden zur FU fast schon eine Weltreise, und zum anderen ließ ihnen ihr Engagement in einer ganz bestimmten studentischen Organisation nicht viel Zeit. Es handelte sich um die Gruppe Koch, die sich auf Fluchthilfe und Anschläge gegen die Mauer spezialisiert hatte. Politisch standen sie, zum Leidwesen ihrer Eltern, der Brandt'schen SPD nahe und waren auch Mitglieder des Sozialdemokratischen Hochschulbundes, des SHB, der sich im heftigen ideologischen Konflikt mit dem SDS befand, dem Sozialistischen Hochschulbund, dessen zunehmend gesellschaftskritisch-antikapitalistische Haltung sie ablehnten.

Heute aber sollte erst einmal studiert werden. Zuerst ging es zur Vorlesung *Einführung in die Organisationssoziologie* von Renate Mayntz in den mittelgroßen Hörsaal 104. Sie erwarteten eine ergraute akademische Oberrätin um die sechzig und waren in höchstem Maße erstaunt, als eine mehr als ansehnliche junge Frau, die vielleicht gerade die dreißig überschritten hatte, ans Katheder trat. Sie hatte einige Jahre an der Columbia University verbracht und referierte nun ausführlich über die *recent trends* ihrer Wissenschaft. Das war nicht uninteressant, dennoch folgten Pandelwitz und Arys der Vorlesung nicht sonderlich aufmerksam, denn alles war in einem rororo-Bändchen der Mayntz nachzulesen.

Danach begannen des Tages Mühen erst so richtig, denn sie hatten im Proseminar von Prof. Otto Stammer ein Referat über *Frühe Anarchisten in Berlin* zu halten. Statt fand alles in einem der kleineren Hörsäle der WiSo-Fakultät, deren breite Fenster auf die kaum befahrene Garystraße hinausgingen. Bei etwa zwanzig

Teilnehmern herrschte hier eine geradezu intime und gemütliche Atmosphäre, von der unaufhaltsam heraufziehenden Massenuniversität war noch nicht viel zu bemerken.

Otto Stammer, der 1900 in Leipzig das Licht der Welt erblickt hatte, war ein höchst interessanter Mann. Er war seit 1959 Vorsitzender der Deutschen Gesellschaft für Soziologie und galt als einer der führenden Vertreter der Politischen Soziologie. Früh war er in die SPD eingetreten und hätte es bis in den Reichstag gebracht, wenn nicht 1933 die Nationalsozialisten die Macht ergriffen hätten. So war ihm nur das Abtauchen geblieben. Dennoch war er als «Politischer» verhaftet worden. Nach seiner Entlassung hatte er sich erst als Arbeitsloser durchgeschlagen und war dann in verschiedenen Positionen in der pharmazeutischen Industrie tätig gewesen. Nach dem Krieg hatte er als Redakteur und Dozent in Leipzig gearbeitet und war schließlich in den Westen gegangen, um sich an der FU zu habilitieren und mitzuhelfen, das Institut für Soziologie zu gründen. 1951 war er Außerordentlicher und 1954 Ordentlicher Professor für Soziologie und Politische Wissenschaft geworden.

Nicht minder sympathisch waren seine beiden Assistenten, die *doctores* Günter Hartfiel und Jürgen Fijalkowski. Hartfiel war es auch, der nach ein paar einleitenden Worten Arys und Pandelwitz nach vorn rief und sie bat, die Anwesenden mit ihrem Referat intellektuell zu erfreuen.

Arys begann mit der These, dass der Begriff Anarchismus im Allgemeinen sehr negativ besetzt sei, und belegte dies mit einem Zitat von Paul Elzacher aus dem Jahre 1912. Demnach setzen sich die Anhänger des Anarchismus das Ziel, *durch schwere und sinnlose Verbrechen unsere friedliche Gesellschaft zu vernichten und an ihre Stelle das Chaos zu setzen.* Pandelwitz führte den Gedanken fort, indem er einige Zeilen aus einem Gedicht des Berliner Schriftstellers schottischer Herkunft John Henry Mackay vortrug: «*Anarchie / immer geschmäht, verflucht, verstanden nie / bist du das Schreckbild dieser Zeit geworden / Auflösung aller Ordnung, rufen sie / seist du und nimmerendend Morden.*»

Nachdem Stammer und seine beiden Assistenten beifällig genickt hatten, kamen Arys und Pandelwitz auf die beiden größten Anarchisten Berlins zu sprechen, auf Gustav Landauer und Erich Mühsam. Arys nahm sich Landauer vor. Der hatte bei ihnen in Hermsdorf in der Schloßstraße 17 gewohnt, und Arys' Vater, der Werksleiter bei Siemens war, hatte keine Gelegenheit ausgelassen, über ihn herzuziehen. Rainer Arys konnte sich an seinem sehr autoritären Vater rächen, indem er Landauers Schriften zu Hause las und offen herumliegen ließ.

«Gustav Landauer ist am 7. April 1870 in Karlsruhe geboren worden und am 2. Mai 1919 in München gestorben. Studiert hat er Germanistik und Philosophie. Stark beeinflusst haben ihn dabei die anarchistischen Theorien von Bakunin und Kropotkin. Im Oktober 1889 finden wir ihn zum ersten Mal in Berlin, noch als Studenten. Später, um 1901, wohnt er in Friedrichshagen, wo er Kontakte zum dortigen Dichterkreis unterhält, und anschließend lebt er in Hermsdorf. Im Oktober 1893 wird er erstmals verhaftet und wegen der ‹Aufforderung zum Ungehorsam gegen die Staatsgewalt› zu zwei Monaten Gefängnis verurteilt. Ende des Ersten Weltkriegs ist er an vorderster Stelle dabei, als in München die Räterepublik errichtet wird. Nach deren Niederschlagung wird er verhaftet und von Freikorps-Soldaten ermordet.» Damit ließ es Arys an Biografischem genug sein und kam zu den Thesen Landauers. «Nun zu dem, was er Ethischen Anarchismus nennt, und zu seiner Geld- und Wirtschaftsphilosophie ... Ziel war für ihn immer *die Emanzipation von staatlicher, kirchlicher oder sonstiger gesellschaftlicher Bevormundung und die Suche nach einer Möglichkeit zur Entfaltung des Einzelnen in dem seiner Meinung nach allein sinngebenden Zusammenhang der Gemeinschaft.* Die Individuen sollen sich auf freiwilliger Basis in kleinen sozialistischen Gemeinden zusammenschließen, die sich dann frei assoziierend zusammenfügen. Das Privateigentum an Boden solle aufgehoben werden, es solle eine gerechte Tauschwirtschaft geben, in der alle Übel des Geldes und des Zinses aufgehoben seien.»

Nachdem Arys geschlossen hatte, referierte Pandelwitz über Erich Mühsam. «Mühsam ist am 6. April 1878 als Kind jüdischer Eltern in Berlin geboren und in Lübeck aufgewachsen. 1896 musste er wegen ‹sozialdemokratischer Umtriebe› nach Parchim gehen, um dort die Mittlere Reife abzulegen. Anschließend absolvierte er eine Apothekerlehre in Lübeck, und 1902 wurde er in Berlin Redakteur bei der anarchistischen Zeitschrift *Der arme Teufel*. Doch bei uns hielt es ihn nicht lange, er wanderte durch halb Europa und ließ sich 1909 in München nieder, wo er alsbald zum Mittelpunkt der Schwabinger Boheme werden sollte. Um das Proletariat, also die von der Gesellschaft Geächteten wie Landstreicher, Bettler, Huren und Verbrecher, für seine Ideologie zu gewinnen, gründete er die Gruppen ‹Tat› und ‹Anarchist› – und wurde prompt wegen ‹Geheimbündelei› angeklagt, später aber freigesprochen. Sein Geld verdiente sich Erich Mühsam als Mitarbeiter eines Münchner Kabaretts und verschiedener satirischer Zeitschriften wie des *Simplicissimus* und der *Jugend*. Von 1911 bis 1919 gab er die *Zeitschrift für Menschlichkeit* heraus, *Kain* betitelt. 1918 gehörte er zu den Anführern der Münchener Räterepublik und wurde nach deren Niederschlagung zu fünfzehn Jahren Festungshaft verurteilt, von denen er fünf absitzen musste. Nach seiner Entlassung zog er 1924 wieder nach Berlin, wo er sich in der KPD-nahen Roten Hilfe engagierte, einer Gefangenenhilfsorganisation. 1932 verfasste er seine programmatische Schrift *Die Befreiung der Gesellschaft vom Staat*. 1933 wurde er von der SA verhaftet und von SS-Männern ermordet. Er schreibt: *Im Staat erkenne ich früh das Instrument zur Konservierung all der Kräfte, aus denen die Unbilligkeit der gesellschaftlichen Einrichtungen erwachsen ist. Die Bekämpfung des Staates in seinen wesentlichen Erscheinungsformen – Kapitalismus, Imperialismus, Militarismus, Klassenherrschaft, Zweckjustiz und Unterdrückung in jeder Gestalt – war und ist der Impuls meines öffentlichen Wirkens.*»

Stammer und seine Assistenten lobten Pandelwitz' und Arys' Ausführungen, und es konnte nun diskutiert werden. Das war die Chance derjenigen Studenten, die der Devise «Ich rede, also bin ich» anhingen.

Einer warf Arys und Pandelwitz vor, sie hätten den anarchistischen Sozialdemokraten und Gewerkschafter Raphael Friedberg vergessen, den Verfechter des Generalstreiks, aber auch den Anarchisten Augustin Souchy aus Berlin-Wilmersdorf, der die Bilanz seines Lebens mit den Worten *Viel erstrebt, wenig erreicht* zusammengefasst hatte.

«Na, Gott sei Dank!», riefen mehrere Kommilitonen, die der Meinung waren, ohne einen starken Staat ging es nicht, was wiederum die auf den Plan rief, die der FDP nahestanden und so wenig Staat wie möglich wollten.

Die Diskussion wurde abschließend als fruchtbar bezeichnet, und man war allseits zufrieden. Nach Ende der Lehrveranstaltung eilten sie alle zur feierlichen Einweihung des neuen Gebäudes für das Otto-Suhr-Institut in der Ihnestraße 21. Dabei fiel Arys und Pandelwitz ein Kommilitone auf, der dem RCDS, dem Ring Christlich-Demokratischer Studenten, angehörte und gern Vorsitzender des Allgemeinen Studenten-Ausschusses geworden wäre, aber als Mitglied der schlagenden Burschenschaft Saravia viele Gegner und Feinde hatte: Eberhard Diepgen. Dass der einmal Regierender Bürgermeister werden würde, ahnte noch niemand.

Für Arys und Pandelwitz wurde es schließlich Zeit, sich auf den Weg zu machen, wollten sie rechtzeitig bei Heinrich Koch in der Mommsenstraße sein. Mit der U-Bahn ging es zum Fehrbelliner Platz. Von dort aus fuhren sie mit dem 1er Bus Richtung Moabit bis zur Mommsenstraße. Dort, unweit der Leibnizstraße, hatte Heinrich Koch im Vorderhaus, vierte Etage, eine geräumige Wohnung gemietet. Im sogenannten Berliner Zimmer hatte sich die Mehrzahl seiner Leute schon versammelt.

Koch war eine imposante Persönlichkeit. Eine bestimmte Wirkung erzielte er schon durch seine Größe von nahezu zwei Metern und seinen massigen Körper, der weit über zwei Zentner wog. Dazu kam, dass sein linkes Bein amputiert worden war und ihn seine Prothese eindrucksvoll humpeln ließ. Dies war nicht etwa Folge einer Kriegsverletzung, sondern seiner Zuckerkrankheit. Mit sonorer Stimme begrüßte er alle und kam gleich zum Tagesordnungspunkt Nummer eins.

«Fluchttunnel Wollankstraße. Es war zwar keiner von uns direkt daran beteiligt, aber wir können von dem, was da geschehen ist, auf alle Fälle einiges lernen. Kelly, du weißt am besten Bescheid.»

Kelly war eine Studentin aus Columbus, Ohio, und Arys wie Pandelwitz wären nur allzu gern mit ihr ins Bett gegangen, zögerten aber mit ihren Annäherungsversuchen, um ihre Männerfreundschaft nicht zu belasten. Jeder von ihnen beließ es deshalb bei heimlichen erotischen Fantasien.

Kelly sprach perfekt Deutsch, allerdings mit einem putzigen Akzent. «Ich schildere euch erst einmal die Örtlichkeit. Also, der S-Bahnhof Wollankstraße sitzt auf Gewölbebögen. Er liegt auf Ost-Berliner Gebiet, kann aber nur von West-Berlinern benutzt werden. Vieles ist eben absurd heutzutage. Nun sind unsere Kommilitonen auf die Idee gekommen, in die ungenutzten Gewölbe einzudringen und von dort aus einen Tunnel nach Ost-Berlin zu graben, zu einem Keller in der Schulzestraße. Schön und gut, drei Wochen lang haben sie im Januar gegraben – und aus der Traum! Warum? Weil der Tunnel unter dem Bahnsteig eingebrochen ist. Auf dem Bahnsteig war ein Krater entstanden, Sand ist nachgerutscht.»

«Weil sie die Vibrationen nicht einkalkuliert hatten, die durch die fahrenden Züge entstehen», fügte Koch hinzu. «Das hätte nicht passieren dürfen. Reichsbahner haben alles entdeckt, dann hat die Transportpolizei die Ermittlungen übernommen, und die Presse in der Zone konnte wieder einmal behaupten, der Westen habe versucht, Agenten einzuschleusen. Es gab eine große Pressekonferenz des Ministers für Verkehrswesen.»

In der folgenden Stunde ging es darum, die Aufgaben für die nächsten Wochen zu verteilen.

«Wer sorgt für gute Doppelgänger?», fragte Koch. Sie hatten vor, in West-Berlin Menschen zu finden, die DDR-Bürgern, die in den Westen wollten, ähnlich sahen, und sie um ihre Pässe zu bitten.

Das war nichts für Arys und Pandelwitz. Auch wollten sie nicht mit Bundespässen nach Ost-Berlin gehen, um dort «Deckelmänner» anzuwerben. Das waren Männer, die, nachdem jemand durch die Kanalisation geflüchtet war, die schweren Gullideckel wieder einsetzen sollten, um die Fluchtwege zu kaschieren.

Auch jemanden, der bereit war, gefälschte Pässe nach Leipzig zu bringen, suchte Koch noch, ebenso Leute für die sogenannten Skandinavien-Touren, mit denen man Menschen, die aus der DDR rauswollten, mit gefälschten Pässen die Flucht nach Dänemark ermöglichte.

Arys und Pandelwitz meldeten sich erst, als es darum ging, Löcher in die Mauer zu sprengen. Das versprach, ein echtes Abenteuer zu werden.

«Gut. Sucht euch einen Ort, wo ihr niemanden auf unserer Seite gefährdet. Wenn ihr eine geeignete Stelle gefunden habt, bekommt ihr den Sprengstoff und könnt loslegen.»

So machten sie sich in den folgenden Tagen auf und suchten nach einer geeigneten Stelle. Dabei erlebten sie so einiges. Sie befanden sich an der Bernauer Straße, als ihr Erkundungsspaziergang an der Mauer entlang eine dramatische Wendung zu nehmen schien.

«Du, Rainer, guck mal! Die beiden Grenzsoldaten da, die wollen fliehen!»

Richtig, gerade warfen zwei Grenzer ihre Maschinenpistolen weg und winkten in den Westen hinüber. Feuerwehrleute und Polizisten rannten zur Mauer, um ihnen herüberzuhelfen, bevor ihre Kameraden auf sie schießen würden. Da erscholl höhnisches Gelächter von drüben. Man hatte die West-Berliner zum Narren gehalten.

An der Ecke Ruppiner / Bernauer Straße gab es dann einen weiteren denkwürdigen Zwischenfall. Eine Besuchergruppe, die sich eindeutig auf West-Berliner Gebiet befand, hatte östliche

Grenzsoldaten mit ihren spöttischen Bemerkungen offenbar so gereizt, dass diese zwei Tränengaskörper über die Mauer warfen. Einen davon schleuderte ein West-Berliner Polizist zurück, worauf einer der Grenzer aus seiner MP2 gezielte Feuerstöße auf den Beamten abgab. In wilder Panik flohen die Besucher ins westliche Hinterland, mit ihnen auch Arys und Pandelwitz.

«Deutsche, schießt nicht auf Deutsche!», schrie jemand, «Ihr Schweine, ihr!» ein anderer. Tote gab es zum Glück keine.

Immer wieder gab es Versuche von DDR-Bürgern, die Mauer mit schwerbeladenen Lastkraftwagen zu durchbrechen. Beispielsweise am 9. April an der Boyenstraße zwischen den Bezirken Wedding und Mitte, als ein mit Zement beladener Lkw in der Mauer stecken blieb. Die beiden männlichen Insassen konnten nach West-Berlin entkommen, obwohl die Grenzpolizei noch auf sie schoss.

Am Grenzübergang Heinrich-Heine-Straße erlebten Arys und Pandelwitz aus der Nähe, wie ein mit Kies beladener Lkw die Schlagbäume durchbrach. Man schoss auf die Fliehenden. Der Fahrer wurde tödlich getroffen, und das Fahrzeug krachte auf West-Berliner Gebiet gegen eine Hauswand. Die beiden anderen Insassen überlebten mit leichten Verletzungen.

Zwischen ihren Erkundungstouren hatten Arys und Pandelwitz noch Zeit, dem Sozialdemokratischen Hochschulbund gelegentliche Besuche abzustatten. Der SHB war vor zwei Jahren als Konkurrenz zum Sozialistischen Hochschulbund, dem SDS, gegründet worden, der sich immer stärker marxistischen Positionen angenähert hatte und der DDR eine nicht unerhebliche Sympathie entgegenbrachte. Schon deshalb tendierten die beiden Studenten zum SHB. Die Mitgliedschaft bei ihm versprach aber auch gewisse Karrierechancen – in West-Berlin begann sich immer stärker ein Netzwerk herauszubilden, das später unter dem Begriff «Berliner Filz» bundesweit bekannt werden sollte. Der SHB hatte sein Domizil in der Sven-Hedin-Straße, ein paar Hundert Meter vom U-Bahnhof Krumme Lanke entfernt. Das war zwar von Hermsdorf aus eine weite Fahrt, aber sie hofften beide, ihre sporadischen Besuche würden sich irgendwann auszahlen.

An diesem Abend hatte sich zu einem Referat mit anschließender Diskussion ein Mann angesagt, der als Hoffnungsträger der Sozialdemokraten gehandelt wurde, der Baustadtrat Ralf-Werner Wolla. Der Kommilitone, der ihn eingeladen hatte, stellte ihn vor.

«Unser Genosse RaWeWo ist 41 Jahre alt und geborener Neuköllner, einer vom Hinterhof in der Fuldastraße, der in der Rütlistraße zur Schule gegangen ist. Machen wir es kurz: Schulabschluss 1930, Maurerlehre, Soldat, französische Kriegsgefangenschaft, Heimkehr 1947, Eintritt in unsere Partei. Angefangen hat er als Kassierer, dann spezialisierte er sich darauf, älteren Jubilaren den obligatorischen Blumenstrauß vorbeizubringen und an Beerdigungen teilzunehmen.»

Wolla lachte dröhnend. «Der berühmte Kranzabwurf – ja Mensch, Kinder, ihr solltet eure Parteikarriere auch als ‹Leichenbeisitzer› im Abteilungsvorstand beginnen, das lohnt sich wirklich!»

«So bringt ihr es vielleicht auch zu einer Villa in Hermsdorf!», rief einer, der Wolla nicht leiden konnte.

«Zu einem Einfamilienhaus im nicht gerade feudalen Hermsdorf, das ich auch noch eigenhändig mit hochgemauert habe! Das ist weniger ein Palast denn eine Hütte.»

«Wie auch immer, der Genosse Wolla wird uns heute etwas zu den anstehenden Großbauprojekten in Berlin erzählen.»

«Für 1962 sind drei Großbauvorhaben geplant», begann Wolla seinen Vortrag. «Erstens das Falkenhagener Feld, Grundsteinlegung am 4. Mai. Zweitens die Gropiusstadt, Grundsteinlegung am 7. November. Und drittens die Paul-Hertz-Siedlung in Charlottenburg-Nord, Richtfest am 29. November.»

Je länger er redete, desto mehr fühlten sich Arys und Pandelwitz an die ironische Steigerung «Feind, Todfeind, Parteifreund» erinnert. Wolla wirkte wie ein eitler Pfau. Hinzu kam, dass Arys und Pandelwitz in Hermsdorf aufgewachsen waren und der gehobenen Mittelschicht angehörten. Der Vater von Arys war Werksleiter bei Siemens und die Mutter Grundschullehrerin. Pandelwitz' Eltern waren Chefarzt und Übersetzerin. Wolla dagegen kam vom Neuköllner Hinterhof, gehörte also zu den Schmuddelkindern, mit denen man nicht spielte. So sozialistisch sich Arys und Pandelwitz auch gaben, diese Vorurteile hatten sie übernommen. Dazu kam das anarchistische Element: Sie hassten jede Art von Herrschaft. Wer sich als Anführer gerierte wie Wolla, war ihnen sogleich suspekt. Wolla geriet also sofort auf ihre Abschussliste. Für den Augenblick hieß das nicht viel, es sollte aber im Laufe des Jahres noch bedeutsam werden.

Am 21. Mai, einem Montag, war es dann so weit: Arys und Pandelwitz liehen sich in Hermsdorf von einem Freund einen Wagen aus und fuhren kurz vor Mitternacht nach Neukölln, um an der Ecke Heidelberger / Treptower Straße ihren Sprengkörper abzulegen, die Lunte zu zünden und dann das Weite zu suchen.

Am 26. Mai sprach der Regierende Bürgermeister Willy Brandt in der SFB-Reihe *Wo uns der Schuh drückt* über das Thema Anschläge auf die Mauer und sagte unter anderem:

Meine Hörerinnen und Hörer, es hat einige Sprengstoffanschläge gegen dieses Schandmal in unserer Stadt gegeben, ich weiß nicht, wer die Urheber waren, und ich kann nur wiederholen, dass wir gegen Gewalt sind. Die Löcher, die wir uns in der Mauer wünschen, sind von anderer Art. Sprengstoff ist kein gutes Argument. Aber ich möchte doch wiederholen, was aus anderem Anlass im vorigen Jahr gesagt werden musste. Deutsche Polizei ist nicht dazu da, die Schandmauer zu schützen.

VIER

HARTMUT KAPPE war froh darüber, dass man nun endlich den Schutzwall gegen den Faschismus errichtet hatte. 43 Kilometer maß die Grenze zwischen Ost und West. Vorher hatte es 81 Straßenübergänge gegeben, dazu 13 bei U- und S-Bahn-Stationen. Da hatte man nicht immer alles kontrollieren können. Immer wieder waren hochwertige Erzeugnisse der DDR, insbesondere optische Geräte, nach West-Berlin verschoben worden. Auch anderes hatte unterbunden werden müssen, so der Abstrom wertvoller Fachkräfte vom Arzt bis zum Feinmechaniker in den Westen. Die wurden mit viel Geld und Energie in der DDR ausgebildet – und stellten sich dann in den Dienst des Klassenfeinds. Ein unmöglicher Zustand war das gewesen! Endlich hatte man normale Verhältnisse geschaffen. Außerdem war die Angst vor einem dritten Weltkrieg geschwunden. Der Westen hatte alles ohne großes Gezeter hingenommen.

Fahrten in die Westsektoren hatten schon immer gegen interne Dienstvorschriften verstoßen, sodass seine Besuche bei den Eltern stets mit einem nicht unerheblichen Risiko behaftet gewesen waren. Dass er beide nun nicht mehr sehen konnte, war zwar schmerzlich für ihn, aber nicht zu ändern. Die große Sache ging vor, der Aufbau des Sozialismus. Der Hund seines Nachbarn hatte die eigene Mutter auch nicht mehr erkannt, als er ihr nach zwei Jahren wiederbegegnet war. Und der Mensch war auch nur ein Tier. Die Abnabelung von den Eltern war eine ganz natürliche Sache.

Am Sonntagmorgen saß Hartmut Kappe mit seiner Frau beim Frühstück. Ingeborg berichtete von ihren Erfahrungen als Straßenbahnführerin. 1950, noch kurz vor der Geburt des gemeinsamen Kindes, hatte sie die Ausbildung zur Straßenbahnfahrerin erfolgreich absolviert. Sie war auf einem Z-Triebwagen eingesetzt, auf denen es keine Schaffner mehr gab. Die einsteigenden Fahrgäste mussten Ingeborg deshalb ihre Zeitkarten vorzeigen.

«Gestern hab ick wieda eenen awischt, der hatte die Karte jefälscht.»

In letzter Zeit neigte Ingeborg dazu, ins Berlinerische zu fallen. Sie berlinerte so sehr, dass Hartmut Kappe unwillkürlich zusammenzuckte. Er wünschte sich zwar nicht unbedingt eine Lehrerin zur Frau, aber ein bisschen mehr Niveau wäre ihm schon recht gewesen.

Ingeborg plauderte ungerührt weiter und erzählte, dass sie auf der 71, Charlottenstraße—Weißensee, noch an der Kurbel eines uralten T 24 stünde, die BVG aber bald genügend Rekowagen hätte. «Da kann ick mir wenijstens 'n bisschen vabessern.»

Hartmut Kappe kannte die Situation bei der Straßenbahn in der Hauptstadt der DDR. Der Fahrzeugpark war total überaltert, und man musste an allen Ecken und Enden improvisieren. Nach 1950 hatte man begonnen, neue Wagenkästen auf noch vorhandene alte Fahrgestelle zu setzen. Das waren die «Wiederaufbauwagen» gewesen, dann waren die «Schweinebuchten» gekommen, kantige Wagen, die ebenfalls nach dem Motto «Aus Alt mach Neu» entstanden waren, und schließlich hatte es die Gotha- und die Rekowagen gegeben, die auch keine komfortableren Fahreigenschaften aufwiesen.

«Det is allet nüscht Halbet und nüscht Janzet», stellte seine Frau dann auch fest.

«In West-Berlin werden sie die Straßenbahn ganz abschaffen», sagte Hartmut Kappe im Ton eines Politoffiziers. «Bei uns aber wird es bald moderne Fahrzeuge geben, die Freunde in der ČSSR arbeiten mit Hochdruck daran.»

«No v pohod!», rief Ingeborg, die ein paar Brocken Tschechisch konnte. «Na prima!»

Hartmut Kappe genoss das Privileg, seinen Dienstwagen, einen EMW 340 aus Eisenach, auch privat nutzen zu dürfen, und so hatten sie für diesen Sonntag, Ende Mai, auch einen Ausflug zu seinem Onkel Albert nach Wendisch Rietz eingeplant. Sie wollten gleich nach dem Frühstück starten. Doch das Schicksal wollte es anders mit Hartmut Kappe, denn kaum hatte er den letzten Bissen zerkaut, klingelte das Telefon. Es war sein Vorgesetzter.

«Ja, Genosse Hauptmann, ich höre.»

«In der Sredzkistraße 48 ist ein Mann in einer Wohnung im vierten Stock erschlagen aufgefunden worden, ein gewisser Günther Krüger. Der arbeitete als Geheimer Informator für die Staatssicherheit und sollte ein Auge auf die haben, die Akte der Republikflucht unterstützen könnten. Sie verstehen?»

«Ja …»

Nach dem Geschäftsverteilungsplan fielen Morduntersuchungen in die Kompetenz der Kommissariate K I. Wenn man aber einen politischen Hintergrund vermutete, wurden die Fälle vom Kommissariat K 5 bearbeitet, also seinem.

Hartmut Kappe sagte Ingeborg Bescheid, dass es mit ihrer Fahrt nach Wendisch Rietz wohl erst am Nachmittag etwas würde, dann rief er Dieter Drechsler an, seinen neuen Kriminalanwärter.

«Halten Sie sich bereit!»

«Immer bereit!», schmetterte der wie beim Fahnenappell der Thälmann-Pioniere.

«Gut. Dann warten Sie vor Ihrem Hauseingang! In zehn Minuten bin ich da und hole Sie ab.»

Hartmut Kappe fuhr durch sein Berlin, durch die Hauptstadt der DDR. Die Regierung der BRD saß nur in einem Provinznest, in Bonn. Hier waren die Werktätigen überall beim Subbotnik zu beobachten. Das freute ihn. *Wir packen es, wir schaffen es gemeinsam, ein besseres Deutschland aufzubauen … Auferstanden aus Ruinen / und der Zukunft zugewandt … Es fällt nicht schwer, so brummt der Bär, / drum halte Schritt und baue mit.* Vom letzten Winter lagen verschiedentlich noch Berge von Braunkohle herum. Das ärgerte ihn.

Drechsler stand bereit und stieg zu ihm in den Wagen. «Guten Morgen, Genosse Leutnant!»

Sie unterhielten sich über Fußball, das war das unverfänglichste Thema. Der DDR-Meister hieß in dieser Saison wieder einmal ASK Vorwärts Berlin. Der SC Motor Jena, für den Drechsler ganz besonders schwärmte, hatte nur den vierten Platz belegt, war aber Pokalsieger geworden.

«Was die BRD mit Fritz und Ottmar Walter hatte, das haben wir jetzt mit Peter und Roland Ducke.»

In der Sredzkistraße angekommen, fanden sie die Trassologen schon eifrig bemüht. Dass es sich bei dem Toten um den 42-jährigen Günther Krüger handelte, stand zweifelsfrei fest. Er war Lkw-Fahrer und verdingte sich, wie der Genosse Hauptmann schon gesagt hatte, nebenbei als GI. Zuletzt hatte er den Auftrag gehabt, auf Friedhöfen an der Grenze zu West-Berlin etwaige Fluchthelfer auszuspähen. Seitdem es Ende September letzten Jahres auf einem grenznahen Pankower Friedhof eine spektakuläre Republikflucht gegeben hatte, rechnete man mit weiteren Vorhaben dieser Art. Abends gegen halb sieben war damals eine kleine Trauergemeinde erschienen: drei Männer mit Zylinder, zwei schwarzverschleierte Frauen. Sie hatten zwei Kränze auf einem Grab nahe der westlichen Friedhofsmauer niedergelegt, dabei wurden sie argwöhnisch von einer Patrouille der Volkspolizei beobachtet, aber als harmlos eingeschätzt. Plötzlich aber hatte sich aus einem der angrenzenden Urnengräber eine Hand in die Höhe gereckt. «Los!», war das Kommando aus der Tiefe gekommen. Und dann war die Trauergesellschaft spurlos verschwunden gewesen. Später hatte man einen Fluchttunnel von gerade einmal 25 Metern Länge gefunden. So etwas sollte in Zukunft verhindert werden, mithilfe von Männern wie Günther Krüger. Nun lag der tot in seinem Wohnzimmer.

«Stumpfe Gewalt mit einem schweren Gegenstand gegen den Kopf», stellte der Kriminalanwärter Drechsler sogleich fest.

Hartmut Kappe nickte. «Ja, das dürfen wir als sicher annehmen.»

Naheliegend war, dass man Krüger erschlagen hatte, weil er dabei gewesen war, eine geplante Republikflucht auffliegen zu lassen. Sie mussten sich unter Krügers Arbeitskameraden umhören, aber das ging nicht vor morgen. Also konnte Leutnant Kappe doch noch nach Wendisch Rietz fahren.

Rudolf Orkusch war ganz in seinem Element. Das große Osterturnier von Rixdorf United hatte Vereine aus allen Partnerstädten Neuköllns in das eingemauerte West-Berlin gelockt: aus dem belgischen Anderlecht, dem französischen Boulogne-Billancourt, den Londoner Gemeinden Hammersmith und Fulham, aus Zaanstad bei Amsterdam und dem hessischen Wetzlar. Die Kosten trugen zum größten Teil Orkusch und seine Firma, die Südost Bau Neukölln (SBN), die Organisation lag in den Händen von Karl-Heinz Kappe.

«So, der Spielplan steht», sagte der zu Orkusch. «Leider können Sie wegen der alliierten Vorbehalte nicht vor dem Anpfiff des ersten Spiels mit dem Fallschirm über dem Stadion abspringen und im Mittelkreis landen.» Das war eine Anspielung darauf, dass Orkusch bei jeder sich bietenden Gelegenheit von seinen Kriegserlebnissen als Fallschirmspringer erzählte. «Bleiben Sie denn nach dem Eröffnungsspiel noch in Berlin, oder fahren Sie gleich los nach Vietze?», fragte er.

«Meine Frau möchte so schnell wie möglich ins Wendland.»

Vietze lag in Niedersachsen, gleich hinter der Sektorengrenze. Bald nach dem Mauerbau hatten viele West-Berliner begonnen, sich Wochenendhäuser im Wendland oder in Franken zuzulegen. Bei jeder sich bietenden Gelegenheit raus aus der Inselstadt, hieß die Devise. Schon gab es die Befürchtung, West-Berlin würde sich zum Altersheim Westdeutschlands entwickeln: Kommt nach West-Berlin zum Altern und zum Sterben! Tatsächlich siedelten aber auch viele junge Männer nach ihrem Abitur hierher um, denn in West-Berlin gab es keine Wehrpflicht, und sie mussten nicht zum «Bund».

«Noch etwas ...» Karl-Heinz Kappe warf einen Blick in seine Papiere. «In der B-Jugend gibt es zwei Jungs, die in ihren Winterstiefeln spielen, weil die Eltern kein Geld für ein Paar Töppen haben.»

Orkusch zog einen Fünfzigmarkschein aus seinem Portemonnaie. «Hier, sollen sie sich schleunigst welche kaufen!»

Wer in Not war, kam zu Orkusch, und mit einiger Sicherheit wurde ihm geholfen. In der Geschäftsstelle von Rixdorf United standen die Hilfsbedürftigen zeitweilig Schlange, und es gab schon Bestrebungen, den Bauunternehmer wegen seiner Verdienste um das Allgemeinwohl für das Bundesverdienstkreuz vorzuschlagen.

Rudolf Orkusch hörte sich gerne reden, und so ließ er es sich nicht nehmen, vor dem Eröffnungsspiel seines Osterturniers – Rixdorf United spielte gegen den FC Fulham – «ein paar passende Worte» an die Gäste und die rund zweihundert Zuschauer zu richten.

«*Dear sportfriends, are welcome in our beautiful Neukölln and the SBN Stadium. The name of our club shows all of our deep connection with England. But now I will proceed in German, because my English is very bad.* Also ... *United* bedeutet ja ‹vereint›. Wir Deutschen aber sind durch diese verdammte Mauer ganz besonders schmerzlich getrennt, und da freuen wir uns natürlich riesig über unsere Vereinigung mit dem freien Europa und darüber, dass wir unsere Freunde aus England, Frankreich, Belgien, den Niederlanden und dem deutschen Bundesland Bayern bei uns empfangen können.»

«Hessen, Herr Orkusch!», flüsterte Karl-Heinz Kappe ihm zu.

«Wie?»

«Wetzlar liegt in Hessen.»

Orkusch klatschte sich mit der flachen Hand gegen die Stirn. «Ja, fast hätte ich die Hessen vergessen. Und das, obwohl ich jede Folge der *Familie Hesselbach* und vom *Blauen Bock* gesehen habe. Ein Hurra für unsere Freunde aus Wetzlar!»

Der Beifall galt ihm, und strahlend legte er das Megafon wieder aus der Hand.

Mit der Wirtschaft West-Berlins stand es nicht zum Besten. Die großen Konzerne hatten sich langsam, aber sicher aus der Frontstadt verabschiedet. Zum einen war West-Berlin nicht mehr die Hauptstadt, und zum anderen fürchtete man, die Sowjets würden West-Berlin eines Tages doch noch schlucken. Nicht zuletzt aber war es ungemein kostenaufwendig, dass man alles, was man an Spree und Havel produzierte und in der Welt verkaufen wollte, vorher durch die DDR schaffen musste. Man hatte zig Warenbegleitscheine auszufüllen und musste ständig befürchten, dass Waren beschlagnahmt wurden.

Vor diesem Hintergrund war West-Berlins neueste Errungenschaft geradezu sensationell: Am 24. Mai 1962 wurde am Tegeler See ein «Amphicar» sozusagen zu Wasser gelassen. Zu diesem feierlichen Akt hatte sich ein beträchtlicher Teil der West-Berliner Prominenz eingefunden, darunter der Bausenator Arnulf Klaffenbach, der von dem Baustadtrat Wolla begleitet wurde. Um sie herum scharwenzelte natürlich auch Karl-Heinz Kappe. Eingeladen hatte die Deutsche Waggon- und Maschinenfabrik, die in Borsigwalde zu Hause war und das Amphicar produzierte. Hans Trippel, der Konstrukteur, gab einige technische Daten zum Besten.

«Das Viersitzer-Cabriolet, das Sie vor sich sehen, ist quasi ein Geländewagen, der auf dem Land wie auf dem Wasser gleichermaßen zu Hause ist. Es hat eine durch einen Rohrrahmen und Längsträger verstärkte selbsttragende Ganzstahlkarosserie und wird von einem 1,2-Liter-Ottomotor angetrieben. Das Leergewicht beträgt 1050 Kilo.»

«Sehr schön», brummte Klaffenbach. «Aber das Ding soll über zehntausend Mark kosten, mehr, als man für zwei Käfer ausgeben muss. Wer soll das denn kaufen?»

«Na, Sie!», lachte Wolla. «Als Senator werden Sie doch Möglichkeiten haben ...»

«Ich bin bekanntlich unbestechlich.»

Klaffenbach ließ sich nach Ende der Feierlichkeiten in seinem Dienstwagen zum Fehrbelliner Platz zurückfahren, wo der

Senator für Bau- und Wohnungswesen seinen Dienstsitz hatte. Der Geschäftsführer einer der städtischen Wohnungsbaugesellschaften wartete schon auf ihn.

Otto Kappe wohnte am Horstweg in Charlottenburg und hatte es damit nicht weit zur U-Bahn. In fünf Minuten war er am Bahnhof Sophie-Charlotte-Platz. Im Büro angekommen, studierte er erst einmal die Morgenzeitung, die er unterwegs gekauft hatte. Im Lokalteil wurde dem jüngsten Zwischenfall an der Mauer naturgemäß die größte Aufmerksamkeit gewidmet. *Das Opfer der Vopo ringt mit dem Tod* lautete die Überschrift. *Helle Empörung bei Westberliner Augenzeugen* lautete der Untertitel. Im Text hieß es dann: *Die niederträchtige Menschenjagd der Vopos auf einen 15jährigen Schüler ist von vielen in der Nähe wohnenden Westberlinern beobachtet worden. Ihre übereinstimmende Meinung: «Es war grausam. Wir mußten tatenlos zusehen, wie der arme Junge als Zielscheibe diente.»* Geschehen war das am Spandauer Schifffahrtskanal in der Nähe des Grenzübergangs Invalidenstraße. Die anderen Meldungen auf der Berlin-Seite nahmen sich dagegen banal aus. *Polio-Impfung war doch ein Erfolg ... Liebhaber fensterlte am falschen Haus ... Feuer an der Philharmonie.* Da war nur ein Bauschuppen in Brand geraten. Ernst Lemmer, der Bundesminister für gesamtdeutsche Fragen, war zur Einweihung der neuen Kathedrale nach Coventry geflogen. Otto Kappe blätterte weiter. *Zum Morden gezwungen* lautete die nächste Überschrift, die ihm ins Auge stach. Es ging um erschütternde Aussagen in einem Prozess gegen ehemalige SS-Leute. Das zu lesen war schwer erträglich. Manchmal erschienen Mauerbau und deutsche Teilung Otto Kappe als gerechte Strafe des Himmels für all die Verbrechen, die Deutsche begangen hatten. Rasch las er weiter. Am Britzer Damm war ein Bauarbeiter von einer herabfallenden Bohle erschlagen worden. Erquicklich waren eigentlich nur die Zeichnungen des Hauses Hertie, die junge Damen abbildeten, die Blusen für nicht mehr als zehn Mark anboten. *Praktisch und aktuell ist diese Nylon-Bluse, bügelfrei, weiß und farbig.*

Hans-Gert Galgenberg traf mit gehöriger Verspätung ein und brachte als Entschuldigung vor, er habe sich wegen eines Durchfalls nicht eher getraut, die häusliche Toilette zu verlassen. «Habe ich schon etwas versäumt?»

«Nicht viel, aber vorhin hat eine Dame angerufen, die von dem Fall Habedank in der Zeitung gelesen hat, und uns verraten, dass es in Hermsdorf noch einen zweiten Mann dieses Namens gibt, also nicht nur den Lehrer, auf den man geschossen hat, den Hans-Peter Habedank, sondern auch noch einen Bauunternehmer namens Konrad Habedank.»

«Du meinst allen Ernstes, dass jemand die beiden Habedanks verwechselt hat?», fragte Galgenberg.

«Möglich ist alles.»

Galgenberg lachte. «Gib doch zu, dass du nur wieder einen kleinen Ausflug ins Grüne machen möchtest!»

Otto Kappe blieb sachlich. «Der Konrad Habedank hat seinen Bauplatz in der Flottenstraße, in Hermsdorf wohnt er nur. Kurz vor dem Mauerbau hat der aus der Ostzone rübergemacht.»

«Ein interessanter Aspekt …», brummte Galgenberg.

Eine Stunde später saßen sie Konrad Habedank in seinem Büro in Reinickendorf gegenüber. Es gab eine gewisse Ähnlichkeit mit dem Lehrer, der denselben Nachnamen trug: Beide waren untersetzt bis füllig zu nennen. Doch als Konrad Habedank zu reden begann, wurde der Unterschied zwischen ihnen sofort deutlich. Hatte Otto Kappe den Lehrer recht sympathisch gefunden, so verspürte er dem Bauunternehmer gegenüber vom ersten Augenblick an einen ziemlichen Widerwillen.

«Können Sie sich vorstellen, dass Ihnen jemand nach dem Leben trachtet?», lautete Otto Kappes erste Frage.

Konrad Habedank überlegte nicht lange. «Nein.»

«Auch nicht, wenn Sie an Ihre Zeit in der Zone denken?», fragte Galgenberg. Es ging das Gerücht, dass man die Stasi-Männer, die der DDR gefährlich werden konnten, bis nach Westdeutschland verfolgte und sie mit Gewalt zurückzuholen versuchte, ja bisweilen sogar umbrachte. Die Entführung Walter Linses lag nun schon fast zehn Jahre zurück, hatte sich aber im kollektiven Gedächtnis der West-Berliner tief eingegraben. Ob man Konrad Habedank aus irgendwelchen Gründen liquidieren wollte? «Könnte die DDR ein Interesse daran haben, Sie aus dem Verkehr zu ziehen?»

«Nicht, dass ich wüsste. Ich war nur ein kleiner Maurer dort ...»

FÜNF

RALF-WERNER WOLLA wollte die Morgenzeitung aus dem Briefkasten holen, fand diesen aber leer vor. Er fluchte. Da fiel dem Stadtbaurat ein: Gestern war Himmelfahrt gewesen, da hatten die Zeitungsmacher nicht gearbeitet. Seine Laune war also denkbar schlecht, als er wieder in seinem Arbeitszimmer angekommen war und das Kalenderblatt vom Vortag abriss. Es war Freitag, der 1. Juni 1962. Der Spruch auf der Rückseite des Blattes lautete: *Die Könner werden es nicht wollen, und die Woller werden es nicht recht können. Theodor Fontane.* Wolla ärgerte sich, denn statt *Woller* las er seinen eigenen Namen. Er zerknüllte das Blatt und warf es in den Papierkorb.

Auf seinem Schreibtisch lag noch die Zeitung vom 31. Mai, also las er die. Gestern war er nicht dazu gekommen, weil er sich mit seiner Familie schon früh ins Auto gesetzt hatte, um seine Schwiegermutter in Wolfsburg zu besuchen.

Auf der ersten Seite standen ganz oben in einem Kasten die ersten Ergebnisse der Fußball-Weltmeisterschaft in Chile. Gruppe A in Arica: Uruguay gegen Kolumbien 2:1. Uruguay war sicherlich nicht zu unterschätzen, schließlich waren sie schon einmal Weltmeister gewesen. Gruppe B in Santiago: Chile gegen Schweiz 3:1. Die Gastgeber waren immer im Vorteil, das war irgendwie ungerecht. Gruppe C in Viña del Mar: Brasilien gegen Mexiko 2:0. Und Gruppe D in Rancagua: Argentinien gegen Bulgarien 1:0. Rancagua – was war denn das für'n Dorf? Unter den Fußballergebnissen fand sich in auffallend großen und fetten Lettern ein Bericht, der sein besonderes Wohlwollen fand: *Polizeiaktion auf der*

S-Bahn – Ein Großeinsatz der Berliner Schutzpolizei richtete sich gestern gegen die SED-Zeitung «Die Wahrheit». Auf 39 Westberliner S-Bahnhöfen wurden die dort in Schaukästen ausgehängten Exemplare der «Wahrheit» entfernt oder unlesbar gemacht. Bravo! Was gab es sonst noch? *Kreuzberger Wasserfall bald im besten Licht – Hauptausschuss bewilligte dafür 65 000 DM.* Gott, wofür die alles Geld hatten!

Wolla warf die Zeitung in den Papierkorb und machte sich daran, auf seinem Schreibtisch für Ordnung zu sorgen. Als ihm der letzte Kontoauszug in die Hände fiel, wurde er noch ungehaltener. Wie man es auch drehte und wendete, er war und blieb ein vergleichsweise armer Schlucker, auch wenn er als Bezirksstadtrat nicht eben schlecht verdiente.

Aber er war nicht nur unzufrieden mit sich selber, weil das Komma auf seinem Konto zu weit links stand, es gab noch viele andere Gründe. Er hatte zwar die Volksschule zu Ende gebracht, wenn auch nur mit Ach und Krach, aber seine Maurerlehre schon nach zwei Monaten geschmissen. Er hatte es zwar auf der sprichwörtlichen Ochsentour in seiner Partei weit gebracht, aber ganz nach oben zu kommen, zum Beispiel in Bonn Minister oder wenigstens Staatssekretär zu werden, war schier unmöglich, zumal für einen West-Berliner. Zwar hatte er eine Frau fürs Leben gefunden, aber die war viel zu adipös und geradezu hässlich. Zwar bewohnte er ein Eigenheim in Hermsdorf, aber das war eine ärmliche Hütte, verglich man es mit den Villen in Dahlem, Grunewald oder Schlachtensee. Dahin zog es ihn.

Er verließ sein Arbeitszimmer, denn nun begann der Trubel des gemeinsamen Frühstücks. Seine beiden Kinder, Wolfgang mit seinen zwölf und Brigitte mit ihren zehn Jahren, beharkten sich nach Kräften, seine Frau suchte zu schlichten.

Der Sohn erzählte einen Witz. «Geht ein Mann zum Orthopäden. Sagt der: ‹Sie sollten sich mal frische Socken anziehen.› Antwortet der Mann: ‹Das hat mir mein Hausarzt auch schon gesagt, aber ich wollte einmal eine zweite Meinung einholen.›»

«Der Mann könntest du selber sein!», rief seine Schwester.

«Opa sagt doch auch immer, du bist der Häuptling Stinkende Socke vom Stamme der Schweißfußindianer.»

Daraufhin warf ihr Wolfgang ein Stück Mandarine an den Kopf. «Treffer!»

«Jetzt reicht's aber!», rief Ralf-Werner Wolla. Er wurde langsam wütend. Ein gedeihliches Familienleben stellte er sich anders vor. Er aß seine Stulle nicht zu Ende, sondern griff sich seine Aktentasche und lief in die Garage. Nicht einmal ein Dienstwagen stand ihm heute zur Verfügung, er musste selbst fahren. Und das bei den verstopften Straßen!

Endlich im Rathaus angekommen, war er schon so müde, als habe er bereits einen langen Arbeitstag hinter sich. Das konnte ja heiter werden!

Das Erste, was ihm seine Vorzimmerdame nach der Begrüßung mitzuteilen hatte, heiterte seine Stimmung auch nicht auf.

«Klaffenbach hat eben angerufen. Sie sollen so schnell wie möglich bei ihm antanzen.»

«Antanzen …» Das hörte sich an, als sei er ein Befehlsempfänger. Aber so war es ja auch: Letztendlich war er dem betreffenden Senator untergeordnet.

Also fuhr er zu Klaffenbach, bereit, sich «zusammenscheißen» zu lassen, wie man es auf dem Bau ausgedrückt hätte. Der Senator war für ihn eines jener «Muttersöhnchen», jener Intellektuellen und Schöngeister, die er als Neuköllner Hinterhofkind hassen gelernt hatte. Die quatschten gelehrt daher und gingen lieber in die Oper als ins Olympiastadion und spielten Geige statt Skat. Wenn er Klaffenbach sah, kamen Mordgelüste in ihm auf.

«Den Gedanken an Ihren Rathausanbau sollten Sie aufgeben, lieber Wolla, dazu fehlen uns leider die Mittel», begann Klaffenbach nach einem kurzen Geplänkel. «Sie wissen ja, dass wir nach dem Mauerbau die neue U-Bahn-Linie bauen müssen, ganz zu schweigen von den Kosten, die die Infrastruktur unserer geplanten Großsiedlungen verursachen wird. *Tantum habere non potest omnia in vita.*»

Dass Klaffenbach jetzt Latein mit ihm sprach, wohl wissend,

dass er kein Wort davon verstand, war ein deutlicher Hinweis darauf, was er von ihm, Wolla, hielt. «Wie?»

«Man kann im Leben eben nicht alles haben.»

So ging es Minute um Minute, und Wolla wurden mehr und mehr die Flügel gestutzt. Als er ins Rathaus zurückgekehrt war und an seinem Schreibtisch saß, war er bedient und musste erst einmal eine Pille schlucken, einen dieser Stimmungsaufheller, die seit Neuestem auf dem Markt waren. Danach fühlte er sich besser und kam so einigermaßen über den Tag, obwohl er sich stundenlang mit der Baudeputation herumschlagen musste. Und dann war da noch das Gespräch mit einem gewissen Klaus Queetz.

«Herr Queetz, Sie haben ein Ingenieurstudium begonnen und sich bei uns für die Stelle eines Kontrolleurs auf unseren kommunalen Baustellen beworben.»

«Ja, und nun bin ich hier, um zu erfahren, wie die Sache für mich aussieht.»

«Darüber wird erst in der nächsten Woche entschieden.»

«Hoffentlich in meinem Sinne! Sie hören noch von mir.»

Gott, war das ein unangenehmer Patron! Als habe er nicht schon genügend Untergebene, die ihn den letzten Nerv kosteten!

Als Wolla den Arbeitstag herumgebracht hatte und wieder zu Hause angekommen war, schnappte er sich seinen Hund, um einen kleinen Spaziergang zu machen.

«Komm, Herbert, Gassi gehen!» Die Bulldogge war nach Herbert Wehner benannt.

Die Kneippstraße führte direkt in den Tegeler Forst. Und dort, auf dem Ehrenpfortenberg, hatte er heute um neunzehn Uhr noch eine wichtige Verabredung. Konspirativ. In den einschlägigen Berlin-Führern hieß es, dass die Kurfürsten durch eine Ehrenpforte in den Hermsdorfer Wald eingeritten seien. Der eiszeitliche Hügel war immerhin 69 Meter hoch, und sogar Friedrich der Große sollte ihn erklommen haben.

Wolla durchquerte die Jagen 81 bis 85 und näherte sich seinem Ziel, Herbert an der Leine.

Oben auf dem Berg saß Karl-Heinz Kappe auf einem Stein und wartete schon auf ihn. Als er Wolla erblickt hatte, sprang er auf und entfernte sich schnellen Schrittes in Richtung Ruppiner Chaussee. Neben dem Stein hatte er einen Briefumschlag zurückgelassen, in dem eine nicht geringe Summe steckte.

Wolla hob den Umschlag auf, zählte das Geld sorgfältig nach und steckte es in die hinteren Hosentaschen – in beide, denn in eine allein hätten die vielen Scheine nicht gepasst.

Der Bau der neuen U-Bahn-Strecke lag an, und in den geplanten Großsiedlungen waren Leitungen zu verlegen und Straßen zu bauen. Zwar konnte er der SBN die Aufträge nicht direkt zuschanzen, da sie öffentlich ausgeschrieben werden mussten, aber er konnte Karl-Heinz Kappe darüber informieren, wie hoch die Angebote der Konkurrenten waren. So konnte die SBN diese unterbieten und ganz legal den einen oder anderen Zuschlag bekommen.

Lothar Laukischs Verzweiflung wuchs von Tag zu Tag, nachdem er auf den falschen Habedank geschossen hatte. Dass er statt des bösartigen Bauunternehmers einen gutmütigen Lehrer getroffen hatte, war in jeder Zeitung nachzulesen gewesen. Er hatte eine Sünde begangen, die ihm die höheren Mächte niemals verzeihen würden. Manchmal glaubte er, den Lehrer wirklich getötet zu haben. Nächtelang lag er wach und war davon überzeugt, dass die Qualen, die er in Bautzen erlitten hatte, die vorweggenommene Strafe für seine Schüsse auf den falschen Habedank waren. Jedes Mal, wenn es an seiner Wohnungstür klingelte, war er sich sicher, dass es die Kripo war. Ihn würden sie einsperren, aber Konrad Habedank würde niemand zur Verantwortung ziehen.

In seinen manischen Phasen hörte Laukisch Stimmen, die ihm befahlen, alles Böse in der Welt auszurotten. So zog er wieder durch West-Berlin, auf der Suche nach Menschen, die Schuld auf sich geladen hatten und den Tod verdient hätten. Die Suche nach Konrad Habedank wieder aufzunehmen, traute er sich in diesen Tagen noch nicht.

Eigentlich hätte Klaus Queetz durch West-Berlin ziehen müssen – als Stadtstreicher. Denn er brachte fast alle Bedingungen für ein Leben auf der Straße mit: Er war geschieden, hatte zwei Kinder, für die viel zu zahlen war, hatte keinen Berufsabschluss, war arbeitslos, mittellos und zudem Alkoholiker. Dass es noch nicht so weit mit ihm gekommen war, hatte er nur Till Lehmann, einem alten Freund, zu verdanken. Der ließ ihn bei sich wohnen, gab ihm zu essen und hatte seine endgültige Verwahrlosung bisher verhindern können.

Aber wie lange würde es noch gutgehen? Im Bericht der Psychologen, die er hatte aufsuchen müssen, stand unmissverständlich, dass er unter Soziopathie litt. Für dieses Krankheitsbild war typisch, dass er zwar mit seinem Charme Frauen anzog, aber unfähig war zu wirklicher Liebe und längerer Bindung. Queetz war höchst egozentrisch und kannte weder Reue noch Schamgefühl, konnte nicht zielgerichtet arbeiten und seinem Leben keine Strukturen geben, überdies zeigte er keinerlei Einsicht in sein Fehlverhalten. «Morgen ist auch noch ein Tag» war eine seiner üblichen Wendungen, bevor er wieder zur Flasche griff und sich ins Bett legte.

Es ging auf fünf Uhr am Nachmittag zu, als Till den Freund wachrüttelte. «Aufstehen! Du bist um sieben mit Ingrid verabredet.»

Queetz kam nur schwer wieder zu sich. «Mit welcher Ingrid?»

«Na Mensch, mit Ingrid Bergman! Mit welcher sonst? Sie wollen *Casablanca* neu verfilmen. Mit dir in der Hauptrolle.»

Queetz richtete sich stöhnend auf. «Klar, wo ich doch diesen Humphrey Bogart glatt aussteche. Ich beim Film … *I think this is the beginning of a beautiful friendship.*»

Till lachte. «Jetzt meinst du deine Ingrid?»

«Ja.» Ingrid war Sozialarbeiterin und hatte sich vorgenommen, ihn zu retten. Sie war auf gerade entlassene Knackis scharf, und so hatte er ihr viel von seinen Erlebnissen in der JVA Tegel erzählt. Alles war zwar erfunden gewesen, aber es hatte seine Wirkung nicht verfehlt.

«Wo seid ihr denn verabredet?», wollte Till noch wissen.

«Selbstverständlich unter der großen Normaluhr am Bahnhof Zoo.»

Till wohnte in der Skalitzer Straße, und von da konnte man, ohne umzusteigen, mit der Hoch- beziehungsweise U-Bahn zum Zoo fahren. So kam es, dass Queetz zehn Minuten vor der verabredeten Zeit an Ort und Stelle war. Er konnte es selbst nicht fassen, war doch Unzuverlässigkeit sein Markenzeichen. Sollte Ingrid schon solch großen Einfluss auf ihn haben?

Doch wer nicht kam, war Ingrid.

Fragte man Hermann Kappe, was er seit seiner Pensionierung den ganzen lieben Tag über so mache, dann kam prompt die Antwort, dass er studiere.

«Was denn?»

«Die Morgenzeitung.»

Die *Morgenpost* vom 5. Juni 1962 bot so einiges an Lehrstoff. *Das ist die Indizien-Schlinge – Vera Brühne und Johann Ferbach als Doppelmörder verurteilt.* Beide waren angeklagt worden, den Münchner Arzt Otto Praun und dessen Geliebte ermordet zu haben. Die Sache hatte ganz Deutschland ein Jahr lang in Atem gehalten, und so hieß es dann zur Urteilsverkündung in München auch: *Der Justizpalast glich gestern einem siedenden Kessel. Auf sämtlichen Gängen und Fluren drängten sich Hunderte von Menschen. (...) Um 10 Uhr 10 verkündete es Landgerichtsdirektor Dr. Klaus Seibert (...) mit hörbar erregter Stimme: «Lebenslängliches Zuchthaus für beide Angeklagte wegen zweier in Mittäterschaft und Heimtücke begangenen Verbrechen des Mordes.»* Vera Brühne hatte ihre Unschuld beteuert und war zusammengebrochen. Hermann Kappe hatte kein gutes Gefühl bei diesem Urteil, denn für ihn hatte – neben dem *In dubio pro reo* – immer gegolten: Indizien sind kein Geständnis. Etwas anderes erschien ihm aber viel tragischer als dieses mögliche Fehlurteil: Der Tod von 130 Menschen beim rätselhaften Absturz einer Boeing 707 der Air France in der Nähe von Paris. Fast alle Opfer kamen aus Atlanta. *Nur zwei Stewardessen überlebten mit geringfügigen Verletzungen, weil sie beim Aufprall aus dem Heck herausgeschleudert wurden.* Hermann Kappe beschloss, bei künftigen Flügen immer hinten zu sitzen. Auch im Berliner Teil dominierten Schreckensnachrichten. *Mutter nahm Sohn mit in den Tod.* Eine schwerkranke Frau hatte in Wilmersdorf den Gashahn aufgedreht und nicht nur sich selbst, sondern auch ihren 14-jährigen Sohn getötet. *Deckung für Mörder – Um ungefährdet auf ihre Landsleute schießen zu können, bauen Vopos jetzt überall an den Sektorengrenzen Schießstände.* Das Foto zeigte einen betonierten «Heckenschützenstand» in Kreuzberg an der Ecke Markgrafen- / Zimmerstraße. Auch über andere Grenzvorfälle wurde berichtet. *Am Sonntagnachmittag hatten Vopos sechs französische Soldaten in einem Motorboot auf der Havel bei Konradshöhe aufgebracht. Die Franzosen waren in Unkenntnis des Verlaufs der Zonengrenze versehentlich einige Meter auf sowjetzonales Gebiet gefahren. Die Soldaten wurden einige Stunden später wieder entlassen.* Im nächsten Absatz ging es weiter: *Zum weiteren Beweis für ein «friedliches Zusammenleben» nahmen Vopos in Marienborn den 24-jährigen Fritz G. aus West-Berlin fest. – Ein angetrunkener Berliner, der sich im Gebiet der Neuköllner Wiesen dem Stacheldraht genähert hatte, wurde von den sowjetzonalen Grenzwachen durch den Zaun auf Ost-Berliner Gebiet gezogen. – Der Maschinenschlosser Heinz W. aus Wedding verschwand auf der Fahrt nach München am 27. Mai spurlos aus dem Interzonenzug.*

Hermann Kappe geriet ins Grübeln. Seit dem 13. August 1961 stand die Mauer nun, also seit fast einem Jahr, und trotzdem ging bei ihnen in der Wartburgstraße das Leben so weiter, als gäbe es sie nicht. Der Mensch ist ein Gewohnheitstier … Der Volksmund war der beste Psychologe. Was sollte man auch anderes machen, als sich anzupassen? Gemeinsam mit Otto und Karl-Heinz hatte er schon überlegt, ob man sich nicht im Wendland ein Häuschen zulegen sollte. Lüchow-Dannenberg hieß der Ort, von dem Gertrud und Peter immer so schwärmten. Dann würde das Lied aus seinen Kindertagen wieder stimmen: *Aus grauer Städte Mauern / Ziehn wir durch Wald und Feld. / Wer bleibt, der mag versauern, / Wir fahren in die Welt.*

Klara kam herein, um mit ihm über das bevorstehende Pfingstfest zu reden. «Wie sollen wir die Feiertage verbringen?»

«Da fahren wir zu Albert nach Wendisch Rietz, wie immer.» Das hatte er gesagt, ohne nachzudenken.

«In die Ostzone?»

«Warum nicht? Mal Republikflucht in die andere Richtung.»

«Machst du Witze?»

«Nein. Wir wohnen ja nicht in Witzleben. Das ist Otto, der da wohnt, jedenfalls dichte bei.»

Klara setzte sich mit an den Tisch. «Gehen wir mit der ganzen Familie zum Pfingstkonzert in den Zoo?»

Hermann Kappe stöhnte auf. «Wenn's sein muss …»

«Und was hast du heute vor?»

«Nichts weiter.»

Klara hatte eine Idee. «Geh doch mal wieder deine alten Kollegen besuchen!»

«Nee, da komm ich nur frustriert wieder nach Hause! Eher geh ich mal auf den Friedhof, um das Grab von Gustav Galgenberg zu besuchen und mir seine alten Scherze anzuhören: ‹Bei dir ham se wohl einjebrochen und vajessen zu klauen!›»

«Gustav Galgenberg ist tot!», mahnte ihn Klara.

«Und das wird er wohl auch bleiben.»

«Wollte heute nicht ein Journalist kommen und dich interviewen?», wechselte Klara das Thema.

Hermann Kappe tippte sich gegen die Stirn. «Mensch, im Koppe fängt et an. Klar, der … der …» Er kam nicht auf den Namen und musste erst in seinem Taschenkalender nachsehen. «Rudelias heißt der Knabe. Klaus-Dieter. Wie ein ehemaliger Kollege: Klaus-Dieter, der kleine Schieter. Der Rudelias will was über unsere spektakulärsten Fälle schreiben. Na, soll er.»

«Sei doch froh, dass sich die Presse noch für dich interessiert!»

«Das bin ich ja auch.»

Pünktlich um elf Uhr stand Klaus-Dieter Rudelias vor Kappes Wohnungstür und klingelte. Er mochte knapp über dreißig sein und trug eine Schiebermütze, die Hermann Kappe ein wenig an Ernst Thälmann erinnerte. Deshalb begrüßte er den Journalisten mit freundlicher Distanz, hieß ihn eintreten und Platz nehmen. Klara brachte Kaffee.

«Wie fühlen Sie sich als Urgestein der Berliner Kripo?», begann Rudelias das Gespräch.

«Wie man sich mit 74 Jahren so fühlt», antwortete Hermann Kappe. «Mal zwickt es hier, mal zwickt es da. Andauernd rennt man zum Arzt, und irgendwann hat man alles kennengelernt, was zum Alter gehört, von der Arthritis über den Zucker bis zum Schlaganfall.»

«Erzählen Sie doch mal aus Ihrer Zeit bei der Kripo!»

Hermann Kappe fühlte sich wie beim Psychotherapeuten. «Womit soll ich anfangen?»

«Am besten mit Ihren spektakulärsten Fällen», half ihm Rudelias.

Hermann Kappe kam ins Erzählen und erinnerte sich an all seine großen Fälle. Zum Schluss fragte er Rudelias, in welcher Zeitung dessen Artikel über ihn erscheinen würde.

«Wissen Sie das denn nicht? In der *Wahrheit.*»

Hermann Kappe zuckte derart zusammen, als hätte ihn der Schuss eines Festzunehmenden getroffen. «Bitte verlassen Sie auf der Stelle meine Wohnung! Mit Kommunisten will ich nichts zu tun haben.»

Der Hermsdorfer Friedhof lag auf Frohnauer Gebiet, und zwar zwischen der Frohnauer Straße und der Trasse der Nordbahn. Sein Gepräge gaben ihm das wellige Gelände und der alte Wasserturm. Ringsum standen beachtliche Villen, und waren die Blätter von den Bäumen gefallen, konnte man zum Dominikus-Krankenhaus hinübersehen. Das imposante Torgebäude trug die Inschrift *Hier ist Ruhe, gönnet sie den Müden.*

Baustadtrat Ralf-Werner Wolla ging an diesem Ort gern spazieren. So auch am frühen Abend des 6. Juni. Ganz in der Nähe des Friedhofs hatte Oskar Loerke gewohnt. Nun lag er auf dem

Frohnauer Friedhof an der Hainbuchenstraße begraben, und dennoch kam es immer wieder vor, dass seine Verehrer ihn hier suchten, wo er eigentlich hätte begraben sein müssen. Wolla sprach in seinem Bestreben, zu den West-Berliner Bildungsbürgern zu gehören, immer gern von dem Dichter und hatte sogar eines seiner Gedichte auswendig gelernt:

Sommernachts über Land

Von Rüstern schauert die hängende
Ernte der Traurigkeit:
Schon steigt aus Wurzeln die drängende,
Die untere Ewigkeit.

Aus Brunnen krümmt sich der tastende
Verwesende Nebel und klimmt.
Aus Löchern kommt das fastende
Grauen und nimmt und nimmt.

Hat der Horizont seine klagenden
Harfen zum Klagen gebracht?
Die Erde hat, ach, die tragenden
Schollen zu Wolken gemacht.

Die Nähe voll bitter steigender
Schluchzer wird ungewiß.
Der Himmel steht wie ein schweigender
Berg der Kümmernis.

Der Kümmernisberg steht gläsern still,
Vor alle Ziele gestellt.
Und wer in süßere Meilen nun will,
Dem steht er vor der Welt.

Das mit dem Kümmernisberg gefiel Wolla. Sein eigener Berg der Kümmernis war auch nicht gerade klein. Und er sollte in den nächsten Minuten nicht eben kleiner werden, denn, unbeobachtet von irgendeinem anderen Friedhofsbesucher, trat plötzlich Klaus Queetz auf ihn zu, der Mann, dem sie gerade mitgeteilt hatten, im Bezirksamt keine Verwendung für ihn zu haben. Er hatte sich offenbar hinter einem der Gräber verborgen.

«Schönen guten Abend, Herr Wolla! Suchen Sie sich schon eine schöne Grabstelle aus?»

Wolla lachte. «Nein. Für mich werden die Berliner sicher ein Mausoleum bauen, wenn ich mal abtreten sollte.»

Queetz nickte. «Wenn nicht gar eine Pyramide. Fürst Pückler hat im Branitzer Park auch eine erhalten.»

Der Baustadtrat erinnerte sich nun wieder an den Bewerber um die Stelle eines Kontrolleurs. «Es tut mir leid, Herr Queetz, dass wir uns nicht für Sie entscheiden konnten.»

«Mir tut es auch leid – für Sie vor allem!»

Wolla sah ihn staunend an. «Wieso das?»

Queetz antwortete nicht direkt, sondern zeigte auf die Inschrift eines granitroten Grabsteins, an dem sie gerade vorübergingen: *Wenn man eines will erreichen / muss man / hundert anderes lassen.*

«Was wollen Sie damit sagen?», fragte Wolla.

«Auf mich bezogen, heißt das: Wenn ich kein Geld als Baustellenkontrolleur bekomme, dann vielleicht auf andere Weise …»

Wolla lächelte. «Als Friedhofsarbeiter?»

Queetz wurde direkter. «Nein, als Erpresser.»

«Wen wollen Sie denn erpressen?»

«Sie, Herr Baustadtrat. Ich habe nämlich einmal eine Weile bei der SBN in Neukölln gearbeitet und weiß, was der Herr Kappe so treibt: Wer gut schmiert, der gut fährt.»

«Sie Witzbold, Sie!» Wolla lachte.

Queetz meinte es jedoch ernst. «Entweder Sie zahlen – oder ich lasse Sie hochgehen!»

«Hauen Sie ab – oder Sie landen in der Grube da drüben!»

SECHS

RAINER ARYS UND WILLY PANDELWITZ blieb bei all ihren politischen Aktivitäten noch Zeit genug zum Studieren – und für die Liebe. Sie hieß Susanne Ehrmann und studierte Germanistik mit dem Schwerpunkt deutsche Literatur des 19. Jahrhunderts, damals Nationalliteratur genannt. Beide waren verliebt in Susanne. Einerseits war die junge Liebe etwas Herrliches, andererseits wussten die beiden Karl-May-Leser, wie tragisch es gewesen war, als sich Old Firehand und Winnetou gleichzeitig in Ribanna verliebt hatten, die Tochter des Häuptlings der Assineboins, Tah-scha-tunga.

«Winnetou verzichtet auf sie», erinnerte sich Arys. «Und früher haben wir dich immer Winnetou genannt, weil du bei jeder Gelegenheit rot geworden bist.»

Pandelwitz tippte sich mit dem Finger an die Stirn. «Du wirst jeden Sommer viel brauner als ich.»

«Die Indianer heißen aber Rothäute und nicht Braunhäute», hielt Pandelwitz dagegen.

«Egal – lassen wir Susanne selbst entscheiden.»

Aber die war noch lange nicht so weit und fand das, was die beiden das Ribanna-Problem nannten, gar nicht so erheiternd. «Denn Ribanna wird schließlich ermordet», erinnerte sie Arys und Pandelwitz.

Kennengelernt hatten sie Susanne in der Mensa in der Van't-Hoff-Straße, als es einen kleinen Kampf um die letzte Portion Mittagessen gegeben hatte.

«Ich habe als Erste auf den Teller gezeigt.»

«Wir sind aber auf Buletten abonniert, weil wir schon seit Jahren darum kämpfen, diesen Begriff aus dem deutschen Sprachschatz zu streichen», hatte Arys gesagt.

Sie war als Germanistin höchst erstaunt gewesen. «Warum denn das?»

«Weil wir das Ausbuhen der Letten entsetzlich finden», witzelte Pandelwitz.

Susanne hatte gekontert: «Zumal wir ihnen ständig Glück im Befreiungskampf gegen die Sowjets wünschen.»

«Wieso denn das?»

«Überall liest man doch: Toiletten. Das bedeutet nichts anderes als: Toi, toi, toi, ihr Letten!»

«Sie haben gewonnen, Ihnen gehört die letzte Bulette», entschieden Arys und Pandelwitz daraufhin.

Dann setzte man sich gemeinsam an einen Tisch. Susanne verspeiste ihre leckere Bulette, während Arys und Pandelwitz sich mit einem schon etwas welk gewordenen Salat zufriedengeben mussten. Sie versuchten, mit der Kommilitonin ins Gespräch zu kommen, und erzählten, was sie bisher so an der FU erlebt hatten.

Susanne berichtete von ihrem Studienschwerpunkt und ihrer geplanten Diplomarbeit. «Ich werde über das Thema *Die romantische Schule in der deutschen Literatur* schreiben. Novalis, die Gebrüder Schlegel, Tieck, Brentano …»

Arys und Pandelwitz versuchten deshalb, Susanne dadurch zu imponieren, dass sie Novalis zitierten und mit ihrem Wissen über andere Romantiker glänzten.

Susanne war beeindruckt, und schließlich verabredete man sich für den Pfingstsonnabend in der «Eierschale» am Breitenbachplatz.

In gehobener Stimmung besuchten nun Arys und Pandelwitz ihre Lehrveranstaltungen. Das war auch dringend nötig, denn in den Seminaren gingen Anwesenheitslisten herum, in die man sich unbedingt eintragen musste, wollte man am Semesterende den für den Abschluss notwendigen Schein erhalten. Auch wenn inzwischen mehrere Hundert Studierende im Hörsaal saßen, gab es bei Vorlesungen das An- und das Abtestat: Der Professor musste mit seiner Unterschrift im Studienbuch bestätigen, dass man seine Lehrveranstaltung regelmäßig besucht hatte. Da sich der Mann unmöglich die vielen Gesichter einprägen konnte, wurde manchmal vorn am Katheder eine kleine improvisierte Prüfung abgehalten. Die bequemen Professoren sammelten am Semesterende die Studienbücher ein und ließen sie im Büro von ihrer Sekretärin mit ihrem Namensstempel versehen. Irgendwann durften sie dann wieder abgeholt werden.

In Otto Stammers Proseminar ging es zum Glück nicht so anonym zu. In der Woche vor Pfingsten gab es Referate zum Thema *Väter der Sozialdemokratie in Berlin.* Da wurden ihnen Karl Kautsky (1854–1938), Eduard Bernstein (1850–1932), Ignaz Auer (1846–1907) und Franz Mehring (1846–1919) vorgestellt. Außerdem erfuhren sie eine Menge über die Reichsparteischule der SPD in der Lindenstraße 3, die sogenannte Agitatoren-Akademie. Eifrig schrieben Arys und Pandelwitz mit, und wieder konnten sie geballtes Wissen nach Hause tragen.

Was sie in diesen Tagen mehr interessierte, waren die Dreharbeiten zu *Das Testament des Dr. Mabuse* in einem Hörsaal nebenan, wo sie sich als Statisten bei einem Vortrag von Prof. Pohland ein paar Mark dazuverdienen konnten. Vor allem aber fieberten sie dem Rendezvous mit Susanne entgegen. Erst wollten sie mit ihr ins Kino gehen, ins Capitol an der Thielallee, dann Jazz hören oder tanzen. Viele Berliner Studenten gingen gern in die «Badewanne». Das Lokal lag in der Nähe der Gedächtniskirche, dort war auch das Kabarett «Die Stachelschweine» gegründet worden. Arys und Pandelwitz waren dagegen Stammgäste in der «Eierschale», dem Jazzklub im Keller eines Hauses am Breitenbachplatz, nicht weit von den ersten FU-Instituten entfernt.

Sein Sohn spottete immer, Faustball sei völlig veraltet, der moderne Mensch spiele Volleyball, aber die Deutschen könnten wohl nicht anders, weil sie glaubten, ihr Goethe habe den *Faust*-Ball von seiner Italienreise mit nach Deutschland gebracht, denn schon 1786 hatte er in seinem Tagebuch *Italienische Reise* festgehalten: *Vier edle Veroneser schlugen den Ball gegen vier Vicenter; sie trieben das sonst unter sich, das ganze Jahre, etwa zwei Stunden vor Nacht.*

Otto Kappe nahm es gelassen und fuhr immer wieder gern in die Kruppstraße im Bezirk Tiergarten, wo die Polizeisportler trainierten. Sicher, Faustball war reichlich altmodisch, aber er hatte seinen Spaß daran. Zehn Männer seiner Altersklasse kamen jeden Montagabend zusammen, um in zwei Mannschaften gegeneinander anzutreten. Die Spielregeln waren einfach: Man musste versuchen, den Ball mit dem Arm oder mit der Faust so in das gegenüberliegende Halbfeld zu spielen, dass er für den Gegner unerreichbar war. Bevor ein Spieler den Ball annahm, durfte der einmal auf dem Boden aufkommen. Insgesamt konnte er pro Spielzug von drei unterschiedlichen Spielern eines Teams berührt werden, spätestens der dritte Spieler musste den Ball dann aber ins gegnerische Feld spielen.

«Otto, Angabe!»

«Ich denke, ich soll nicht so angeben.» Die Kripo galt seit jeher als der Adel der Polizei, und die Mordkommissionen stellten sozusagen deren Elite dar. Kollegen aus anderen Bereichen hatten da leicht Minderwertigkeitskomplexe.

«Otto, Rundschlag!»

Das war Otto Kappes Spezialität und die schwierigste Variante beim Aufschlag. Am einfachsten ließ sich der Ball mit der Innenfläche der Hand treffen, aber so flog er nicht sonderlich kraftvoll über das Band. Eine größere Wucht erreichte der Ball, wenn er mit der Kante einer Faust getroffen wurde, wobei sich aber das Risiko eines Fehlschlags vergrößerte, weil die Aufschlagfläche kleiner war als bei der Innenfläche der Faust. Noch schwerer zu spielen war der Rundschlag, bei dem der gestreckte Arm eine runde Bewegung von hinten nach vorne beschrieb, ehe der Unterarm oder die Faust den Ball trafen.

Otto Kappe konzentrierte sich und setzte den Ball dann so

gekonnt ins gegnerische Feld, dass ihn keiner erreichen konnte. Seine Mitspieler jubelten und umarmten ihn. Seine Mannschaft gewann den Satz mit 15:5.

Am Pfingstsonnabend traf sich der West-Berliner Teil der Familie Kappe bei Oskar Kappe in der Yorckstraße zum Kaffeetrinken.

«Zum Glück gibt es zu Pfingsten keine Geschenke», befand Hermann unter Verweis darauf, dass er jedes Weihnachten «SOS» geschenkt bekam: Schlips, Oberhemd, Socken.

Oskar lachte. «Für euch von der Kripo ist doch Ostern das Fest aller Feste.»

«Wieso das?», fragte Otto.

«Weil ihr doch gern was findet – sei's ein Osterei oder 'ne Leiche …»

Hertha Börnicke wollte, wie immer, das kulturelle Niveau ein wenig anheben und fragte, ob wohl jemand wisse, woher Pfingsten seinen Namen habe.

Oskar Kappe lachte. «Na, vom Pfingstochsen!»

«Nein, der Name geht auf die Entsendung des Heiligen Geistes an die Gläubigen zurück und ist eine Verballhornung des griechischen *pentēkostē*», erklärte ihnen Hertha.

«Und was machen die Ungläubigen?», fragte Klara.

«Die gehen am Morgen des Pfingstsonntags zum Frühkonzert in den Zoo!», rief Hermann.

Bevor das letzte Stück Torte verspeist worden war, tauchten auch Karl-Heinz und Margarete auf, sodass Hermann Kappe wenigstens zwei seiner drei Kinder um sich hatte.

«Hartmut hält sich ja leider nicht an die alte Parole seiner Partei: Deutsche an einen Tisch», versuchte er zu scherzen.

«Nach West-Berlin lassen die ihn garantiert nicht», sagte Klara.

Hermann Kappe winkte ab. «Bei dem besteht doch bestimmt keine Fluchtgefahr, so linientreu, wie der ist.»

«Kinder, kauft Kämme, es kommen lausige Zeiten!», rief

Hertha Börnicke. «Das hat man früher immer gesagt. Ja, was wir in unserem langen Leben alles so durchgemacht haben ...» Sie seufzte theatralisch und sah dabei ihren Cousin Hermann an, in den sie vor fünfzig Jahren sehr verliebt gewesen war.

Hermann Kappe nickte. «Ja, das war eine ganze Menge: der Kaiser, der Erste Weltkrieg, die Abdankung des Kaisers, die Weimarer Republik, die Weltwirtschaftskrise, der nationalsozialistische Terror, der Zweite Weltkrieg, die Bombenangriffe, die Kapitulation, die Spaltung Deutschlands, die Blockade – und jetzt der Bau der Mauer. Mehr kann ein Mensch nicht erleben.»

«Du weißt doch gar nicht, was noch alles kommt!», sagte Klara.

Hermann Kappe lachte. «Doch, das weiß ich – nämlich Altersheim und Beerdigung.»

«Oder ein Atomkrieg», warf Otto Kappe ein. «Vielleicht werfen die Russen eine Atombombe über Berlin ab.»

«Dann würden sie doch auch die eigenen Leute treffen!», rief Klara.

«So», sagte Oskar Kappe, «jetzt lege *ich* mal die Karten auf den Tisch.»

Und dann spielten die Männer bis in die Nacht hinein Skat und hatten ihren Frieden.

Arys und Pandelwitz waren maßlos enttäuscht gewesen. Susanne war weder vor dem Kino erschienen, noch hatte sie sich in der «Eierschale» sehen lassen. Die beiden Freunde hatten sich den Film allein angeguckt, dann den Umbrella Jazzmen zugehört und anschließend eine Menge getrunken. Mit mindestens 1,5 Promille Alkohol im Blut vom Südwesten Berlins nach Hermsdorf zu kommen war mehr als schwierig, wenn man das Geld für eine Taxe nicht hatte. U- und S-Bahnen fuhren nicht mehr, und die Nachtbusse kamen nur alle Jubeljahre einmal. Jedenfalls landeten Arys und Pandelwitz erst gegen drei Uhr morgens in Tegel – wie, wusste hinterher keiner von beiden mehr zu sagen.

«Und nu?», brachte Arys hervor.

«Ich leg mich hier auf die Bank», lallte Pandelwitz.

Doch das musste er nicht, denn ein ehemaliger Klassenkamerad, der jetzt in Frohnau wohnte und gerade von einer Party kam, entdeckte sie und lud sie in seinen Volkswagen. An der Ecke Frohnauer Straße / Kneippstraße ließ er sie wieder raus. «Den Rest schafft ihr alleine», sagte der Schulfreund und fuhr weiter.

Im Osten zeigte sich schon der erste helle Schimmer am Himmel, aber auf der Straße war es noch ziemlich dunkel.

Nach ein paar Schritten stolperte Pandelwitz über einen Mann, der mitten auf dem Gehsteig lag. «Noch 'n Besoffener», murmelte er.

Arys bückte sich. «Nee, du, der is' tot.» Und in derselben Sekunde hatte er die Idee seines Lebens. «Den legen wir dem Wolla in den Keller.»

«Wieso 'n das?»

«Weil jeder Politiker eine Leiche im Keller hat. Und was meinst du, was der für Scherereien haben wird!»

Wenn Arys und Pandelwitz jemanden aus politischen Gründen auf dem Kieker hatten, dann war das Ralf-Werner Wolla.

SIEBEN

DIE KULTUR West-Berlins hatte viel zu bieten. So wurde es gerade Mode, im Sommer Laubenpieperfeste zu veranstalten. Bausenator Klaffenbach hatte nun zwar keine eigene Laube, war aber auf die Idee gekommen, seinen 47. Geburtstag im Vereinslokal der Laubenkolonie Oeynhausen zu feiern. Auch Baustadtrat Wolla war eingeladen worden und hatte sofort zugesagt.

Seine Frau war allerdings überhaupt nicht begeistert gewesen. «Du kannst doch den Klaffenbach nicht ausstehen!»

«Trotzdem muss ich mich da sehen lassen.»

«Wo ist das denn überhaupt?»

«In Schmargendorf, an der Forckenbeckstraße.»

«Na schön, wenn's für deine Karriere wichtig ist.»

Da sie die Kinder nicht mitnehmen konnten, die aber auch nicht alleine zu Hause in Hermsdorf bleiben wollten, hatte man sie zum Übernachten zu Freunden ins nahe Frohnau gebracht.

Nach Klaffenbachs Feier zogen die Wollas noch mit einigen Parteifreunden um die Häuser, und so war es fast drei Uhr, als es wieder nach Hause ging. Da Wolla ein bisschen zu viel getrunken hatte, saß seine Frau am Steuer des NSU Prinz.

«War ja doch ganz lustig», bekannte Charlotte.

«Ja, ich hatte schon befürchtet, dass Klaffenbach eines seiner selbstgeschriebenen Gedichte vorträgt. Die Tanzkapelle, die er engagiert hatte, war bedeutend unterhaltsamer.»

«Hast du denn ein paar nützliche Gespräche führen können?»

«Ja. Wenn Klaffenbach wirklich als Staatssekretär nach Bonn geht, dann ...»

«… könntest du ihn als Bausenator beerben.»

«Unter Umständen.»

Als Charlotte Wolla den Wagen auf ihr Grundstück gefahren hatte, stieg Wolla als Erster aus und nahm seine Taschenlampe aus dem Handschuhfach, um nach dem Rechten zu sehen. Das hatte er sich angewöhnt, weil in der Gegend oft eingebrochen wurde.

Plötzlich schrie er auf. «Vor der Kellertür liegt jemand!»

Seine Frau blieb ruhig. «Das wird der Schultze sein.» Das war ihr Nachbar, der Alkoholiker war und öfters völlig betrunken nach Hause kam. «Der hat sich bestimmt verlaufen.»

«Das ist nicht der Schultze, das ist ein Fremder.»

«Dann rüttle ihn wach und sag ihm, dass er nach Hause gehen soll.»

Nach einer kleinen Weile kam seine Antwort. «Der is nich mehr wachzurütteln, der is tot.»

Charlotte Wolla, die gelernte Krankenschwester war, stieg die Kellertreppe hinunter, um sich Gewissheit zu verschaffen. Wolla leuchtete ihr mit seiner Taschenlampe. Erst fühlte sie den Puls des Mannes, dann hielt sie ihm ihren Schminkspiegel vor den Mund. «Kein Puls mehr, kein Hauch auf dem Spiegel, der ist wirklich tot. Und alles voller Blut. Los, ruf die Polizei an!»

Wolla fuhr auf. «Nein, unmöglich!»

«Wieso?»

«Weil das dann morgen in allen Zeitungen steht.»

«Na und?»

«Da bleibt immer was hängen.»

«Du meinst, man wird dir unterstellen, den Mann umgebracht zu haben?»

«Ja.»

«Und nun?»

«Keine Ahnung.»

Sie reagierte gereizt. «Willst du ihn bei uns auf dem Komposthaufen verbuddeln?»

«Weiß ich nicht. Aber bloß keine Polizei!»

ACHT

PFINGSTEN. Die Nachrichten in der Zeitung stimmten Hermann Kappe nicht gerade fröhlich. Fett und groß stand die Schlagzeile auf der ersten Seite: *USA warnen Sowjets vor Gewaltakten – «Wir können Provokationen nicht hinnehmen»*. General Watson, der amerikanische Stadtkommandant, hatte in scharfer Form protestiert: *«Ich kann Gewaltakte, die gegen Personen und Eigentum in dem Sektor, für den ich verantwortlich bin, begangen werden, nicht gutheißen.»*

«Haha!», höhnte Hermann Kappe. «Bei diesen Worten werden sich die Russen ja vor Angst in die Hosen machen.»

«Wenn es bloß keinen Krieg gibt!», barmte seine Frau. «Dann schon lieber die Mauer.»

«Womit du recht haben dürftest. So bitter es ist.»

«Was gibt's denn sonst noch?»

Er las ihr einige weitere Schlagzeilen vor. *«Autostau an der Mauer.* Daran war der Pfingstverkehr schuld. *Vopos nehmen Badenixen fest.* An der Grenze zu Thüringen. Also schwimm bitte nicht so weit raus, wenn du in Heiligensee baden gehst! Und hier, das ist was für Otto, damit er schneller am Tatort ist: Der BMW 1500 kostet nur 9485 Mark.»

«Den hätten wir auch gerne, damit wir schnell und bequem beim Pfingstkonzert sind», kommentierte Klara. «Aber wir müssen ja immer mit der BVG fahren.»

«Irrtum, heute spendiere ich eine Taxe.»

So waren sie pünktlich an Ort und Stelle.

Vor dem Haupteingang am Hardenbergplatz hatte sich scheinbar schon ganz Berlin versammelt, um keinen Ton des Frühkonzerts zu verpassen, als der West-Berliner Teil der Familie Kappe gegen halb acht Uhr morgens eintrudelte.

«Schlangen gehören nun mal zum Zoo», merkte Hermann an.

«Üben wir schon mal das Schlangestehen!», sagte Otto. «Für den Fall, dass uns die DDR doch noch schlucken sollte.»

Klara versuchte ihn zu beruhigen. «Hartmut rettet uns bestimmt, falls wir alle nach Sibirien geschickt werden sollen.» Das war spaßig gemeint, die Ängste der West-Berliner waren aber allgegenwärtig.

Endlich waren sie an der Reihe und wurden eingelassen. Nun war guter Rat teuer, denn die einen wollten zum Konzertplatz eilen, um möglichst weit vorne zu sitzen, die anderen wollten sich Zeit lassen und erst noch einmal ihre Lieblingstiere begucken.

«Ich muss unbedingt den Knautschke sehen!», rief Oskars bessere Hälfte.

Hermann lachte. «Reicht dir dein Mann zu Hause nicht?»

Der Flusspferdbulle Knautschke war der Liebling aller West-Berliner. Er stand für den Überlebenswillen der Stadt. Den Krieg hatte er, gerade einmal zwei Jahre alt, mit viel Glück überstanden, als im März 1945 Bomben das Außenbecken seines Geheges zerstört hatten. Seine Mutter war getötet worden, und das gesamte Wasser war aus dem Becken ausgelaufen. Die Tierpfleger hatten Knautschke umsorgt, ihn gefüttert, obwohl sie selbst nichts zu essen hatten, und immer wieder mit Wasser übergossen.

«1947 wäre Knautschke um ein Haar gestorben», erinnerte sich Oskar. «Da haben sie nebenan den Flakturm im Tiergarten gesprengt, und dabei ist die Stalldecke eingestürzt.»

«Man kommt eben nur als Dickhäuter durchs Leben», philosophierte Hermann.

«Besonders bei der Kripo», fügte Otto hinzu.

«Habt ihr denn einen neuen Fall?», fragte Hermann seinen Neffen.

«Nee, nur nasse Fische.» Damit waren ungeklärte Fälle gemeint.

Klara gab sich erstaunt. «Ich denke, Hermann hat alles aufgeklärt, bevor er in den Ruhestand gegangen ist …»

«Bei Mord und Totschlag werden rund 95 Prozent aller Taten geklärt», antwortete Otto. «Die restlichen Fälle kommen immer mal wieder auf den Tisch. Dabei ist noch nicht das berühmte Dunkelfeld berücksichtigt, bei dem der liebe Hausarzt *Natürlicher Tod / Herzversagen* im Leichenschein vermerkt – und die beiden Messerstiche im Rücken übersieht.»

«Also, sucht euch einen guten Hausarzt, bevor ihr euch umbringen lasst!», lästerte Karl-Heinz, der mitgekommen war, obwohl er Pfingstkonzerte hasste, besonders dann, wenn auch das Polizeiorchester beteiligt war.

Am Affenkäfig wurde eine Gedenkminute für den Gorilla Bobby eingelegt, der noch vor Knautschke der Liebling aller Berliner gewesen war.

«Der ist nicht im Krieg gestorben», wusste Hertha Börnicke, «sondern schon 1935 an einer Blinddarmentzündung.»

«Woran werde ich wohl sterben?», fragte sich Hermann laut.

Sein Neffe Otto lachte. «Als Pensionär bestimmt nicht mehr durch die Kugel eines Mörders, der sich der Festnahme entziehen will.»

Ralf-Werner Wolla hatte nicht mehr viel Zeit zu verlieren, denn bald brachten die Freunde aus Frohnau die beiden Kinder zurück, und sie hatten den unbekannten Toten noch immer nicht beiseitegeschafft.

Charlotte hatte viel Blut an dessen Hemd und Jackett entdeckt. «Ich glaube, der wurde erschossen. Die Kugel muss direkt ins Herz gegangen sein. Ich halte es immer noch für das Beste, du rufst die Polizei.»

Wolla wurde von Minute zu Minute aggressiver. «Du wiederholst dich!»

«Du dich auch!»

«Lass uns mal alle Möglichkeiten durchspielen, die wir haben.» Wolla nahm sich zusammen und dachte nach.

«Am besten, wir verfrachten ihn in unseren Kofferraum, fahren in die Ostzone und laden ihn auf einem der Parkplätze an der Transitautobahn wieder aus.»

Wolla schüttelte den Kopf. «Die Parkplätze dort werden sicherlich heimlich von der Stasi beobachtet, um sicherzustellen, dass kein Bürger der DDR zu jemandem aus dem Westen ins Auto steigt. Und außerdem bleibt uns nicht so viel Zeit.»

Seine Frau machte einen drastischen Vorschlag. «Dann zersäg ihn und leg ihn bei uns im Keller in die Tiefkühltruhe!»

Wolla tippte sich an die Stirn. «Du hast sie ja nicht mehr alle! Dann sieht es ja erst recht so aus, als wäre ich der Mörder. Diejenigen, die den Toten bei uns abgelegt haben, geben womöglich der Kripo einen Tipp – und ich bin für immer weg vom Fenster.»

«Meinst du denn, dass uns den jemand absichtlich vor die Tür gelegt hat?»

«Mit Sicherheit.»

Charlotte hatte noch eine Idee. «Wir fahren zu der Baustelle, wo sie morgen beginnen werden, das Fundament für ein Hochhaus zu betonieren, und buddeln ihn da ein.»

«Keine schlechte Idee, aber am helllichten Tage können wir das nicht machen.»

Seine Frau gab auf. «Dann lass dir doch mal selbst was einfallen!»

«Ich sehe nur eine Möglichkeit: Wir packen ihn wirklich in den Kofferraum und versuchen, ihn irgendwo loszuwerden.»

NEUN

HERMANN KAPPE hatte den kecken Spruch seines jüngeren Sohnes ernst genommen: «Nicht verzagen, Kalle fragen!» Karl-Heinz Kappe hatte nämlich einen Freund in Hannover, Helmut Lampe, und der hatte sich bereit erklärt, Hermann Kappe zum Schein als Untermieter bei sich aufzunehmen. Damit wurde der West-Berliner zum Bundesbürger und bekam einen bundesdeutschen Reisepass, mit dem er jederzeit zu einem Tagesbesuch in die Hauptstadt der DDR einreisen konnte. So jedenfalls der Plan. Die westdeutschen Behörden kannten diese Praxis, machten aber keine Anstalten, sie zu unterbinden. Zu heikel waren die völkerrechtlichen Fallstricke.

Die deutsche Lufthansa durfte West-Berlin nicht anfliegen, deshalb war man auf die Maschinen der Pan Am und der BEA angewiesen, die von Tempelhof abflogen, oder entschied sich für die Air France, die in Tegel startete und landete. Die ganz Mutigen setzten sich in einen Transitbus, bezahlten für ein Visum, fuhren zum Flughafen Schönefeld und nahmen eine Maschine der Interflug oder der Aeroflot.

Hermann Kappe trat durch die großen Glastüren in die Abflughalle des Flughafens Tempelhof. Dann ging es ein paar Stufen hinab. Klara begleitete ihn. Er kam sich wie ein Hochstapler vor. Ein kleiner Beamter wie er flog nicht, sondern fuhr mit der Eisenbahn. Das Fliegen war ein Privileg der oberen Zehntausend. Dass sich die Verhältnisse langsam geändert hatten, wusste er, aber das Gefühl triumphierte über den Verstand.

Etwas verunsichert reihte er sich in die Schlange derer ein, die vor dem Schalter der Pan Am standen und warteten. Die sahen alle bedeutend wohlhabender oder wichtiger aus als er. Er hätte doch lieber den Interzonenbus oder die Bahn nehmen sollen, aber dort gab es diese schrecklichen Kontrollen durch die DDR-Organe, bei denen man immer Angst hatte, zum Aussteigen aufgefordert zu werden und zum Schluss in einem sibirischen Lager zu landen. Dann doch lieber fliegen, dachte Hermann Kappe, obwohl ihm ein bisschen mulmig bei großen Höhen wurde und er Flugzeuge als Mittel des kontrollierten Selbstmords ansah – entweder sie stürzten ab, oder sie wurden in den Luftkorridoren nach Westdeutschland von sowjetischen Düsenjägern abgeschossen. Da musst du jetzt durch!, sagte er sich und verlieh sich in Gedanken eine Tapferkeitsmedaille.

«Nun wird es ernst», stellte Klara fest.

«Ernst Gennat wäre auch nicht gern geflogen.» Ernst Gennat war die große Lichtgestalt der Berliner Kriminalpolizei und hätte beim Fliegen zwei Sitze gebraucht, so voluminös war er gewesen. Die Trimmung der Maschine hätte er wahrscheinlich auch durcheinandergebracht.

Endlich bekam Hermann Kappe seine Bordkarte ausgehändigt, nahm Abschied von Klara und begab sich in den Warteraum, von dem aus man einen herrlichen Blick über das Tempelhofer Feld hatte. Dort, wo sich nun der Horizont befand, war früher die Ringbahn entlanggefahren. Inzwischen verkehrte die S-Bahn jedoch nur noch zwischen Sonnenallee und Gesundbrunnen, die jeweils nachfolgenden Stationen Treptower Park und Schönhauser Allee lagen heute hinter der Mauer.

Im Vordergrund wurden mehrere Maschinen der Pan Am, alle vom Typ Boeing 729, be- und entladen. Menschen kamen die Gangway herunter. Hermann Kappe kannte solche Bilder nur aus der Wochenschau im Kino oder aus dem Fernsehen, wenn darüber berichtet wurde, dass hohe Politiker oder Filmstars zur Berlinale in Berlin gelandet waren. Zugleich kamen ihm viel ältere Bilder in den Kopf, zum Beispiel wie vor hundert Jahren auf dem Tempelhofer Feld Preußens Soldaten geübt und um 1890 hier die ersten Fußballspiele stattgefunden hatten.

Der Aufruf kam, und sie schritten im Gänsemarsch über das Vorfeld zu ihrer Maschine. Hermann Kappes erster Blick galt dem rot-weißen Windsack. Der war prall gefüllt. Der Wind kam aus östlicher Richtung, also startete man über den St.-Thomas-Friedhof und drehte dann eine Runde über Ost-Berlin, bevor man Kurs auf Hannover nahm. Er wusste, dass es die meisten Abstürze beim Start und bei der Landung gab, also zitterte er ein wenig, als sie auf der Startbahn in Richtung Neukölln beschleunigten und schließlich abhoben. Unter ihnen lagen die Gräber des Friedhofs. In einem von ihnen ruhte Gustav Galgenberg. Was hätte der jetzt wohl gesagt? Bestimmt irgendetwas wie «Ach du meine Jüte, drei Bonbons in eena Tüte!» oder «Mensch, lass dir in Watte wickeln!».

Hermann Kappe saß am Fenster und sah auf die geteilte Stadt hinunter. Die Mauer ließ sich ganz genau erkennen. Sein Blick ging zum Alexanderplatz. Irgendwo da unten lief also sein Sohn Hartmut herum. Vielleicht blickte er in diesem Moment gerade zum Himmel hinauf und winkte …

Die Maschine stieg weiter und nahm Kurs auf den mittleren der drei Luftkorridore. Bevor sie die Reiseflughöhe von dreitausend Metern erreichten, gerieten sie in Turbulenzen und wurden kräftig durchgeschüttelt. Die alte Dame neben Hermann Kappe fing schon an zu beten.

Aber sie landeten gut und sicher in Hannover-Langenhagen. Helmut Lampe stand schon am Ausgang, um ihn abzuholen und mit ihm alle Formalitäten zu erledigen. Gegen Mittag hielt Hermann Kappe seinen bundesdeutschen Pass in der Hand.

«Nun bin ich endlich ein vollwertiger Mensch!»

«Gratuliere!»

Bis zum Rückflug blieben noch fünf Stunden, und damit hatten sie Zeit für eine kleine Stadtrundfahrt mit Lampes Wagen. Hermann Kappe lud Lampe schließlich zum Essen ein. «Zum Dank für Ihre Bemühungen um meinen Pass», sagte er.

Als eingefleischter Kriminalbeamter wollte er sich die Gelegenheit nicht entgehen lassen, sich von Lampe die Orte zeigen zu lassen, die mit den Morden von Fritz Haarmann in Verbindung standen. So fuhren sie in die Calenberger Neustadt, wo Haarmann einst in der Straße Rote Reihe eine Mansardenwohnung gemietet hatte.

«24 Jungen soll er umgebracht haben», konnte sich Hermann Kappe erinnern.

Lampe lachte. «Da könnt ihr als Berliner mit euren Kriminellen nicht mithalten, was?»

«In der Tat. Wir haben nur Karl Grossmann aufzubieten, unsere ‹Bestie vom Schlesischen Bahnhof›. Drei Frauenmorde konnte die Polizei ihm nachweisen. Aber möglicherweise waren es zwei Dutzend oder mehr. Und dann gibt es noch unseren S-Bahn-Mörder, Paul Ogorzow – acht Morde, sechs Mordversuche und an die dreißig Sittlichkeitsverbrechen hat er begangen.»

«Und – haben Sie die beiden Männer zur Strecke gebracht?»

«Nein, leider nicht, das waren Kollegen von mir.» Das war leider ein empfindliches Defizit in seiner Vita, dachte er.

«Sie kennen die Lebensgeschichte Haarmanns sicherlich besser als ich», sagte Lampe.

«Das ist möglich.»

Fritz Haarmann war vom Vater geschunden, von der Mutter verhätschelt und vom älteren Bruder sexuell missbraucht worden. Die Fachleute waren sich einig darüber, dass diese Umstände die spätere Verbrecherkarriere gefördert hatten. Immerhin absolvierte er eine Schlosserlehre und wurde in die Unteroffiziersschule des Heeres aufgenommen. In dieser Zeit litt er allerdings an Halluzinationen, sodass er um seine Entlassung bat. Er wurde arbeitslos, verging sich an Kindern und kam in eine Heilanstalt, wo die Ärzte das diagnostizierten, was man damals Schwachsinn nannte. Trotzdem wurde er um die Jahrhundertwende nach Colmar eingezogen, erlitt dort aber immer wieder Ohnmachtsanfälle. Im Lazarett erklärte man ihn für schizophren. Zurück in Hannover, ging alles schief, was er unternahm. Er zog sich sogar eine Geschlechtskrankheit zu. Am Hauptbahnhof suchte er nach homosexuellen Kontakten, insbesondere sprach er junge Ausreißer und entlaufene Heimkinder an. Während des Ersten Weltkriegs fiel er durch Delikte wie Unterschlagung, Diebstahl, Einbruch und Hehlerei auf. Oft genug saß er im Gefängnis. Nach dem Krieg schlug er sich mit Kleinhandel aller Art durchs Leben. Im Frühsommer 1924 fanden spielende Kinder dann fünf menschliche Schädel in der Leine – und zwar zwischen dem Leineschloss und Haarmanns Wohnort. Die Polizei war in seinem Falle nicht gerade übereifrig, da er für sie als Spitzel gearbeitet hatte. Schließlich aber geriet er doch ins Fadenkreuz der Ermittler. In seiner Wohnung wurden blutbefleckte Kleidungsstücke von jungen Männern gefunden, und schließlich gelang es der Polizei, ihn zu überführen.

«Ihr hannoverischer Kollege Heinrich Rätz vernahm Haarmann damals. Sogar des Nachts ließ er in der Leine nach Leichenteilen suchen, nachdem die Stadt den Wasserstand durch Schließen eines Wehrs abgesenkt hatte», wusste Lampe zu berichten.

«Das erinnert mich an Großmann», sagte Hermann Kappe. «Der hat seine zerstückelten Leichen auch in die Spree und in den Luisenstädtischen Kanal geworfen, aber in Berlin konnten wir das Wasser nicht absenken.»

«Selbstverständlich nicht», spottete Lampe. «Die Leine ist ja auch nur ein Bach – und die Spree so breit wie der Mississippi an der Mündung.»

«Dafür griff man in Hannover zu sehr unkonventionellen Verhörmethoden», konterte Hermann Kappe. «Nicht nur, dass man Haarmann in seiner Zelle angekettet hatte, es sah darin auch aus wie in einer Geisterbahn.» Auf einem an der Wand befestigten Brett hatte die Polizei die gefundenen Schädel von Haarmanns Opfern aufgestellt, deren Augen mit rotem Papier ausgekleidet und von hinten angeleuchtet.

«Immerhin ist er durch seine Taten sozusagen unsterblich geworden», beendete der Hannoveraner ihre Diskussion. «Nicht zuletzt durch Walter Kollo.»

Und wie auf Kommando begannen beide das Haarmann-Lied anzustimmen: *Warte, warte nur ein Weilchen, / bald kommt Haarmann auch zu dir, / mit dem kleinen Hackebeilchen, / macht er Schabefleisch aus dir.*

«Zur Legende wurde Karl Großmann auch», sagte Hermann Kappe. «Zumal er als Wurstmaxe am Schlesischen Bahnhof gestanden hat. Heinrich Zille, der in dieser Gegend groß geworden ist und gerne in eines der Lokale am Bahnhof einkehrte, hat fortan dort keine Buletten mehr gegessen.»

Als Hermann Kappe auf den Rückflug wartete, fragte er sich, warum gerade Mehrfachtäter wie Fritz Haarmann und Karl Großmann den Menschen so hartnäckig im Gedächtnis blieben. Vielleicht erinnerten sie daran, dass in jedem Menschen eine Bestie steckte. Dass sie ans Licht kam, galt es zu verhindern. Der Deckel auf der Büchse der Pandora musste geschlossen bleiben. Dafür hatten die Polizei, die Gerichte und die Gefängnisse zu sorgen. So schufen Verbrechen Arbeitsplätze. Auch Hermann Kappe verdankte seine Anstellungen – von der Gendarmenstelle in Storkow bis hin zu der als Kriminalhauptkommissar in Berlin – dem Bösen in der Gesellschaft.

Der Rückflug verlief ohne Probleme, und zum Beginn der Tagesschau war Hermann Kappe wieder in West-Berlin.

Lothar Laukisch wusste selbst am besten, dass er dringend psychotherapeutischer Beratung bedurft hätte, doch er suchte keinen Fachmann auf, weil er fürchtete, wieder in die Karl-Bonhoeffer-Nervenklinik eingewiesen zu werden. Immer wieder hörte er Stimmen, die ihm befahlen: *Streife durch die Stadt und erlöse die Welt vom Bösen!*

Als er wieder einmal ohne Ziel in der U-Bahn Richtung Krumme Lanke saß, fing er plötzlich an, Buhlans *Lied von der Krummen Lanke* zu singen. Die Leute rückten von ihm ab.

«Rüdesheimer Platz!» Welcher Rüde war hier zu Hause? Oder war es der Rüdiger, sein Zellennachbar in Bautzen? Der Rüdiger hatte einen Selbstbefriediger. «Breitenbachplatz!» Das musste ein Irrtum sein. Er machte einen Schritt aus der Wagentür hinaus auf den Bahnsteig und rief laut: «Hier gibt es keinen Bach!» Aus dem Lautsprecher ertönte: «Einsteig'n!» Laukisch dachte nicht daran, dem Folge zu leisten. «Zurückbleiben!» Du Arsch, ich bin nicht zurückgeblieben! Er hatte Lust, den Stationsvorsteher über den Haufen zu schießen, doch der war schon in seinem Häuschen verschwunden. Was jetzt? Laukisch stieg nach oben. *Streife durch die Stadt und erlöse die Welt vom Bösen!* Er geriet auf die breite Lentzeallee und spazierte auf deren Mittelstreifen in Richtung «Wilder Eber». Nach einer Weile kam das Straßenschild *Hundekehlestraße*. Er liebte Hunde und begann zu bellen. Die Menschen, die ihm begegneten, tippten sich mit dem Finger gegen die Stirn. Laukisch staunte. So warm war es doch gar nicht, dass man sich Wind zufächeln musste. «Wir sind zwar warm und brüderlich, doch warme Brüder sind wir nicht.» Das hatte sein Vater immer gesagt, damals im Osten. Weiter! Irgendwann las er auf einem Straßenschild *Hasensprung*. Ach, hier wohnte doch dieser Bausenator, dieser Klaffenbach. *Erlöse die Welt vom Bösen!* Das Politische war böse.

Für Hermann Kappe war der große Tag gekommen. Der Tag, an dem er es wagen wollte, mit seinem neuen bundesdeutschen Reisepass nach Ost-Berlin zu fahren.

«Du bist verrückt geworden!» war Klaras Kommentar, denn sein Vorhaben erschien ihr immer noch als ein sehr gefährliches Abenteuer.

«Die ganze Welt ist verrückt geworden», entgegnete er, aber so ganz wohl war ihm bei seiner Unternehmung auch nicht. «Wenn ich bis zehn Uhr nicht zurück bin, dann ruf bitte bei Hertha an! Sie soll dafür sorgen, dass ich wieder freikomme.» Seine Cousine hatte Kontakte zu Personen, die in der DDR etwas bewegen konnten.

In den letzten Tagen hatte es mehrere Zwischenfälle gegeben, die in Ost und West die Gemüter erregt hatten. Am 11. Juni war der dreizehnjährige Schüler Wolfgang Glöde in der Treptower Kleingartenkolonie «Sorgenfrei» von einem DDR-Grenzposten erschossen worden. Angeblich hatte sich versehentlich ein Schuss gelöst und den Jungen getroffen, als er nahe der Grenze mit anderen Kindern spielte, in West-Berlin wollte man dieser Erklärung aber keinen Glauben schenken. Und am 18. Juni war Reinhold Huhn, ein Gefreiter der DDR-Grenztruppen, in der Zimmerstraße von einem Fluchthelfer getötet worden, als er versucht hatte, einen Fluchtversuch zu verhindern.

«In dieser heiklen Situation willst du wirklich nach Ost-Berlin?», wollte Klara wissen.

«Ich will Hartmut treffen. Und ich will mal in unserer alten Gegend spazieren gehen.»

«Lass dich bloß nicht erwischen!»

«Ich wollte schon immer mal nach Bautzen, um zu sehen, wo die Spree entspringt.»

«Hör auf mit deinem schwarzen Humor!»

«Unsere Enkelkinder würden jetzt fragen: Gibt's auch weißen Humor? Aber lass uns erst mal in aller Ruhe frühstücken und mich weiter Zeitung lesen.»

Der amerikanische Außenminister Dean Rusk wollte zu einem zweistündigen Blitzbesuch nach Berlin kommen, wo ihn Willy Brandt empfangen sollte.

«Mehr Zeit ham se wohl für uns nich», brummte Hermann Kappe.

Schrecklich war die Düsenjäger-Katastrophe bei Köln. Zwei Maschinen der Bundeswehr waren zusammengestoßen und abgestürzt. Genauso schrecklich war es, dass man im Rheinland schon wieder ein fünfjähriges Mädchen ermordet aufgefunden hatte, das sechste Opfer. *«Der Massenmörder vom Niederrhein ist noch frei»*, las Hermann Kappe laut.

«Nur gut, dass du nicht mehr im Dienst bist und dich nicht mehr mit solchen Fällen beschäftigen musst.»

«Da magst du recht haben.»

Wie jeden Morgen kam nun Klaras Frage, ob es auch Erfreuliches gebe.

«Ja, hier: Shirley MacLaine hat ihre Reise durch die Sowjetunion überlebt. Im Hotel in Moskau sind ihr nur die Koffer geklaut worden.»

«Oh, die Arme!» Klara betete die amerikanische Schauspielerin geradezu an.

Hermann Kappe wandte sich dem Sportteil zu. Hennes Junkermann hatte die Schweiz-Rundfahrt gewonnen. Aber seit Deutschland bei der Fußball-WM mit 0:1 gegen Jugoslawien verloren hatte, konnte ihn nichts mehr trösten. *Scholz aus dem Formtief heraus.* Sollte er! Aber immerhin wäre es nach der Niederlage im Fußball ein kleiner Trost, wenn Bubi Scholz in ein paar Tagen die Weltmeisterschaft im Halbschwergewicht gewann.

Das Wetter war sommerlich, teils heiter, teils bewölkt, bei 24 Grad.

Nach dem Frühstück machte sich Hermann Kappe auf den Weg zu seinem großen Abenteuer. Als solches empfand er seine Einreise in die Hauptstadt der DDR jedenfalls. Schon allein die Anreise musste sorgfältig geplant werden. Er entschied sich dafür, mit der Straßenbahnlinie 3, die bei ihm fast vor der Haustür hielt, bis zum Bahnhof Yorckstraße zu fahren und dort in die S-Bahn umzusteigen. Deren Züge hielten auf der Strecke Lichterfelde Süd—Heiligensee. Die Straßenbahn war an diesem Freitagvormittag ziemlich voll, die S-Bahn aufgrund des Boykotts mehr als leer. Hermann Kappe kam sich fast wie ein Verräter vor, als er sich am dunkelgrünen Automaten eine Fahrkarte zog. *Keine D-Mark für Ulbrichts Stacheldraht!* Die S-Bahn unterstand ja der Deutschen Reichsbahn der DDR, auch in West-Berlin. Er hatte Angst, dass ihn jemand beobachtete und dass er als West-Berliner Beamter seine Pension verlor.

Sie hielten am Anhalter Bahnhof, der noch im Westen lag, dann folgten auf Ost-Berliner Gebiet zwei Geisterbahnhöfe, Potsdamer Platz und Unter den Linden, die langsam, aber ohne Halt durchfahren wurden. Grenzpolizisten standen bereit, Fluchtwillige abzufangen, die es trotz aller zugemauerten Eingänge irgendwie geschafft hatten, auf die Bahnsteige zu gelangen, um die Türen aufzureißen und in den Zug zu springen. Hermann Kappe überlegte lange, wo genau der S-Bahn-Tunnel die Grenze querte. Im Verlaufe der Stresemannstraße musste es sein, zwischen Anhalter Bahnhof und Potsdamer Platz, gleich hinter der Ruine des Kunstgewerbemuseums. In diesem Moment schaute er unwillkürlich nach oben – genau über seinem Kopf verlief die Grenze.

Der Bahnhof Friedrichstraße war ein Kuriosum. Mitten in der Hauptstadt der DDR gelegen, konnten hier West-Berliner unkontrolliert von der Nord-Süd- in die Stadtbahn und die U-Bahn umsteigen. Nur ab und an begegnete man Streifen der Grenztruppen. Hermann Kappe ging den Wegweisern nach, die ihn zur Grenzstelle führten, und geriet auf dem Labyrinth des Bahnhofs in ein Zwischengeschoss, in dem die Kontrollhäuschen standen, die so ähnlich aussahen wie die «Wannen» der Fahrkartenkontrolleure bei der S-Bahn.

Hermann Kappe wunderte sich, dass die Friedrichstraße nicht längst einen neuen Namen erhalten hatte. Benannt nach dem Kurfürsten Friedrich III. von Brandenburg, dem späteren Preußenkönig Friedrich I., erinnerte sie schließlich an die ungeliebte Feudalzeit.

Hermann Kappe erkannte schon von Weitem die Schilder an den Kontrollhäuschen:

Einreise für Bürger
BRD
andere Staaten
Visum für einen Tagesaufenthalt
Transit

Brav reihte er, der BRD-Neubürger, sich in die lange Schlange ein. Sicherheitshalber hatte er sich vorher das Wichtigste über seine neue Heimatstadt angeeignet: Hannover war Landeshauptstadt von Niedersachsen, an der Leine gelegene Messestadt, 1150 zum ersten Mal urkundlich erwähnt, ab 1814 Hauptstadt des Königreichs Hannover, ab 1866 gehörte es zu Preußen. Folgende Stichpunkte waren ihm präsent: Stadtwald Eilenriede, Herrenhäuser Gärten, Welfenschloss, Opernhaus, Kröpcke, Maschsee, Niedersachsenstadion, Keksfabrik Bahlsen, Continental Gummiwerke, Marktkirche, Ernst-August-Denkmal am Hauptbahnhof, Flughafen Langenhagen.

Dann war er an der Reihe. Mit nach oben schnellendem Blutdruck reichte er seinen bundesdeutschen Reisepass durch die Luke. Der Uniformierte dahinter war bestimmt einer von der Stasi. Der nagelneue Pass musste auf den ersten Blick seinen Verdacht erregen: Wieder ein westlicher Fluchthelfer! In vorauseilendem Gehorsam machte Hermann Kappe sein rechtes Ohr frei. Die Prozedur dauerte ewig. Wahrscheinlich blätterte der Uniformierte in irgendwelchen Fahndungslisten. Jetzt griff er auch noch zum Telefon. Hermann Kappes Blutdruck erhöhte sich zusehends, gleich musste ihn ein Herzinfarkt ereilen. Nein, er bekam seinen Pass zurück und wurde durchgewunken. Gott sei Dank! Auch die Zollkontrolle passierte er anstandslos. Zum Schluss tauschte er noch Geld, dann war es geschafft.

Wenig später stand er vor dem Bahnhof Friedrichstraße. *Träum ich? Wach ich? Leb ich? Bin ich bei Sinnen?* Hier in Preußens Kernlanden war es durchaus angebracht, aus *Prinz von Homburg* zu zitieren. In der DDR war noch nicht alles auferstanden aus Ruinen. Da, wo sich früher der Riesenkomplex des Central-Hotels befunden hatte, dehnte sich jetzt, groß wie ein Fußballfeld, eine Rasenfläche, gesäumt von ein paar hölzernen Kiosken. Was nun? Einen festen Plan hatte Hermann Kappe nicht. *Ja, mach nur einen Plan, / sei nur ein großes Licht / und mach dann noch 'nen zweiten Plan, / gehn tun sie beide nicht.* Dass ihm hier, so dicht am Schiffbauerdamm, ein Zitat von Brecht einfiel, war nicht weiter verwunderlich. Als Westdeutscher musste man Brecht eigentlich verachten, so wie der den Kommunisten in den Arsch gekrochen war. Egal, die *Dreigroschenoper* war trotzdem etwas Großartiges.

Hermann Kappe beschloss, zuerst seine alte Wohngegend östlich des Alex zu besichtigen und dann zuzusehen, dass er Hartmut zu Gesicht bekam. Als er auf der Ostseite des Bahnhofs die Treppen zur Stadtbahn hinaufstieg, kam ihm eine Schar kleiner Kinder entgegen. Sofort hatte er das Sandmann-Lied im Ohr, denn ab und an schalteten sie zu Hause in der Wartburgstraße auch das DDR-Fernsehen ein, um sich darüber zu informieren, wie man drüben so lebte. *Sandmann, lieber Sandmann, / es ist noch nicht so weit. / Wir sehen erst den Abendgruß, eh' jedes Kind ins Bettchen muss, / du hast gewiss noch Zeit.* Die Brüder und Schwestern liefen durchaus nicht in Lumpen herum, aber was sie trugen, war durchweg in merkwürdigen und düsteren Farben gehalten. Grau dominierte, und alle Rottöne wirkten seltsam schmutzig. Die meisten Gesichter erschienen ihm mürrisch.

Hermann Kappe entwertete seine Fahrkarte mit einem mittelalterlichen Gerät, das neben dem Treppengeländer angebracht war, und lief zum Bahnsteig der Ost-S-Bahn hinauf. Der war mit einer Wand aus dickem Blech von den beiden anderen Bahnsteigen abgetrennt, auf denen die S-Bahn nach Wannsee und die Fernzüge Richtung Helmstedt fuhren. Hier war der Eiserne Vorhang mehr als eine Metapher. Hermann Kappe hätte das alles am liebsten fotografiert, aber das war mit Sicherheit strengstens verboten. Außerdem hatte er keinen Fotoapparat mitgenommen.

Als er den S-Bahn-Wagen betrat, stieg ihm sofort der DDR-typische Wofasept-Geruch in die Nase. Das war das berüchtigte Reinigungsmittel im Osten, dem westlichen Lysol ähnlich. Wahrscheinlich, lästerten die westlichen Kappes immer, hatten die DDR-Oberen Angst, dass der Klassenfeind Viren und Bakterien einschleppte, um das «bessere Deutschland» zu schwächen. Die Namen der S-Bahn-Endstationen erschienen ihm exotischer, als sie ihm in Bombay oder Tokio erschienen wären – Strausberg, Erkner, Königs Wusterhausen.

Hermann Kappe kam sich vor wie im Ausland – und das in der eigenen Heimatstadt! Das durfte doch nicht wahr sein!

Wenigstens sprachen sie noch dieselbe Sprache. Aber auch da bemühte sich die DDR um neue Wortschöpfungen: Subbotnik für Arbeitseinsatz, Bückware für alles, was unter dem Ladentisch, also nur über Beziehungen zu bekommen war, Dispatcher für denjenigen, der für die operative Lenkung von Verkehrs- und Produktionsprozessen zuständig war, Elternaktiv für die Elternvertreter einer Schulklasse, Ernteeinsatz, Großes Pionierehrenwort bei den Ernst-Thälmann-Pionieren, Parteiauftrag, Plaste, Poliklinik, Reisekader, SERO als Abkürzung für Sekundärrohstoffe, Soljanka. Hermann Kappe hatte das alles einmal irgendwo gehört oder gelesen und sich gemerkt.

Noch erschütterter war er, als er am Bahnhof Alexanderplatz ausstieg. Vom Polizeipräsidium, seiner alten Arbeitsstätte, war kaum mehr zu entdecken als eine Ruine, nur einzelne Teile wurden noch genutzt. Von ihrem alten Mietshaus in der Großen Frankfurter Straße war überhaupt nichts mehr übrig geblieben. Die Straße hieß jetzt Karl-Marx-Allee, und da, wo er einmal gewohnt hatte, zogen sich die Zuckerbäckerbauten der Stalinallee gen Osten. Berlin, wie haste dir vaändert!

Sein Sohn Hartmut hatte seinen Dienstsitz in der Keibelstraße, in dem Gebäude, in dem sich früher die Karstadt-Verwaltung befunden hatte. Zuerst wollte er so lange vor dem Polizeipräsidium Ost entlangschlendern, bis sein Sohn irgendwann auftauchte, aber nach zehn Minuten erschien ihm das als zu gefährlich. Womöglich wurde er beobachtet und für einen Spitzel des Klassenfeinds gehalten. Darum gab er sich einen Ruck, betrat kurz entschlossen das Foyer des Ost-Berliner Polizeipräsidiums und steuerte auf den Pförtner zu. Frechheit siegt!

«Melden Sie mich bitte beim Major Hartmut Kappe, und sagen Sie ihm, er möge nach unten kommen! Sein Onkel Albert aus Wendisch Rietz erwartet ihn.»

Wenn der Mann ihn jetzt nach seinem Ausweis fragte, war alles aus. Aber er fragte nicht. Sekunden vergingen, Minuten.

Dann kam Hartmut die Treppe hinunter. Für einen Augenblick stutzte er, dann aber tat er das einzig Richtige – er eilte auf seinen Vater zu und rief so laut, dass es alle hören konnten: «Mensch, Onkel Albert, schön, dass du mich mal besuchen kommst!»

Hermann Kappe ließ sich die Gelegenheit nicht entgehen, seinen Sohn in die Arme zu schließen. Der suchte sich wieder zu befreien und flüsterte dabei: «Du bringst mich damit in Teufels Küche!»

«Das musste nach so langer Zeit mal sein!»

Hartmut Kappe wagte es nicht, sich mehr als eine Minute Zeit für seinen Vater zu nehmen. «Und jetzt geht es wieder zurück nach Wendisch Rietz?»

«Ja, wieder ins Boot, Fische fangen.»

Auf dem Rückweg zum Grenzkontrollpunkt hatte Hermann Kappe bei jedem Schritt ein seltsames Gefühl. Er war überzeugt davon, dass die Häscher der Stasi hinter ihm her waren. Irgendwann würden sie ihn schnappen und zum Verhör schleppen.

Boxen, insbesondere das Berufsboxen, stand in der Familie Kappe fast noch höher im Kurs als der Fußball. Boxen war wie das Leben: Man teilte aus, und man steckte ein, man schickte Gegner auf die Bretter und wurde selber angezählt. Und ging man wirklich einmal k.o., dann hieß es, sich wieder aufzurappeln und im nächsten Kampf der Sieger zu sein. Jedes Familienmitglied beherrschte schon früh den Fachjargon und wusste, was ein Rechts- und was ein Linksausleger war. Der *Infight* war der Nahkampf, ein *Lucky Punch* ein Glückstreffer in der letzten Minute, der den bis dahin unterlegenen Boxer zum Sieger machte, ein *Uppercut* ein kräftiger Aufwärtshaken, ein *Haymaker* ein Schwinger, der *Jab* eine ansatzlos geschlagene Gerade mit der Führhand und ein *Cross* eine kraftvolle Gerade über die Deckung des Gegners hinweg. Jeder hatte seinen Lieblingsboxer, mit dem er sich seit seiner Jugend identifizierte. Bei Otto Kappe war es der US-Amerikaner Jack Dempsey, der 1919 zum ersten Mal Weltmeister geworden war, bei Hermann Kappe dagegen stand Joe Louis am höchsten im Kurs. Und natürlich schwärmten alle von Max Schmeling, der in den 30er Jahren seine Erfolge gefeiert hatte. Die Gewichtsklassen vom Mittel- über das Halbschwer- bis zum Schwergewicht hatten in Deutschland nach dem Krieg andere Kämpfer beherrscht: Dieter Hucks, «der Hufschmied vom Niederrhein», Adolf Witt, Fritz Gahrmeister, Willi Hoepner, Hein ten Hoff, Walter Neusel, Hans Stretz, Conny Rux, Heinz Seiler, Adolf Kleinholdermann und schließlich Peter Müller, «de Kölsche Aap», der den Ringrichter Max Pippow voller Zorn k.o. geschlagen hatte.

Nun aber hatte ein anderer die Herzen aller West-Berliner erobert: Gustav «Bubi» Scholz. Zwar war er, geboren 1930 in Berlin, im Osten aufgewachsen, jedoch nach seiner Lehre zum Koch nach West-Berlin gezogen. Ohne sich vorher als Amateur versucht zu haben, hatte er schon 1948 seinen ersten Kampf als Profiboxer gewonnen. Nachdem er mehrfach Deutscher Meister im Weltergewicht geworden war, schien es mit ihm und seiner Karriere vorbei zu sein, als er 1955 an Tuberkulose erkrankte. Doch nach zwei Jahren war er wieder da – und erfolgreicher als je zuvor. Gegen Peter Müller gewann er die Deutsche Meisterschaft im Mittelgewicht, und gegen Charles Humez wurde er sogar Europameister. Die West-Berliner verehrten und bejubelten ihn. Der 23. Juni 1962 sollte der größte Tag seines Leben werden, denn an diesem Tag ging es im Olympiastadion gegen Harold Johnson aus den USA um die Weltmeisterschaft. Das wollte sich die Kappe-Familie natürlich nicht entgehen lassen, und Karl-Heinz war es gelungen, Karten für alle zu ergattern.

Eine Stunde vor Beginn des Kampfes hatten sie sich alle am Osttor des Olympiastadions versammelt. Nur Hermann Kappe fehlte noch.

«Ich hätte ihn doch mit dem Rollstuhl abholen sollen», sagte Karl-Heinz Kappe. «In seinem Alter schafft er es nicht mehr zu Fuß.»

«Die werden ihn für ein paar Tage im Osten eingebunkert

haben», vermutete Otto Kappe, der von den Plänen seines Onkels gewusst hatte. «Aber er war nicht davon abzuhalten, nach drüben zu fahren, um Hartmut mal wieder zu sehen.»

«Soll ich mal mit Klaffenbach sprechen, ob der Senat im Falle eines Falles intervenieren kann?» Karl-Heinz Kappe hatte den Bausenator mitsamt seiner Entourage beim Betreten des Stadions entdeckt.

Peter Kappe winkte ab. «Lass mal, bei uns an der FU gibt es genug Gruppen, die sich auf Fluchttunnel spezialisiert haben. Vielleicht können wir ihn so wieder herausholen.»

Endlich kam Hermann Kappe. Er hatte am Bahnhof Zoo warten müssen, weil die U-Bahn so voll war.

Das Olympiastadion war etwa zur Hälfte gefüllt. «Für einen Boxkampf sind das eine Menge Besucher», stellte Karl-Heinz Kappe fest.

Dann ging es los. «Ring frei, Runde eins!»

Über fünfzehn Runden sollte der Kampf dauern. Harold Johnson, ein Schwarzer, war ein ausgesprochener Defensivkünstler auf schnellen Füßen. Außerdem war er schwerer als Bubi Scholz und hatte die größere Reichweite. So kam es, dass der Berliner ziemlich schlecht aussah, nach Punkten immer weiter zurückfiel und schließlich die zweite Niederlage seiner Karriere einzustecken hatte. Die Enttäuschung der Berliner war groß, und es gab viele Pfiffe.

«Immerhin kassiert Scholz achtzigtausend Mark», tröstete sich Karl-Heinz Kappe.

«Gegen die Amerikaner kannst du halt nichts machen», stellte Otto Kappe fest.

Hermann Kappe nickte, und seine anschließende Bemerkung war nur zum Teil ironisch gemeint. «Darum sollten wir auch der 51. Bundesstaat der USA werden, gleich nach Alaska und Hawaii.» Das wünschten sich viele West-Berliner, weil man damit vor den Russen absolut sicher wäre.

«Wir sind hier im britischen Sektor», stellte Peter Kappe

fest. «Und die Königin wird uns nicht an die Amerikaner abtreten wollen. Außerdem hätten wir als US-Bundesstaat die Todesstrafe wieder.»

Über deren Für und Wider entspann sich nun eine Diskussion, die sie weiter von der Niederlage ihres Lieblings ablenkte.

«Wir sind schon genug gestraft», fand Otto Kappe. «Erst durch Hitler und den Krieg, dann durch die Blockade und schließlich durch den Mauerbau. Da brauchen wir nicht auch noch die Todesstrafe.»

Am nächsten Morgen konnten alle in ihrer Morgenzeitung nachlesen, warum es zu der Niederlage gekommen war. Zu jeder Runde gab es einen kurzen Kommentar.

1. Runde:
Nach vorsichtigem Beginn landete Scholz mehrere Linke. Johnson antwortete rechts. Ohne Schlagwirkung rutschte Scholz aus. Bubis Linke warf den Weltmeister zurück. Johnson wirkte beeindruckt. Runde für Scholz.

Es hatte also für den Berliner gut angefangen, aber langsam wendete sich das Blatt zugunsten des Amerikaners. Dann kam die letzte Runde.

15. Runde:
Entschlossen ließ Johnson die Fäuste fliegen. Scholz blutete stark aus einer Wunde an der linken Braue. Wilde Schlagserien Fuß an Fuß sahen den starken Gast stets im Distanzgefecht.

Hermann Kappe hatte vom Sport die Nase voll und ging zur Ablenkung mit Klara ins «Atelier am Zoo», um sich mit ihr den Episodenfilm *Liebe mit zwanzig* anzusehen. Das hatte sie sich gewünscht.

ZEHN

WENN ES IN WEST-BERLIN eine Wohngegend gab, die für die Wohlhabenden reserviert war, dann war das wohl Dahlem. Villen und kleine Parkanlagen prägten den Ortsteil im Berliner Südwesten. Die Namen der Besitzer des Dahlemer Areals seit 1450 sprachen Bände: Otto von Milow, Heinrich und Peter von Spiel, Georg Adam von Pfuel, Cuno Hans von Wilmerstorff, Friedrich Heinrich von Podewils und Carl Friedrich von Beyme. Dessen Tochter hatte 1841 das Dorf mit seinen Ackerflächen an den preußischen Domänenfiskus verkauft, und der hatte es in den vornehmen Villenvorort und die Königliche Domäne Dahlem aufgeteilt. Letztere war im Berliner Westen geradezu eine Institution geworden. Viele der Straßennamen waren fast schon poetisch, etwa Föhrenweg, Bachstelzenweg, Auf dem Grat, Im Winkel, Wildentensteig, Vogelsang oder Am Hirschsprung.

Als architektonisch besonders wertvoll galten Am Hirschsprung die Wohnhäuser mit der Nummer 2 und der Nummer 50A, die der Architekt und Regierungsbaumeister a. D. Hans Wormann geschaffen hatte. In unmittelbarer Nähe wohnte der Bausenator Arnulf Klaffenbach mit seiner Frau Hannelore und den Kindern Bernhard, achtzehn Jahre alt, Beate, vierzehn, und Friedhelm, zwölf.

Wie an jedem Morgen hatte sich die Familie auch an diesem Mittwoch in der geräumigen Küche im Erdgeschoss zum Frühstück versammelt.

Bernhard, der in die dreizehnte Klasse des Arndt-Gymnasiums in der Königin-Luise-Straße ging, lernte schnell noch einige Zeilen des *Faust* auswendig, um nachher glänzen zu können.

Gebraucht der Zeit, sie geht so schnell von hinnen,
Doch Ordnung lehrt Euch Zeit gewinnen.
Mein teurer Freund, ich rat Euch drum
Zuerst Collegium Logicum.
Da wird der Geist Euch wohl dressiert,
In spanische Stiefel eingeschnürt (...)

«Was sind spanische Stiefel?», wollte Beate wissen.

«Keine Ahnung.»

Friedhelm war um eine Antwort nicht verlegen. «Die tragen die beiden besten Fußballer von Real Madrid, Puskás und Di Stéfano.»

«Unsinn!» Als Grundschullehrerin wie als Leserin historischer Romane wusste es Hannelore Klaffenbach dagegen ganz genau. «Spanische Stiefel sind mittelalterliche Folterinstrumente, die bei Verhören eingesetzt worden sind.»

«Danke, Mutti», sagte Beate. «Hätte Vati das auch gewusst?»

«Sicher. Wo bleibt der denn heute nur?» Sie drehte den Kopf und rief durch die Küchentür nach oben. «Arnulf, wir frühstücken schon, beeile dich bitte!»

«Er wird erst noch sein Gedicht zu Ende schreiben», lästerte Bernhard und improvisierte:

Tief dringen Eure Schrauben mir ins Bein.
Ihr bösen Spanier, lasst das bitte sein.
Ich hole sonst den Adenauer,
der besieht sich das genauer.
Und fliegt schnell im Düsenjäger mit
zu Euch Folterknechten nach Madrid.
«Weg mit den Stiefeln und all ihren Schrauben,
Sonst müsst ihr heute noch dran glauben!»

«Genug damit!» Seine Mutter sah ihn tadelnd an. Dann wiederholte sie ihren Ruf: «Arnulf, komm doch bitte zum Frühstück herunter!»

Da er furchtbar schnarchte, schlief ihr Mann seit einigen Jahren in seinem Arbeitszimmer. Oft kam es vor, dass er schon vor dem Frühstück am Schreibtisch saß und Akten las, die er mit nach Hause genommen hatte, oder aber an seinen Essays und Gedichten schrieb. Wenn manche Menschen ihn für verschroben hielten, dann hatten sie nicht ganz unrecht.

«Beate, geh doch bitte mal nach oben und hole Vati!»

«Warum immer ich? Friedhelm kann doch auch mal gehen.»

Friedhelm hatte aber keine Lust zum Treppensteigen. «Losen wir's aus.» Er riss drei Schnipsel von seiner weißen Papierserviette ab und schrieb mit einem Kugelschreiber zwei Mal «Glück gehabt!» und ein Mal «Du gehst!» auf die Zettel. Dann knüllte er alle zusammen, mischte sie und hielt sie seinen Geschwistern hin.

Das Los fiel auf Bernhard. Der schlug seinen *Faust* zu und lief nach oben. Wenig später hörten sie sein Rufen: «Er ist nicht da!»

Hannelore Klaffenbach lief in den Keller hinunter, wo ihr Mann ab und an am Billardtisch stand und ein Match gegen sich selbst spielte. Doch auch da war er nicht. Sie hastete zur Garage. Ein schneller Blick verriet ihr, dass ihr Mercedes nicht mehr da stand. Komisch, dass ihr Mann nicht darauf gewartet hatte, im Dienstwagen abgeholt zu werden, sondern mit der Familienkutsche ins Büro gefahren war! Von einem dringenden Termin so früh am Morgen hatte er ihr nichts gesagt.

Als sich die Kinder auf den Schulweg gemacht hatten, rief sie im Büro an, um ihren Mann zu fragen, was ihn so früh und ohne ihr Bescheid zu sagen aus dem Haus getrieben habe.

«Es tut mit leid, Frau Klaffenbach, Ihr Mann ist hier noch nicht eingetroffen.»

«Hat er denn so früh einen Außentermin?»

«Nein.»

Hannelore Klaffenbach war zwar ein wenig beunruhigt, geriet aber erst in Panik, als sie im Arbeitszimmer ihres Mannes unter den herumliegenden Akten ein Gedicht von Theodor Fontane fand.

Immer enger, leise, leise
Ziehen sich die Lebenskreise,
Schwindet hin, was prahlt und prunkt,
Schwindet Hoffen, Hassen, Lieben,
Und ist nichts in Sicht geblieben
Als der letzte dunkle Punkt.

Wollte er sich etwas antun? Sie rief der Reihe nach seine engsten Freunde an. Bei keinem von ihnen aber war er zu erreichen, und er hatte auch keine Andeutungen gemacht, die auf einen Selbstmord schließen ließen.

«Sie werden ihn doch nicht in den Osten entführt haben!», rief sie plötzlich laut aus.

Als Hannelore Klaffenbach in der Garage ein blutiges Taschentuch gefunden hatte, rief sie die Nummer 110 an.

ELF

OTTO KAPPE verglich sich oft mit einem Feuerwehrmann. Während der untätig in der Wache herumsaß und auf den nächsten Brand wartete, hockte er selbst in seinem Büro und wartete auf einen Mord. Solange keiner gemeldet wurde, war er angehalten, sich den ungeklärten Fällen zuzuwenden oder sich fortzubilden. Letzteres tat er überwiegend durch die Lektüre der Morgenzeitung.

Am 27. Juni machten die Zeitungen auf mit einer Rede Willy Brandts vor dem Abgeordnetenhaus. *Kein Platz für unerwünschte Personen* hieß es in der Überschrift, danach wurde besonders auf eine Passage seiner Rede hingewiesen: *Ungebetene Kommunisten aus Ost-Berlin werden künftig vom freien Teil der Stadt ferngehalten. Die Alliierten haben jetzt die rechtlichen Voraussetzungen geschaffen, um die Handlanger Ulbrichts am Betreten West-Berlins zu hindern. (...) Innensenator Albertz teilte zu diesem Entschluß noch folgende Einzelheiten mit: Eine Liste mit etwa 90 Namen von unerwünschten Personen, an der Spitze SED-Staranwalt Kaul und der «Chefkommentator» des Berliner Rundfunks, Schnitzler, hat der Senat den Alliierten zur Genehmigung vorgelegt. (...) Die Polizei ist berechtigt, diesen Personen das Passieren an den Übergängen nach West-Berlin zu verbieten.*

Auf die erste Seite hatte es auch Rudi Altig geschafft, nachdem er die dritte Etappe der Tour de France gewonnen hatte und wieder im gelben Trikot fahren durfte. Die Rotchinesen hatten die von den Nationalchinesen beherrschten Inseln Quemoy und Matsu unter Beschuss genommen. Die Koalition stritt sich über die Beamtenbesoldung. Prinz Philip war nicht in die Liste der bestangezogenen Männer aufgenommen worden, weil sein weißes

Taschentuch nicht richtig im Jackett steckte. In Schwabing hatte es die fünfte Krawallnacht gegeben. In Frankenthal war ein des Raubes und des versuchten Totschlags angeklagter Mann während der Verhandlung aus dem Gerichtssaal gesprungen.

Hans-Gert Galgenberg kam herein und bekam die Teile der Zeitung zum Lesen, die Otto Kappe bereits ausgiebig studiert hatte.

«Teamwork muss sein.»

Hans-Gert Galgenberg gähnte. «Och, heute wieda nüscht los! Um unseren Arbeitsplatz zu sichern, werden wir wohl früher oder später selber jemanden umbringen müssen.»

«Keine schlechte Idee.»

Der Bote brachte interne Schreiben, darunter war auch der *Bericht der West-Berliner Schutzpolizei über die Lage an der Sektor- und Zonengrenze sowie auf S- und Reichsbahngelände für den Monat Juni 1962.* Demnach hatte sich die Lage vor Ort nicht entspannt. Die Grenzpolizisten hatten unvermindert von ihren Schusswaffen Gebrauch gemacht und in neunzehn Fällen auf Flüchtlinge, in drei Fällen auf Polizeibeamte und in einem Fall auf einen West-Berliner geschossen. Dabei waren ein Flüchtling und ein Grenzpolizist getötet worden.

«Wie das?», fragte Hans-Gert Galgenberg, als Otto Kappe ihm das vorgelesen hatte.

Der zitierte aus dem Bericht: «*Am 18.6.1962, gegen 18.40 Uhr, flüchteten 2 weibliche Personen und 2 Kinder durch einen in W 8, Zimmerstr. 62 (SBS), beginnenden Tunnel nach West-Berlin. Als Grepo die Flucht bemerkten, gaben sie 8 Schüsse auf die Flüchtenden ab. Dabei wurde ein Grepo, der sich den Flüchtlingen genähert hatte und offensichtlich die Flucht verhindern wollte, erschossen. Weitere 3 weibliche und 2 männliche Personen, die vermutlich ebenfalls durch den Tunnel flüchten wollten, wurden von Grepo vorher festgenommen.*»

«Also sozusagen ein Eigentor der DDRler, wenn man zynisch sein will.»

Otto Kappe schob dem Kollegen den Bericht über den

Schreibtisch zu. «Lies mal das hier, das ist das eigentlich Spannende in unseren Tagen.»

«Danke.» Hans-Gert Galgenberg überflog den Teil *Schwere Grenzzwischenfälle mit Schußwaffengebrauch durch Grepo:*

a) Am 1.6.1962, gegen 21.10 Uhr, wurde eine 16jährige West-Berlinerin an der Zonengrenze von Lichterfelde-Süd, zwischen Ostpreußendamm und Teltowkanal, von einem Grepo angeschossen und mit einem Beckenschuß in das Graf-Botho-Schwerin-Krankenhaus eingeliefert. Mit ihrer 17jährigen Freundin hatte sie versucht, einer Bekannten die Flucht nach West-Berlin zu ermöglichen. Dabei war die Freundin von Grepo festgenommen worden.

b) Am 5.6.1962, gegen 17.25 Uhr, versuchte ein Flüchtling zwischen Marschallbrücke und Reichstagsgebäude die Spree in Richtung West-Berlin zu durchschwimmen. Ein auf der Kaimauer des Reichstagufers ca. 150 m von der Sektorengrenze entfernt im SBS stehender Grenzpolizist gab aus seiner MP 6 Schüsse ab, worauf der Flüchtling offenbar getroffen unterging. Zwei Boote der Volkspolizei und ein Feuerlöschboot suchten das Wasser nach dem Erschossenen ab und bargen gegen 19.45 Uhr die Leiche.

c) Am 8.6.1962, gegen 05.05 Uhr, befuhr das sowjetzonale Fahrgastschiff «Friedrich Wolf» aus Treptow kommend die Spree in westlicher Richtung. In Höhe des Landwehrkanals änderte es plötzlich seine Fahrtrichtung und hielt auf die bereits in West-Berlin gelegene Schleuse zu. Sofort eröffneten Vopo (Streifen, Posten und 3 Besatzungen von Vopo-Booten) das Feuer. Als das Schiff West-Berliner Gebiet erreicht und provisorisch an der Schleuseneinfahrt festgemacht hatte, erwiderten Schutzpolizeibeamte das anhaltende Feuer der Vopo und zwangen ein in Richtung West-Berlin fahrendes Vopo-Boot zum Abdrehen. Unter diesem Feuerschutz erreichten 14 Flüchtlinge (13 Erwachsene und 1 Kleinkind) unverletzt West-Berliner Gebiet. Der Kapitän und der Maschinist, die von den Flüchtlingen für die Dauer der Flucht überwältigt worden waren, kehrten mit dem Fahrgastschiff in den SBS zurück. Bei diesem Zwischenfall gaben Vopo ca. 200, Schutzpolizeibeamte 10 Schüsse ab. Auf West-Berliner Gebiet wurden 12 Einschüsse festgestellt und 2 Projektile gefunden. Eines der Geschosse hatte die Fensterscheibe einer Kantine durchschlagen.

d) Am 10.6.1962, gegen 00.30 Uhr, flüchteten eine 15- und eine 18jährige männliche Person in N 4, Bernauer Str./Bergstr., nach West-Berlin. Als sie die Mauer des Friedhofs der Sophien-Kirchengemeinde überstiegen, wurden sie von Grepo entdeckt und beschossen. Dabei erhielt der 18jährige Flüchtling je einen Schuß in den rechten Ober- und in den linken Unterschenkel, konnte jedoch trotzdem West-Berliner Gebiet erreichen.

Punkt e) kannte Galgenberg bereits, da Otto Kappe ihn vorgelesen hatte, also setzte er seine Lektüre beim nächsten Punkt fort.

f) Am 22.6.1962, gegen 04.40 Uhr, gab ein Grepo in Niederschöneweide, an der Forsthausalleebrücke, aus einer MP einen Feuerstoß auf eine flüchtende männliche Person ab. Der Flüchtling brach zusammen und wurde nach ca. 15 Minuten anscheinend leblos von Angehörigen der sowjetsektoralen Feuerwehr in einer Zeltbahn abtransportiert.

Auch der Abschnitt *Sonstige Zwischenfälle* war nicht uninteressant:

a) Am 3.6.1962, gegen 16.40 Uhr, brachte ein Boot der Grenzpolizei auf der Oberhavel, gegenüber von Konradshöhe, ein mit 6 französischen Soldaten besetztes Motorboot auf, das auf sowjetzonales Gewässer geraten war. Die französischen Soldaten wurden in Richtung Niederneuendorf abtransportiert und kehrten gegen 20.00 Uhr mit dem Boot nach West-Berlin zurück.
b) Am 11.6.1962, gegen 04.20 Uhr, entdeckten Sportangler in der Nähe von Nikolskoe, im Wasser der Unterhavel treibend, die Leiche der 54jährigen Erna Kelm, Sakrow, Kladower Str. 3 wohnhaft gewesen. Vermutlich ist die Ertrunkene bei dem Versuch, schwimmend nach West-Berlin zu flüchten, ums Leben gekommen. Unter einem schwarzen Hausanzug trug sie einen Schwimmkorken. Im Strumpf versteckt wurde der SBZ-Personalausweis gefunden. Sichtbare Verletzungen konnten nicht festgestellt werden.
c) Am 16 6.1962, gegen 16.15 Uhr, hörten Polizeibeamte 2 Schüsse in N 4, Scharnhorststr., auf dem Invalidenfriedhof. Kurze Zeit später liefen ein Arzt und ein Grepo zu einer von den Polizeibeamten nicht einzusehenden Stelle. Außerdem wurden dort mehrere Grepo-Offiziere beobachtet. Weitere Einzelheiten konnten nicht festgestellt werden.

«Mensch, Otto, du hast recht: Dagegen ist es bei der Mordkommission richtiggehend langweilig», stellte Hans-Gert Galgenberg fest.

Kaum hatte er das gesagt, klingelte Otto Kappes Telefon, und ein hohes Tier aus dem Polizeipräsidium teilte ihnen mit, dass der Bausenator Arnulf Klaffenbach spurlos verschwunden und ein Mord nicht auszuschließen sei. «Sehen Sie sich doch einmal an seinem Wohnsitz in Dahlem um, und versuchen Sie herauszufinden, ob ein Kapitalverbrechen vorliegt!»

Klaus Queetz konnte zufrieden sein. Das Geld, das Wolla ihm zugesteckt hatte, reichte für einige Zeit. Sein Freund Till wusste von allem. Warum auch nicht? Till hatte angefangen, Psychologie zu studieren, weil er Sozialarbeiter im Gefängnis werden wollte, dann aber sein Studium hingeschmissen. Jetzt lebte er von der «Stütze» und kleinen Gefälligkeiten.

«Wenn ich Schlagertexter wäre, dann hätte ich schon einen Liedanfang: Erpresser haben's besser ...» Queetz grinste.

«Aber hast du keine Angst?», fragte Till.

Queetz lachte. «Wovor? Dass ich in den Knast komme? Nein. Denn dort muss ich mich wenigstens um nichts mehr selber kümmern und lerne interessante Menschen kennen.»

«Ich meine nicht, ob du Angst vor Tegel hast, sondern davor, dass Wolla einen Killer anheuert und dich aus dem Verkehr zieht.»

«Der hätte dann Wolla in der Hand – und das würde noch viel teurer.»

Sie schwiegen einen Augenblick, weil auf Höhe ihrer Etagenwohnung die Hochbahn vorüberratterte.

Till hatte nachgedacht. «Wenn du Geld von Wolla bekommen hast, weil er von dieser Baufirma in Neukölln bestochen worden ist, dann kannst du dich doch auch direkt an die ranmachen.»

«An den Chef, den Orkusch? Na, ich weiß nicht, der ist schon ein harter Hund. Aber vielleicht ist das gar keine schlechte Idee.»

«Und an Karl-Heinz Kappe?»

«Der weiß wahrscheinlich von nichts. Außerdem war sein Vater bei der Kripo, und sein Cousin ist es immer noch, das ist mir zu riskant.»

Otto Kappe und Hans-Gert Galgenberg waren in einem Dienstwagen auf dem Weg nach Dahlem und machten sich so ihre Gedanken.

Hans-Gert Galgenberg hielt sich die Nase zu und ahmte Ernst Reuter nach. «Ihr Völker der Welt, schaut auf diese Stadt! Ein Bausenator verschwindet mir nichts, dir nichts – wo gibt's das sonst?»

«Wer weiß, was dahintersteckt. In der Bauwirtschaft wird mehr betrogen als in jeder anderen Branche. Da wird zum Beispiel nie existierendes Material noch und nöcher abgerechnet. Wer von so etwas weiß, kann den Unternehmer erpressen. Der zahlt dann entweder willig oder lässt den Erpresser eliminieren.»

«Ja», lachte Hans-Gert Galgenberg, «und die Leiche wird dann im Fundament vergraben, bevor die Betondecke drüberkommt. Und schon ist der nächste Krimi geschrieben: *Der Tote im Fundament*. Aber mal im Ernst: Warum sollte man einen Bausenator umbringen?»

Nun grinste auch Otto Kappe. «Vielleicht geht es gar nicht um Korruption, sondern darum, dass ein anderer seinen Posten haben will.»

Vom Hohenzollerndamm kamen sie in die Clayallee, fuhren die in Richtung Süden hinunter, bogen dann rechts in die Pücklerstraße ein und kamen zur Straße Am Hirschsprung.

«Schön, auch einmal die West-Berliner Armenviertel kennenzulernen», spottete Hans-Gert Galgenberg.

«In die Berliner Armenviertel von früher kommen wir ja nicht mehr», sagte Otto Kappe, «ins Scheunenviertel oder in die Gegend um den Schlesischen Bahnhof.»

«Apropos Osten: Was ist, wenn Klaffenbach in die Zone übergelaufen ist, so wie damals Rudolf Heß zu den Engländern?»

«Galgenberg, setzen, fünf!», rief Otto Kappe. «Der Vergleich hinkt fürchterlich. Eher wurde Klaffenbach nach Ost-Berlin entführt, um die West-Berliner Großbauprojekte zu stören.»

«Mit ihrer Mauer haben sie drüben doch sowieso das größte deutsche Bauprojekt aller Zeiten.»

Als sie vor der Villa Klaffenbach hielten, kamen ihnen die Kollegen von der Spurensicherung entgegen. Man begrüßte sich.

«Habt ihr was gefunden?»

«Ein blutiges Taschentuch in der Garage, aber das stammt vom Klempner, der gestern da war, und ein paar Schleifspuren. Da hat jemand einen Müllsack zur Tonne gezogen.»

«Und in der Garage?»

«Nichts.»

Hannelore Klaffenbach kam aus dem Haus. Man stellte sich vor, und Otto Kappe fragte sie, ob es etwas Neues gebe.

«Nein. Ihre Kollegen haben den Flughafen und alle Posten an den Grenzkontrollstellen abtelefoniert. Mein Mann ist nirgendwo gesehen worden. Ob ich ihn überhaupt noch einmal wiedersehe?» Sie brach in Tränen aus.

Gemeinsam gingen sie in Klaffenbachs Arbeitszimmer und sahen alles durch, ohne aber einen Anhaltspunkt für einen Mord oder einen Selbstmord zu finden.

«Nichts Neues also», fasste Otto Kappe ihre Erkenntnisse zusammen.

Trotz der ernsten Lage konnte Hans-Gert Galgenberg die Bemerkung nicht lassen, dass es doch etwa Gutes sei, nichts von Wolfgang Neuss zu hören. Der hatte im Januar dieses Jahres für einen Skandal gesorgt, als er mittels einer Werbeanzeige in der Zeitung dem Fernsehpublikum verraten hatte, wer im sechsteiligen Durbridge-Krimi *Das Halstuch* der Mörder war.

Je sommerlicher es wurde, desto schmerzlicher empfanden die West-Berliner die Einmauerung. Der Weg ins Umland, nach Potsdam, Oranienburg, Bernau, Erkner oder Königs Wusterhausen, war ihnen schon seit Jahren versperrt, aber nun war auch ein Ausflug nach Pankow, zum Müggelsee oder nach Schmöckwitz undenkbar. Und so sang Hermann Kappe beim Frühstück am ersten Sonntag im Juli ganz elegisch den alten Berliner Gassenhauer:

Komm, Karlineken,
Komm, Karlineken, komm!
Wir woll'n nach Pankow geh'n,
da ist es wunderschön.
Pankow, Pankow, Pankow.

Kille, kille Pankow,
Kille, kille, hopsasa ...

Klara klatschte in die Hände. «Bravo! Ich hab gar nicht gewusst, dass du so schön singen kannst.»

Hermann Kappe lachte. «Was meinst du, wie viele Menschen ich früher zum Singen gebracht habe? Das färbt ab.» Damit wandte er sich wieder seiner Zeitung zu. «Ich gehe mal die Stellenanzeigen durch, ob sich noch etwas für mich findet.»

«Du bist ja schon überlastet, wenn du mal den Müll nach unten bringen sollst.»

Er ließ sich nicht beirren. «Hier: *Ehrliche männliche Kraft für Pelzkonservierung. Tauentzienstraße 7b.* Da kann ich zu Fuß hinlaufen.»

«Setz dir mal keinen Floh ins Ohr! Du kannst doch nicht mal einen Biberpelz von einem Kaninchenfell unterscheiden.»

«Na schön, dann lasse ich's eben.»

«Was melden sie sonst noch?», stellte Klara ihre Standardfrage.

«*Haftbefehl erlassen – Täter vom Fichtebunker gestern kurz vernommen.*»

«Was hat der denn angestellt?», wollte Klara wissen.

«Verdacht des Totschlags. Das Opfer: seine Braut.»

«Da habe ich ja mit dir noch Glück gehabt.»

«Und ob! *Falscher Mann auf wichtigem Posten.* Nicht ich, sondern ein gewisser Doktor Lehmann, der für den Posten als Senatsdirektor in der Senatsverwaltung für Arbeit und Sozialwesen nicht ausreichend qualifiziert sein soll.»

«Wahrscheinlich hat er das richtige Parteibuch.»

«Nee, der ist in der SPD, und vorgeschlagen hat ihn der Bürgermeister Franz Amrehn, und der ist in der CDU.»

«Ach, das ist doch alles ein Filz.»

Hermann Kappe sprang zur nächsten Überschrift. «*Tegeler Tundra lockte die Jäger der Steinzeit.*»

Das brachte Klara auf die Idee, über das Ziel ihres sonntäglichen Ausflugs zu sprechen. «Wie wäre es mit dem Hubertussee oben in Frohnau?», fragte sie.

Hermann Kappe winkte ab. «Zu weit.»

«Aber ich will nicht schon wieder in den Zoo!», rief seine Frau.

«Wie wäre es denn mit der Havel und mit Schildhorn?», schlug Hermann Kappe vor.

Auch das löste bei Klara keine Begeisterungsstürme aus. «Da waren wir seit dem Mauerbau auch schon mindestens fünf Mal.»

«In Schildhorn und um Schildhorn herum kann man nie genug gewesen sein.»

«Warum denn das?»

«Weil dort …» Hermann Kappe holte nun sehr weit aus. «Du erinnerst dich an die Gebrüder Sass? Also … Franz und Erich Sass sind im Januar 1929 in den Tresorraum der Disconto-Gesellschaft am Wittenbergplatz eingebrochen und haben die Safes von fast zweihundert Kunden aufgebrochen. Von diesen Beutestücken ist kaum etwas wiederaufgetaucht. Meine Kollegen waren sich damals sicher, dass die beiden alles in der Gegend um Schildhorn vergraben haben. Und da muss es noch heute liegen.»

«Das werden die beiden doch längst ausgebuddelt haben», wandte Klara ein.

«Wie denn? Die Sass-Brüder sind zwar nach Kopenhagen geflüchtet, wurden aber von den Dänen an die Nationalsozialisten ausgeliefert und schließlich von der Gestapo erschossen.»

«Aber es ist doch unmöglich, im Grunewald was zu finden», beharrte Klara.

«Der Zufall macht vor keinem halt.»

Klara konterte: «Wenn schon, dann bestimmt das Gott. Ich kann mir nicht vorstellen, dass es Gottes Wille ist, dass ausgerechnet wir die Beute der Gebrüder Sass finden. Ich fahre auf keinen Fall mit nach Schildhorn. Ich will nach Lübars!» Das stand bei den West-Berlinern als ihr letztes erhaltenes Dorf hoch im Kurs. Es gab gute Restaurants und etliche Reiterhöfe, und man konnte herrlich am Tegeler Fließ spazieren gehen, wenn es auch nach Norden hin von Grenzzäunen und Stacheldraht geschmückt wurde.

Hermann Kappe gab sich geschlagen. «Meinetwegen, auf nach Lübars! Im ‹Lustigen Finken› kann man ja gut essen.»

Lothar Laukisch hatte ein paar Wochen ganz normal und friedlich gelebt, nun aber erfasste ihn der nächste Schub. Wieder hörte er die ihm so bekannte Stimme: *Streife durch die Stadt und erlöse die Welt vom Bösen!* Immer wieder zog es ihn in den Berliner Norden, weil seine geschiedene Ehefrau dort wohnte, und am Sonntag ging er am liebsten auf dem Bahndamm zwischen Frohnau und Hohen Neuendorf spazieren. Die S-Bahn endete ja jetzt in Berlin-Frohnau, und bis zur Grenze an der Invalidensiedlung waren es gut drei Kilometer. Man hatte einen weiten Blick über die Stolper Heide, also in die Ostzone hinüber. Immer wieder juckte es Laukisch in den Fingern, eine Kugel hinüberzuschicken, aber so weit trug seine Pistole nicht.

Auch heute, am 1. Juli, wollte er eigentlich wieder bis Frohnau fahren, aber im Zug hatte er einen Mann wiedergetroffen, mit dem er sich während seines Aufenthalts in Bautzen angefreundet hatte, und sie waren an der Station Waidmannslust ausgestiegen, um am Zabel-Krüger-Damm noch eine Tasse Kaffee zusammen zu trinken.

«Wie bist du über alles hinweggekommen?», hatte die erste Frage des Freundes gelautet.

«Ich?» Laukisch hatte einen Augenblick überlegt und dann geantwortet. «Mit der Bibel.»

«Wie denn das?»

«Mit dem Vaterunser: *Und vergib uns unsere Schuld, wie auch wir vergeben unsern Schuldigern. Und führe uns nicht in Versuchung, sondern erlöse uns von dem Bösen.*» Dass er nach dem gegenteiligen Prinzip handelte – *Auge um Auge, Zahn um Zahn* –, hatte er dem anderen ja nicht unbedingt auf die Nase binden müssen. Der hatte ihn denn auch wegen seiner christlichen Gesinnung gelobt. Da hatte Laukisch genug gehabt und sich schnell verabschiedet.

Auf dem Rückweg zur S-Bahn sah er einen Bus der Linie 20 nach Lübars halten, und unwillkürlich stieg er ein. Lange war er nicht mehr in Lübars gewesen. An der Haltestelle Alt-Lübars stieg er aus und ging einen schnurgeraden Weg zum Tegeler Fließ hinunter. Links und rechts dehnten sich Koppeln, und ein so tiefer Friede lag über der Landschaft, dass ihm ein Gedicht von Theodor Storm einfiel, das er einmal in der Schule gelernt hatte:

Abseits

Es ist so still; die Heide liegt
Im warmen Mittagssonnenstrahle,
Ein rosenroter Schimmer fliegt
Um ihre alten Gräbermale.
Die Kräuter blühn; der Heideduft
Steigt in die blaue Sommerluft.

Laukisch kam hinunter zum Tegeler Fließ, das seine Quelle in der Nähe von Wandlitz hatte und an dieser Stelle die Grenze zwischen West-Berlin und der DDR bildete. Er setzte sich auf eine Koppelstange und sah in die Ostzone hinüber. Wendete er den Kopf ein wenig nach links, hatte er die Einfamilienhäuser von Glienicke im Blickfeld. Dort, in der Leninstraße, wohnte sein ehemaliger Vorgesetzter vom Adlershofer Fernsehfunk. Jedenfalls hatte er damals dort gewohnt. Damals, vor Bautzen. Die alten Schreckensbilder waren wieder da und trieben Laukisch weiter. Als er am Eichwerdersteg angekommen war, überlegte er kurz. Überquerte er ihn, kam er zur Veltheimstraße und anschließend zur Burgfrauenstraße und zum Bahnhof Frohnau. Aber das war noch ein ewiges Ende. Also wandte er sich nach Süden, um über die Straße Am Vierrutenberg wieder zu einer Bushaltestelle am Zabel-Krüger-Damm zu gelangen.

Zehn Minuten später geschah es dann. Hinter der Kreuzung mit der Benekendorffstraße trat ein Mann aus einem Häuschen. Dieser Mann trug die Uniform eines Justizvollzugsbeamten. Wieder hörte Laukisch die Stimme, der er zu gehorchen hatte: *Bring es um, das Schwein!* Und schon hatte er seine Pistole aus der Tasche gerissen.

ZWÖLF

OTTO KAPPE UND HANS-GERT GALGENBERG begannen auch an diesem Montagmorgen mit einem intensiven Studium – dem ihrer Tageszeitung. Obwohl die am 2. Juli 1962 nicht viel hergab.

«*Das ‹süße Leben› des Arztes Dr. Tillmann*», las Otto Kappe eine der schönsten Überschriften genüsslich vor. «*Der 40jährige Nervenarzt und Psychotherapeut Dr. Dr. Hermann Tillman gab zu, im vergangenen Jahr in seinen Praxisräumen und seiner Privatwohnung sexuelle Exzesse veranstaltet zu haben.*»

Hans-Gert Galgenberg feixte. «Schade, dass ich nicht dabei war.»

Otto Kappe konnte nur den Kopf schütteln. «Da tun sich ja Abgründe auf – und ich muss deine dienstliche Beurteilung schreiben.» Er kam zu anderen Artikeln. «*Neuer Lotto-König will sich Amati-Geige kaufen.*»

«Ist der Musiker von Beruf?»

«Nein, Autoschlosser.»

«Dann wird er sie zu Feuerholz machen.» Auch Hans-Gert Galgenberg wurde in den Teilen der Zeitung, die ihm zugefallen waren, fündig. «*Unreelle Geschäfte mit Vorrats-Fleisch – Fabrikant Gau steht jetzt vor Gericht.*»

«Was hat er denn gemacht?», wollte Otto Kappe wissen. «Hund und Katze als Rind und Schwein verkauft?»

«Nee, soweit ich verstehe, hat er eine große Menge Fleisch, die eigentlich für die staatliche Notreserve gedacht war, der eigenen Konservenfabrik zugeführt.»

Auch heute gab es wieder eine Meldung über den viel zu kalten Sommer. «*13 Grad in der Klasse – Kältefrei im Juli! Meteorologen haben wenig Hoffnung.* Die meisten Heizer haben schon Urlaub.» Was war noch wichtig? Die neue Empfangshalle des Zentralflughafens Tempelhof war eingeweiht worden. Dann gab es auch wieder eine Schreckensmeldung: *Vater gab Kindern Gift – Schreckliches Verbrechen in Charlottenburg.* Ein 23-jähriger Laborant hatte seinen beiden kleinen Kindern Zyankali gegeben, um sie zu töten. «*Das Motiv des entsetzlichen Verbrechens: die gleichaltrige Ehefrau will sich scheiden lassen*», las Otto Kappe vor.

«Das ist etwas für deinen Sohn.»

«Vielleicht auch für uns, denn der Mann ist flüchtig.»

Fehlen durfte natürlich auch heute nicht ein Bericht über einen Grenzzwischenfall: *Schüsse auf Flüchtling – Er wollte über Gleisanlagen entkommen. Rücksichtslos schoß am Sonntag ein «Transportpolizist» auf einen unbekannten Mann, der auf dem Bahngelände in der Bornholmer Straße über die Gleisanlagen nach West-Berlin zu entkommen suchte. Nach wenigen Schritten brach der Flüchtling zusammen. Er wurde von den Komplizen des Schützen abtransportiert.*

Der Anruf ihres Vorgesetzten störte sie bei ihrer Lektüre. Oben in Lübars, in der Straße Am Vierrutenberg, sei auf den 43-jährigen Justizvollzugsbeamten Rainer Ramisch geschossen worden, und sie sollten sich der Sache annehmen.

Otto Kappe sagte: «Ich sehe Parallelen zum Fall Habedank in Hermsdorf, zu dieser vermutlichen Verwechslungsgeschichte. Konrad Habedank war ja auch Justizvollzugsbeamter, bevor er Bauunternehmer geworden ist.»

«Ja, aber in Bautzen. Und du willst doch nicht etwa Tegel mit Bautzen vergleichen, das Paradies mit der Hölle, wenn man so will.»

«Nein, das nicht. Aber falls es derselbe Täter war, hat der Mann offenbar Aversionen gegen Justizvollzugsbeamte.»

Dem konnte Hans-Gert Galgenberg wenig entgegenhalten. «Das spräche für eine psychische Erkrankung. Sollen wir uns also mal in Bonnies Ranch umhören?»

«Ja, das müssen wir wohl», antwortete Otto Kappe, obwohl er kein gutes Gefühl dabei hatte, die armen Teufel, die dort behandelt wurden, unter Generalverdacht zu stellen. «Dass in diesen Zeiten jemand durchdreht, ist doch alles andere als verwunderlich.»

«Wann setzen wir uns in Marsch?»

«Sofort natürlich.»

Peter Kappe wohnte noch bei den Eltern im Horstweg und saß in diesen Minuten am ersten Referat, das er im nächsten Semester an der FU halten wollte. *Warum Menschen morden* war das Thema. Sein Professor hatte ein Faible für die forensische Psychologie, und als er bei der Semesterabschlussfeier gehört hatte, dass Peters Vater bei der Kripo arbeitete und der legendäre Hermann Kappe sein Großonkel war, hatte er sofort gesagt: «Mensch, dann ist Mord doch genau das richtige Thema für Sie, denn dass der Apfel nicht weit vom Stamm fällt, wissen wir ja alle. Im Ernst, als forensischer Psychologe haben Sie später prächtige Berufschancen. Sie befassen sich mit den geistigen, psychischen und sozialen Ursachen von Verbrechen, beurteilen die Schuldfähigkeit von Angeklagten, erstellen Zukunftsprognosen für Straftäter oder geben als Sachverständiger Entscheidungshilfen vor Gericht, und Sie können bei Justizbehörden, in forensischen Abteilungen von Kliniken und bei der Kriminalpolizei arbeiten.» Das leuchtete ein, und so hatte Peter Kappe sein Spezialgebiet gefunden.

Da er wusste, dass sein Professor die empirische Forschung und das Befragen von Experten liebte, rief er auf der Suche nach einem passenden Einstieg erst einmal seinen Großonkel an.

«Du weißt ja, Onkel Hermann, dass ich Ende August verreise und deshalb jetzt schon an meinem Referat sitze: *Warum Menschen morden.* Darum die Frage an dich: Warum tun sie das?»

«Junge, bin ich Jesus?»

«Meines Wissens nicht. Kannst du mir dennoch die Frage beantworten?»

«Ich glaube, das Böse steckt grundsätzlich im Menschen. Wir

sind voller Aggressionen, denk nur an die Büchse der Pandora. Wenn die geöffnet wird, dann kommt das Schlechte zum Vorschein. Und die Nationalsozialisten haben sie ganz weit geöffnet. Aber meist muss einiges zusammenkommen, damit ein Mensch zum Mörder wird.»

Damit hatte Peter Kappe schon sein erstes Stichwort: Mehrfaktorentheorie.

«Neulich war ich in Hannover», fuhr sein Großonkel fort, «und habe da an die Lebensumstände Fritz Haarmanns denken müssen. Oder nimm den Berliner Carl Großmann als Beispiel: aufgewachsen in ärmlichen Verhältnissen, Sohn eines Lumpensammlers, Sodomie, eine Reihe kleiner Verbrechen, dann der erste Mord an einem Mädchen, fünfzehn Jahre Haft, danach Entlassung und völlige Verrohung. War er ein Opfer des familiären Umfelds? Doch was ist dann mit den vielen Menschen, die durchaus aus guten Verhältnissen stammen und eine gute Erziehung genossen haben, aber doch zum Mörder werden, wenn man es ihnen befiehlt? Denk an die Erschießungskommandos bei den Nationalsozialisten oder an die Männer, die jetzt an der Mauer auf Menschen schießen.»

Peter Kappe musste feststellen, dass eine umfassende Theorie des Mordens noch nicht geschrieben worden war und in diesem Puzzle noch viele Teile fehlten. Die große Frage war, inwieweit die Aggressivität und die Destruktivität des Menschen angeboren waren und in welchem Maße sie auf erzieherische und kulturelle Defizite zurückgeführt werden konnten.

Vielleicht kam er weiter, wenn er sich mit den «privaten Vielfachmördern» auseinandersetzte. Er begann mit Karl Denke. Papa Denke, wie er genannt wurde, war 1860 in Niederschlesien zur Welt gekommen und hatte in der Stadt Münsterberg gewohnt, wo er den Blasebalg in der Kirche trat, der Landstreicherei nachging und als schrullig galt. Am 21. Dezember 1924 kam ein obdachloser Wanderarbeiter mit einer klaffenden Wunde am Kopf aus Denkes Wohnung gestürzt, und im Verlaufe der damit verbundenen polizeilichen Untersuchung kamen dessen Taten ans Licht:

Denke hatte mindestens 42 Menschen getötet und ihr Fleisch verspeist oder es auf einem Breslauer Wochenmarkt verkauft. Andere Leichenteile hatte er in Pökelsalz eingelegt, um sie zu konservieren. Zudem hatte Denke aus Menschenhaut Hosenträger und Schnürsenkel angefertigt.

Peter Kappe war ratlos. Konnte man aus den Fällen Denke, Haarmann und Großmann Rückschlüsse auf die menschliche Natur ziehen, wenn diese Verbrecher doch nur einen minimalen Prozentsatz der Menschheit ausmachten? Da mussten zu grundsätzlichen menschlichen Aggressionen und ungünstigen sozialen Umständen auch noch erhebliche Schäden im Gehirn dazugekommen sein. Wie sollte man das in einer umfassenden Theorie des Mordens erfassen, ohne zu mathematischen Formeln zu greifen? Er war versucht, sein Referat zum Thema *Warum Menschen morden* in einem einzigen Satz zusammenzufassen: Wir wissen es nicht.

Otto Kappe und Hans-Gert Galgenberg fuhren inzwischen die B 96 entlang und waren so ins Gespräch vertieft, dass es Kappe, der am Steuer saß, versäumte, rechts in den Zabel-Krüger-Damm abzubiegen. Das fiel ihm aber erst auf, als sie schon den Hermsdorfer Damm erreicht hatten.

Otto Kappe zeigte nach rechts. «Hier liegt der Waldsee, wo man sehr schön wohnen kann. Und vor uns haben wir den Entenschnabel.»

Hans-Gert Galgenberg staunte. «Was für 'n Ding?»

«Den Entenschnabel. Das ist eigentlich die Straße Am Sandkrug, und so hieß auch das Restaurant, das früher mal dort stand. Dieses Gebiet, das zur Gemeinde Glienicke / Nordbahn, also zur DDR gehört, ragt wie der Schnabel einer Ente nach West-Berlin hinein und blockiert die B 96, sodass man nur zur Oranienburger Chaussee kommt, wenn man in Frohnau um den Zeltinger Platz herumfährt.»

Hans-Gert Galgenberg bedankte sich. «Gut zu wissen – für den Fall, wir haben mal einen Ermordeten am Entenschnabel.»

Otto Kappe wendete nun, um zum Zabel-Krüger-Damm zurückzufahren und Kurs auf Lübars zu nehmen. Bald war die Straße Am Vierrutenberg erreicht.

«Hier hat also der Mann mit den vier Ruten gelebt», dachte Hans-Gert Galgenberg laut vor sich hin. «Ob er wohl glücklicher war als wir mit unserer einen?»

Otto Kappe reagierte ernst, ohne auf die scherzhaft gemeinte Frage einzugehen. «Eine Rute ist eine alte Maßeinheit und umfasst rund fünf Meter.»

Hans-Gert Galgenberg nickte. «Vier Ruten sind also zwanzig Meter. Ja, das könnte stimmen, so breit sind unsere Grundstücke im Allgemeinen.»

Sie fanden die gesuchte Adresse von Rainer Ramisch auf Anhieb.

«Den Namen Ramisch kann man sich gut merken», fand Galgenberg, während er auf den Klingelknopf drückte. «Man muss nur an Rama denken, die Margarine, oder an den Ramadan.»

Rainer Ramisch kam ans Gartentor geeilt. «Ah, Sie sind es, Herr Kappe!» Sie kannten sich von Otto Kappes Besuchen in Tegel, wenn Häftlinge zu vernehmen waren.

Otto Kappe kam nach der Begrüßung schnell zur Sache. «Auf Sie ist gestern gegen Mittag geschossen worden?»

«Ja, hier direkt vor meinem Gartenzaun.» Ramisch zeigte ihnen die Stelle.

«Wenn ich der Täter gewesen wäre, hätte ich es am Abend getan», sagte Galgenberg. «Wer begeht schon solch eine Tat am helllichten Tage? Aber vielleicht war es ein Irrer.»

Ramisch nickte. «Ja, ein bisschen verwirrt hat der Mann schon ausgesehen.»

Nach der Personenbeschreibung, die er gab, konnte es sich durchaus um den Mann handeln, der auf Hans-Peter Habedank geschossen hatte.

Otto Kappe ging aber zuerst einer anderen Spur nach. «Ein ehemaliger Häftling von Ihnen mit Rachegelüsten kann es nicht gewesen sein?»

Ramisch verneinte das. «Obwohl man das bei den Hunderten, die mir in meiner Zeit in der JVA begegnet sind, natürlich nicht ausschließen kann.»

Galgenberg musterte den Justizvollzugsbeamten ein wenig kritisch. «Sie haben keinen Versuch unternommen, den Mann zu stellen?»

«Wie denn, mit meiner Schusswunde?» Ramisch zeigte auf den dicken Verband an seinem linken Arm. «Es ist zwar nur ein Streifschuss, aber keine Handbreit entfernt vom Herzen.»

«Zum Glück scheint der Mann kein allzu guter Schütze zu sein», stellte Otto Kappe fest.

«Der Ärmste hat ja hier in Berlin auch keine Gelegenheit zum Üben – bei den strengen Gesetzen der Alliierten», sagte Galgenberg. «Wie soll er da treffen?»

«Die Leute bei uns in der JVA auf den Wachtürmen dürfen nicht einmal richtige Gewehre tragen», sagte Ramisch.

Galgenberg lachte. «Die nehmen im Winter Schneebälle, um jemanden von der Mauer runterzuholen, der flüchten will.»

Sie redeten noch eine Weile mit Ramisch, vermochten aber nichts herauszufinden, was ihnen bei der Suche nach dem geheimnisvollen Schützen geholfen hätte. Also fuhren sie noch schnell bei den Karl-Bonhoeffer-Heilstätten vorbei, weit war es ja nicht.

«Man muss immer Angst haben, dass sie einen gleich dabehalten», sagte Hans-Gert Galgenberg, als sie zwischen den gelben Backsteingebäuden umherirrten. «So 'ne kleine Macke hat ja jeder.»

Otto Kappe trat ans Häuschen des Pförtners. «Wir suchen einen Arzt, der uns Auskunft über ehemalige Patienten geben kann. Solche, die möglicherweise gefährlich werden können.»

«Da werden Sie kein Glück haben, das unterliegt der ärztlichen Schweigepflicht.»

«Wir sind von der Mordkommission.»

«Dann versuchen Sie es bei Doktor Galletschky!»

Das taten sie dann auch und fanden in ihm einen aufmerksamen Gesprächspartner.

«Ich kann Ihre Sorgen voll und ganz verstehen», erklärte ihnen der Nervenarzt. «Obwohl wir unser Bestes tun, sind unsere Prognosen über das zukünftige Verhalten gewaltbereiter Patienten immer nur Wahrscheinlichkeitsaussagen.»

«Sie wissen also auch nicht genau, ob sich jemand zu einer tickenden Zeitbombe entwickeln wird?»

«Nein. Wir können nur hoffen und beten.»

«Namen wollen Sie uns keine nennen?»

«Nein.»

«Auch wenn Sie sich dadurch zum Mitschuldigen machen? Beim dritten Versuch könnte unser Attentäter zum Mörder werden», hielt ihm Otto Kappe vor.

«Auch dann nicht …»

Es dauerte eine geschlagene Stunde, bis sie dem Arzt wenigstens einen Namen entlockt hatten: Eckhardt Szerszinski. Doch bei ihren weiteren Nachforschungen stellte sich heraus, dass der Mann schon vor einem Jahr gestorben war.

Dass Rainer Arys und Willy Pandelwitz im August ihre Semesterferien genossen, konnte man nicht unbedingt behaupten. Zum einen mussten sie aus «pädagogischen Gründen» arbeiten, weil ihnen ihre Eltern die geplante Amerikareise im September nicht bis zum letzten Pfennig finanzieren wollten, und zum anderen waren sie in der Gruppe Koch immer wieder mit Aktionen gegen die DDR beschäftigt.

Heinrich Koch hatte sich mit seinen mannigfaltigen Kontakten die Tätigkeitsberichte der West-Berliner Schutzpolizei vom Juni und Juli beschaffen können, und dort fanden Arys und Pandelwitz im Kapitel *Beschädigungen an den Grenzsperren* Interessantes aufgelistet, das ihnen bewies, dass sie keineswegs Einzelkämpfer waren:

Am 11.6.1962, gegen 17.20 Uhr, ereignete sich an der Mauer der Niederkirchner Str., ca. 80 m von der in SW 61 gelegenen Stresemannstr. entfernt, eine Detonation.

Sofort durchgeführte Ermittlungen ergaben, dass unbekannte Personen von der Ruine des Völkerkunde-Museums aus 2 Sprengkörper zur Mauer gelegt hatten. Während ein Sprengkörper detonierte und ein ca. 20 cm großes Loch in die Mauer riß, versagte beim zweiten die Zündanlage. Der Sprengkörper, die Zündanlage und eine 30 cm lange sowie 10 cm starke Preßluftflasche wurden sichergestellt. Zu einem weiteren Vorkommnis dieser Art kam es am 26.6.1962. Gegen 22.30 Uhr erfolgte an der Mauer, gegenüber dem in SW 61, Zimmerstr. 13 gelegenen Grundstück, eine Detonation. In Höhe der Bordsteinkante wurde ein ca. 400 cm² großer Durchbruch festgestellt. Außerdem zersprangen durch die Druckwelle 26 Fensterscheiben des in West-Berlin gelegenen Hauses Zimmerstr. 13 (Verwaltungsgebäude einer Versicherung). Mehrere Metallbruchstücke des Sprengkörpers wurden aufgefunden und sichergestellt. Unmittelbar nach der Detonation verstärkte die Grepo ihre Streifentätigkeit.

(…)

Am 23.6.1962, gegen 22.20 Uhr, setzten 5 männliche Personen 2 qm der in N 58, Schwedter Str., ca. 20 m südlich des Gleimtunnels stehenden Sichtblenden in Brand. Die Personalien der Täter wurden festgestellt. Sowjetzonale Feuerwehr löschte den Brand.

Am 3.7.1962, gegen 00.05 Uhr, hörten Polizeibeamte an der Sektorengrenze des Bezirks Kreuzberg, Niederkirchner Str., zwischen Wilhelm- und Stresemannstr., eine Detonation an der Sperrmauer und sahen eine Rauchwolke aufsteigen. In der Nähe des Detonationsortes stellten Pol.-Beamte eine 20jährige männliche Person fest, die zugab, einen Sprengkörper entzündet zu haben. Bei der anschließenden Durchsuchung ihrer Wohnung wurden weitere vorbereitete Sprengladungen und dazugehöriges Werkzeug gefunden und sichergestellt. Schäden an der Mauer konnten nicht festgestellt werden.

(…)

Eine weitere Detonation an der Sperrmauer wurde am 21.7.1962, gegen 21.30 Uhr, in SW 61, Stresemannstr./Ecke Köthener Str. wahrgenommen. Die sofort durchgeführten polizeilichen Ermittlungen ergaben, dass ca. 3 m vom «Haus Vaterland» entfernt ein ca. 2.50 x 1 m großes Loch in der Mauer entstanden und das viersprachige Sektorenschild umgestürzt war. (…) Ein Arbeitskommando der Grepo mauerte den Durchbruch wieder zu.

Am 25.7.1962, gegen 20.50 Uhr, ereignete sich an der Sektorengrenze des

Bezirks Kreuzberg erneut eine Detonation, die in der Niederkirchner Str., ca. 100 m von der Stresemannstr. entfernt, zwei 20 x 80 cm bzw. 10 x 30 cm große Löcher in die Mauer riß. Mit Verletzungen am rechten Unterarm wurde eine männliche Person, die teilweise ihr Gehör verloren hatte, in SW 61, Kochstr. 11, in hilflosem Zustand aufgefunden und von der Feuerwehr dem Urban-Krankenhaus zugeführt. (...) Die Grepo verstärkte nach der Detonation die Streifentätigkeit, fuhr einen Schützenpanzerwagen sowie einen Wasserwerfer auf und mauerte die Löcher wieder zu.

Auch ihre eigene letzte Aktivität war fein säuberlich vermerkt:

Unbekannte Personen warfen am 19.7.1962, gegen 23.10 Uhr, in Neukölln, Heidelberger/Treptower Str., und am 22.7.1962, gegen 22.30 Uhr, Heidelberger Straße/Sinsheimer Weg, brennendes Material über die Grenzsperren in den SBS. Personen- und Sachschaden trat nicht ein.

«Langsam kommt mir das alles ein bisschen albern vor», sagte Rainer Arys. «Das erschüttert die DDR doch nicht im Geringsten.»

Der Freund widersprach ihm mit einem Fontane-Zitat, das er am Morgen auf dem Abreißkalender gefunden hatte: «*Hundert Nadelstiche regen mehr auf als ein Kolbenstoß.*»

Was sie in diesen Tagen aber noch mehr beschäftigte, war der Tod eines ihrer beliebtesten Professoren: Friedrich Bülow war am 10. August 1962 verstorben. Dessen *Wörterbuch der Soziologie,* das er zusammen mit Wilhelm Bernsdorf herausgegeben hatte, zu Hause im Regal stehen zu haben war bei den Studenten ein absolutes Muss. Außerdem war der alte Bülow ein charmanter Plauderer gewesen. Sein Herz hatte er an die vor Zeiten einmal berühmt gewesene Opernsängerin Frieda Hempel verloren. Seine Studenten rätselten immer wieder, ob er mit ihr liiert gewesen war. «Ihr Sopran war herrlich», hatte Bülow von ihr geschwärmt. «In Berlin ist sie als ‹des Kaisers Lerche› bekannt geworden, in New York öfters mit dem großen Enrico Caruso zusammen aufgetreten. Seit 1955 liegt sie auf dem Friedhof Heerstraße begraben.» An Frieda

Hempel hatte Bülow sogar die stadtsoziologische Erkenntnis belegt, dass Straßen ihren Charakter sehr schnell ändern konnten: «Als Frieda Hempel in die Augsburger Straße gezogen ist, war diese eine noble Adresse, heute aber gehen dort Dirnen ihrem Gewerbe nach.»

Was Arys und Pandelwitz aber noch viel mehr interessierte als das Schicksal der Augsburger Straße, war die Frage, was wohl mit der Leiche passiert war, die sie Wolla vor die Kellertür gelegt hatten.

«In den Zeitungen ist davon nichts zu lesen gewesen», hielt Arys fest.

«Und eine Vermisstenmeldung ist offenbar auch nicht eingegangen», fügte Pandelwitz hinzu.

«Was alles dafür spricht, dass Wolla die Leiche irgendwo verbuddelt hat.»

«Und sonderlich prominent muss der verbuddelte Mann auch nicht gewesen sein.»

«Sehr mysteriös!»

Weniger mysteriös war die Arbeit, mit der sie sich in den Semesterferien ihr Geld verdienten: Sie halfen der Büromöbelfirma Schablin & Co. bei der Auslieferung von Tischen, Stühlen und Schränken. Anfangs hatten sie es schwer gehabt, mit den altgedienten Möbelträgern auszukommen, denn die entstammten durchweg dem «einfachen Volke», während sie aus dem Mittelstand kamen und angehende Akademiker waren, also «wat Besseret». Aber nach einigen Einsätzen und spendierten Getränken war man durchaus freundlich geworden. Max Bugsin, der Inhaber der Firma, war ein verhinderter Komiker.

«Der ist ein zweiter Käsebier», fand Arys.

«Wer?», kam sofort die Frage des Freundes.

«Mensch, Berlin-Kenntnisse, erstes Semester! Käsebier ist der Held in einem Roman von Gabriele Tergit: *Käsebier erobert den Kurfürstendamm.* Der singt Volkslieder, Couplets.»

Max Bugsin konnte am besten Gerhard Winkler mit den

Capri-Fischern imitieren und nutzte die Gelegenheit, um *Wenn bei Capri die rote Sonne im Meer versinkt* anzustimmen.

«Max, hör auf, du vergraulst uns alle Kunden!» Das war der Befehl seiner gestrengen Gattin.

«Ja, Irma.»

Max kuschte nur kurz – schon nach wenigen Minuten wurde er wieder aufsässig, indem er sein Lieblingslied aus der Operette *Maske in Blau* zu singen begann:

Die Juliska, die Juliska aus Buda-Budapest,
die hat ein Herz voll Paprika, das kein' in Ruhe läßt!
Und wenn die kleine Juliska am Abend schlafen geht,
dann hat sie mit Allotria uns glatt den Kopf verdreht!
Joi-joi, Mama, was die alles kann!
Die zieht genau wie ein Magnet die Männerherzen an!

Alle wussten, dass Max Bugsin im Krieg als Kurier in Budapest gewesen war und dort offenbar mit einer Julischka das Bett geteilt hatte.

Arys und Pandelwitz gefielen vor allem Max Bugsins Altberliner Sprüche wie «Wie man sich dreht und wendet – der Allerwerteste bleibt immer hinten».

Das Ladenlokal von Schablin & Co. war nur wenige Hundert Meter von der Zimmerstraße und der Mauer entfernt, und so bekamen Arys und Pandelwitz ziemlich genau mit, was dort am 17. August 1962 kurz nach zwei Uhr nachmittags geschah. Sie waren gerade dabei, Schulmöbel auf ihren Transporter zu laden, als sie vom Checkpoint Charlie her Schüsse und Schreie hörten. Sofort liefen sie zum Grenzübergang, um zu sehen, was dort los war, und gegebenenfalls Hilfe zu leisten. Was sie sahen, war schrecklich. Im Todesstreifen lag ein junger Mann und blutete stark. Von Umstehenden erfuhren sie, dass er mit einem Freund aus dem Osten zu fliehen versucht habe und dabei niedergeschossen worden sei. Der Freund hatte sich in Sicherheit bringen können und befand sich in der Obhut der West-Berliner Behörden. Die Schreie des Angeschossenen wurden immer lauter. Auf beiden Seiten der Mauer strömten Menschen zusammen. In Ost-Berlin rückten sofort Ordnungskräfte an, um die Menschenmasse auseinanderzutreiben.

Minute um Minute verging. Rainer Arys drang auf die West-Berliner Polizisten ein: «Holt ihn da raus!»

«Das geht nicht!» Der Mann namens Peter Fechter lag eindeutig auf Ost-Berliner Gebiet. Wenigstens warfen sie ihm ein Verbandspäckchen hinüber.

Pandelwitz wollte die amerikanischen Soldaten am Checkpoint Charlie zum Eingreifen bewegen. *«Come on, you have to save him, it's your humanitarian duty!»*

Doch auch das half nichts.

«You want us to risk a third world war with millions dead because of this one man here?», hörten sie einen Offizier murmeln.

Peter Fechter verblutete und starb gegen fünf Uhr abends im Krankenhaus.

«Mörder, Mörder!», riefen die West-Berliner den DDR-Soldaten zu.

Arys und Pandelwitz schworen sich, ihren Kampf gegen die Diktatur in der DDR fortzusetzen. Ihr unbändiger Zorn steigerte sich noch, als sie am nächsten Morgen in die Zeitungen schauten.

Helft mir doch, helft mir doch!, hieß die Schlagzeile auf der ersten Seite der *Morgenpost*. Und darunter war zu lesen: *Vopo-Mörder ließen niedergeschossenen Flüchtling an der KZ-Mauer verbluten – Eigener Bericht – Berlin, 18. August – Ulbrichts KZ-Schergen haben einen neuen Mord auf ihr Gewissen geladen.* Der zweite Abschnitt war überschrieben mit den Worten *Ohnmächtige Erbitterung*.

«Das bringt es auf den Punkt!», rief Rainer Arys.

DREIZEHN

ARNULF KLAFFENBACH saß bei auflaufendem Wasser am Ufer der Oste und versuchte seine Gedanken in Versen festzuhalten.

Ich bin nun frei.
FREI! FREI!
Von allem und von allen.
Bereit, zu neuen Ufern aufzubrechen.
Kein Zwang mehr.
Ein Leben lang.
Sich nur noch treiben lassen.
Holt mich nicht zurück!
Lasst mir mein stilles Glück!

Klaffenbach hatte sich ins Städtchen Osten – gesprochen Oosten – zu seinem Freund Enno Meyerdierks geflüchtet, weil er das Leben in Berlin nicht mehr ertragen hatte. Und Enno hatte ihm versprochen, darüber Stillschweigen zu bewahren. Klaffenbach hatte sich wie in einem Kerker gefühlt, wie eingemauert – nicht nur vom «antifaschistischen Schutzwall». Immer wieder hatte er Shakespeare im Kopf: *Die ganze Welt ist Bühne / Und alle Fraun und Männer bloße Spieler.* Zweimal hatte er *Wie es euch gefällt* gesehen. Zuletzt hatte ihm nichts mehr an der Bühne West-Berlin und seinen Rollen gefallen. Er wollte nicht immer nur wie ein Schauspieler agieren und das ausführen, was andere ihm vorgaben – der Regierende Bürgermeister, seine Partei, seine Staatssekretäre und Oberbürokraten, seine Frau, seine Familie. Zum Teufel mit allen! Weg von dem ganzen Provinztheater! Er wollte sich einfach nur treiben lassen.

Das Schönste an Osten war Frauke, Ennos neunzehnjährige Tochter. Sie studierte in Hamburg Deutsch und Latein auf Lehramt, war aber in den Semesterferien zu Besuch nach Hause gekommen. Klaffenbach hatte nur das Kleine Latinum, und das hatte er auch nur mit einer mäßigen Vier erworben. Damals hatte er sich geschworen, sich nie wieder mit dieser toten Sprache zu beschäftigen, nun aber ließ er keine Gelegenheit aus, Frauke abzuhören.

«*Nemo ante mortum beatus.*» Das war einer der wenigen Sinnsprüche, die er behalten hatte.

Frauke lachte. «*Nemo* gleich niemand, *mors, mortis* der Tod. Der Satz bedeutet also sinngemäß: Niemand ist vor seinem Tode glücklich zu preisen.»

«Bravo!», rief Klaffenbach. «Und wer soll das zu wem gesagt haben?»

Frauke überlegte einen Augenblick. «Arnulf Klaffenbach zu Enno Meyerdierks?»

Sie war hinreißend. Was war schon ein Altersunterschied von rund dreißig Jahren! Er war verrückt nach ihr, wusste aber, dass Enno ihn umbringen würde, wenn es ihm gelingen sollte, seine Tochter zu verführen. Ausgebrannt, wie er war, hatte er längst vergessen, wie es sich anfühlte, verliebt zu sein, aber beim Anblick Fraukes hatte sein Verstand im Nu verrückt gespielt. Diesem Gefühlschaos versuchte er mit Gedichten Ausdruck zu verleihen. Dazu setzte er sich an die Oste und gab sich seinen Stimmungen hin.

Enno kam den Deich entlang, hielt, warf sein Fahrrad ins Gras und setzte sich neben Klaffenbach.

«Na, hast du endlich eine Entscheidung getroffen?»

«Nein.»

«Du musst in Berlin anrufen. Hannelore wartet auf ein Lebenszeichen von dir. Sie liebt dich.»

«Die Liebe ist wie eine Hundeleine.»

«Das ist mir zu hoch», erklärte Enno.

Der war Zeichner und lebte von Comicstrips, hauptsächlich aber von den Einkünften seiner Frau, die in einer Bank in Stade arbeitete. Klaffenbach und er hatten sich während ihres Studiums kennengelernt. Enno war Bohemien und Anarchist genug, um Klaffenbach nicht zu verraten, aber ganz verstehen konnte er ihn nicht.

«Und wie soll es nun weitergehen mit dir?», fragte er nach zehn Minuten intensiven Schweigens.

«Muss es überhaupt weitergehen?», fragte Klaffenbach zurück. «Ich liebe den Stillstand.»

«Deine Kinder brauchen dich!»

«Wenn ich bei einem Verkehrsunfall gestorben wäre, dann …»

«Bist du aber nicht!», rief Enno und fügte nach einer Weile hinzu: «Du kannst nicht ewig in Osten bleiben.»

«Besser in Oosten als im Osten! Aber …»

«Der wäre auch keine Lösung», unterbrach Enno Klaffenbachs Gedankengang.

Klaffenbach musste ihm zustimmen. «Vielleicht eher Kanada, Afrika oder Indien. Mal sehen, wohin der Wind mich treibt … Was soll ich mit dem Rest meines Lebens noch anfangen?», fragte Klaffenbach.

«Schreib einen Roman!», schlug Enno ihm vor.

«Worüber?»

«Über dich. Eine autobiografische Geschichte aus dem Bauwesen, ohne dass der Held deines Romans den Namen Klaffenbach trägt. Schreiben ist die beste Therapie. Lass die Gedichte, konzentrier dich auf einen Roman!»

«Ich werd's mir überlegen.»

Das klang nicht so, als hätte er das wirklich vor. Aber er begann noch am Abend in seiner Ostener Mansarde, nach einem vielversprechenden Plot zu suchen. Nach ein paar Tagen hatte er einen Stoff gefunden, der ihn faszinierte, und skizzierte ihn knapp:

Christian Teichmann ist ein alternder Baumeister, dessen Leben längst reine Routine geworden ist. Zwei seiner Kinder sind aus dem Haus, ein drittes ist bei einem Verkehrsunfall tödlich verunglückt. Er lebt zwar noch unter einem Dach mit seiner Frau, doch sie haben sich nichts mehr zu sagen. Da lernt er Mara, die achtzehnjährige Tochter eines Freundes, kennen und verliebt sich unsterblich in sie. Um sich und ihr zu beweisen, was für ein Kerl er noch immer ist, klettert er in Berlin beim Richtfest eines Kirchenneubaus auf den Turm – und stürzt dabei ab. Es ist aber kein gewöhnlicher Unfall. Ursache seines Todessturzes ist Pfusch am Bau, verursacht durch Korruption und Schmiergeldzahlung. Der Titel: «Man kann nicht tiefer fallen als in die Hand Gottes». Das sagt der Pfarrer bei der Trauerfeier.

Der Roman wurde Klaffenbachs Rettungsanker, und voller Zuversicht schickte er das Exposé und die ersten zwanzig Seiten an einen großen Verlag nach Reinbek bei Hamburg.

«Das ist der Start in mein zweites Leben!», rief er aus.

Am 24. August reiste Arnulf Klaffenbach aus Osten ab. Mit der Schwebefähre ging es über den Fluss hinweg nach Basbek zum Bahnhof und dann mit der Bundesbahn Richtung Hamburg. Klaffenbach fühlte sich wie im Märchen, denn Bahnfahren war für einen West-Berliner wie ihn etwas ungemein Exotisches. Das flache Land ringsum erinnerte ihn an das Havelland und ans Oderbruch, für den normalen West-Berliner so unerreichbar wie der Mond.

Hamburg war für ihn sehr gewöhnungsbedürftig. Nicht weil die Stadt einen großen Hafen hatte, sondern weil alles so akkurat und sauber war. Berlin erschien ihm dagegen wie ein Drecknest. Das Aufregendste an der Stadt aber war, dass sie von keiner Mauer duchtrennt wurde. Klaffenbach nahm sich ein Zimmer in einem mittelgroßen Hotel am Hafen und sah sich in den nächsten Tagen alles an, was man gesehen haben musste. Das sollte ihm dabei helfen, nicht mehr an Frauke zu denken. Am besten konnte er sie aber vergessen, wenn er sich vorstellte, er sei ein großer Schriftsteller. In den Schaufenstern aller Buchhandlungen würde dann sein Debütroman stehen: *Man kann nicht tiefer fallen als in die Hand Gottes* von Arnulf Klaffenbach. Schon der Titel war den Deutschen Buchpreis wert.

Die Tage vergingen. Da sich der Verlag, wie ihm Enno am Telefon versichert hatte, noch nicht unter seiner Adresse bei den Meydierks gemeldet hatte, setzte er sich einfach in die Hamburger S- und Vorortbahn und fuhr nach Reinbek hinaus.

Hinter Hamburg-Bergedorf, wo er umsteigen musste, wurde es idyllisch-ländlich, und er genoss die Fahrt. Herrgott, warum konnte er nicht ebenso ohne alle Schwierigkeiten von Berlin in die Wälder um Potsdam fahren! Alle Deutschen hatten den Krieg verloren, aber nur die Berliner und die Zonenbewohner mussten darunter leiden, die anderen konnten so tun, als sei nichts gewesen. Das machte ihn wütend.

Im Verlag meldete er sich beim Pförtner und wurde hoheitsvoll gebeten, im Foyer Platz zu nehmen und zu warten. Ganz klein mit Hut kam er sich vor. Sein eigener Pförtner in Berlin hatte immer geradezu salutiert, wenn er ihn erblickt hatte. Damals. Es schien ewig her zu sein. Endlich kam ein bebrilltes Männlein, ein Lektor wohl, und schwenkte Klaffenbachs Manuskript in der Hand. Nach ein paar einleitenden Floskeln setzte man sich.

«Ja, lieber Herr Klaffenbach», begann der Verlagsknecht dann unverhohlen hochmütig, «Ihre Idee ist hochinteressant, aber das alles erinnert uns doch zu sehr an ein Theaterstück von Henrik Ibsen aus dem Jahre 1892, an *Baumeister Solneß*, sodass wir Abstand von einer Realisierung nehmen möchten.»

Klaffenbach wollte sich vergewissern. «Das heißt also, dass Ihr Verlag mein Buch nicht drucken will?»

«Ja, leider. Ich bedaure.»

«Sie wissen nicht, dass Sie den Berliner Bausenator vor sich haben?»

«Doch. Wir haben auch mit dem Herausgeber unserer Thriller gesprochen, aber der ist der Meinung, Ihrem Manuskript mangele es an dem gewissen Schauereffekt.»

Arnulf Klaffenbach empfand diese Zurückweisung als Todesstoß. Dann lieber sterben, als kein zweites Leben zu haben! Also verließ er den Verlag und klomm den Bahndamm hinauf, um auf den nächsten D-Zug nach Berlin zu warten. Nicht etwa, um einzusteigen, sondern um sich vor die Lok zu werfen.

VIERZEHN

DER ENGLISCHE KOMIKER Freddie Frinton hatte seinen Sketch *Dinner for One* zwar noch nicht in Deutschland vorgestellt, dennoch konnten Otto Kappe und Hans-Gert Galgenberg schon ausrufen: «*The same procedure as every year!*» Denn in wenigen Tagen, am Sonntag, dem 2. September, stand das alljährliche Polizeisportfest im Olympiastadion ins Haus. Aber auch der Morgen des vorangehenden Freitags begann mit einem bekannten Ritual: der Zeitungslektüre.

Auf der ersten Seite stand in fetten Lettern: *Eine Frau verriet Vopo den Tunnel – Als Zeugin im Ost-Berliner Schauprozeß.*

«Bei diesem Mordfall im Osten, der mit einem Tunnelbau zusammenhängt, ermittelt da nicht vielleicht dein Cousin?», fragte Hans-Gert Galgenberg.

«Hartmut, ja.»

«Da hat man wohl einen Verräter zum Schweigen gebracht.»

«Keine Ahnung.»

Galgenberg wechselte abrupt das Thema. «Mensch, da ist ja schon was über das Polizeifest drin!»

Letzte Probe für die große Schau stand über einem länglichen Foto. *Auf ihren Motorrädern zeigten die Polizisten gestern bei der Generalprobe, dass sie wirklich etwas vom Fahren verstehen.*

Der Hochsommer sei mit maximal neunzehn Grad immer noch zu kühl, verriet ihnen der Wetterbericht. Ein Tief bringe von Südschweden kalte Luft und Regen nach Berlin.

«In diesem Sommer hätte Ulla Jacobsson bestimmt nicht getanzt und nackt gebadet», befand Hans-Gert Galgenberg.

Zur morgendlichen Lektüre stand den beiden außerdem noch der *Tätigkeitsbericht der West-Berliner Schutzpolizei über die Lage der Sektor- und Zonengrenze sowie auf S- und Reichsbahngelände für den Monat Juli 1962* zur Verfügung, und da gab es im Abschnitt *Schwere Grenzzwischenfälle mit Schußwaffengebrauch durch Grepo* wieder allerlei Spannendes zu lesen:

a) Am 1.7.1962, gegen 02.45 Uhr, vernahmen Schutzpolizeibeamte an der Sektorengrenze des Bezirks Wedding einen Schuß aus Richtung Bornholmer Brücke (SBS). Anschließend beobachteten sie, wie 4 Trapo eine männliche Person in Richtung Stellwerk Bornholmer Str. abführten. Der Festgenommene war offensichtlich durch den Schuß verletzt worden.
b) Am 19.7.1962, gegen 21.35 Uhr, versuchte ein West-Berliner in Wittenau, in der Nähe des Städtischen Friedhofs Rosenthal, die Stacheldrahtsperren zu durchschneiden, um seiner im SBS wohnhaften Ehefrau zur Flucht zu verhelfen. Grepo entdeckten ihn und gaben ca. 30 Schüsse aus MP ab. Die männliche Person konnte sich unverletzt in Sicherheit bringen. Als Schutzpolizeikräfte nach diesem Zwischenfall die Umgebung absuchten, wurden sie gegen 22.20 Uhr von Grepo mit insgesamt 8 Schüssen beschossen. Mit 6 Schüssen erwiderten die Pol.-Beamten das Feuer. Verletzungen traten weder auf westlicher Seite noch – soweit erkennbar – bei den Grepo ein.
c) Am 25.7.1962 meldete sich in den frühen Morgenstunden eine männliche Person bei der Polizei und gab an, mit 2 weiteren Flüchtlingen gegen 02.50 Uhr auf der Flucht vom SBS nach West-Berlin in Treptow, in der Nähe der Karpfenteichstr., von Grepo entdeckt und beschossen worden zu sein. Die Grepo sollen ca. 15 Schüsse abgegeben und die beiden anderen Flüchtlinge – davon einen verletzt – festgenommen haben.
d) Am 29.7.1962, gegen 03.00 Uhr, hörten Beamte der seit dem 3.7.1962 vorübergehend eingerichteten «Polizeiwache Eiskeller» (...) an der Südspitze der Kolonie (...) 3 einzelne Schüsse. Gegen 03.45 Uhr fuhr dort ein Lkw auf. Grepo trugen eine unbekannte, vermutlich tote männliche Person, die ca. 3 m von den Stacheldrahtsperren entfernt auf sowjetzonalem Gebiet lag, zum Lkw und transportierten sie ab.

«Die Mörder sind wieder einmal unter uns», kommentierte Otto Kappe die Geschehnisse in Erinnerung an den Film von Wolfgang Staudte.

«Und keiner ist da, um sie zur Rechenschaft zu ziehen», fügte Galgenberg hinzu.

Otto Kappe geriet ins Grübeln. «So wie die nationalsozialistischen Verbrechen auch ungesühnt bleiben. Selbst die architektonischen Hinterlassenschaften der Nazis stören heute niemanden mehr. Eigentlich hätte man das Olympiastadion längst abreißen müssen, Hitlers Prunkbau von 1936.»

«Und trotzdem wirst du am Sonntag hingehen ...»

«Ja, und zwar mit meinem lieben Onkel Hermann zusammen, das ist doch Ehrensache.»

Hermann und Otto Kappe trafen sich pünktlich um vierzehn Uhr auf dem Bahnhof Sophie-Charlotte-Platz, um mit der U-Bahn ins Olympiastadion zum Polizeisportfest zu fahren. Sie kamen kaum in den nächsten Zug hinein, so überfüllt war der.

Vom U-Bahnhof bis ins Stadion war ein kleiner Fußmarsch zurückzulegen. Das Gedränge war so groß wie bei den Olympischen Spielen von 1936.

«Kein Wunder, dass so viele Menschen hier sind», stellte Hermann fest. «Schon zu Kaisers Zeiten waren die Berliner verrückt nach ihrem Militär. Und da wir in West-Berlin kein eigenes haben dürfen, muss eben die Polizei herhalten.»

«Wir haben doch genug Soldaten in West-Berlin», stellte Otto richtig. «Amerikaner, Engländer und Franzosen. Gott sei Dank!»

«Ja, ja, unsere Schutzmächte.»

«Warum ist Klara eigentlich nicht mitgekommen?», fragte Otto.

«Ihre Blase. Angeblich sind ihr die Toiletten zu dreckig, aber ich glaube eher, der Groschen, den sie immer auf den Teller legen muss, schmerzt sie.»

«Meine Gertrud hat auch keinen Sinn für derlei Veranstaltungen, und für Peter ist die Polizei sowieso ein rotes Tuch.»

Derart plaudernd erreichten sie das Stadion. Ihre Plätze lagen im Unterring, der Ehrenloge gegenüber.

Pünktlich ging es los. Schmissig und in weißen Uniformen spielte das Polizeiorchester, dann marschierten die Teilnehmer am Polizeipräsidenten vorbei. In der Ehrenloge saßen der Regierende Bürgermeister Willy Brandt und der Innensenator Heinrich Albertz.

«Ein Pfarrer als Innensenator – wenn das mal auf Dauer gut geht! Er muss schließlich immer den harten Hund hervorkehren», sagte Hermann.

«Und dann stammt er auch noch aus dem Land der niederen Sachsen», lästerte Otto.

«Eigentlich ja aus Breslau», fügte Hermann Kappe hinzu. «Aber daher kommen bekanntlich die meisten und die besten Berliner, denk nur an Borsig und Kempinski!»

Nun zogen die Militärkapellen der westlichen Besatzungsmächte an ihnen vorbei. Es folgten der Tambourzug der Berliner Polizei und eine Formation der Freiwilligen Polizeireserve mit geschulterten Gewehren.

«Gott, gibt es viele Männer, die davon träumen, freiwillig Polizist zu sein!», stellte Hermann fest.

Otto kommentierte das spöttisch mit den Sprüchen der Thälmann-Pioniere: «Für Frieden und Sozialismus: Seid bereit! – Immer bereit!»

Langsam näherte sich das Programm seinem Höhepunkt, dem Hindernisrennen uniformierter Beamter, die über Hürden setzten, in Wasserbecken sprangen und durch aufgeblasene Plastikröhren krochen. Anschließend folgte die Motorradstaffel mit ihrer akrobatischen Glanzleistung: ein Dutzend Männer, zu einer Pyramide angeordnet, auf nur einem Motorrad.

In der Pause gingen sie im Gang am Unterring spazieren, einmal um das Stadion herum, bis sie wieder an ihrem Block angekommen waren. Dabei trafen sie, als hätte man sich verabredet, eine Reihe von Kollegen, teils schon pensioniert.

Zuerst stießen sie auf Richard von Grienerick.

«Heute nicht als Frau verkleidet?», fragte Hermann Kappe lachend. Das war eine Anspielung auf den Fall des Lustmörders aus dem Jahre 1920. Der hatte Liebespaare überfallen, und um ihn in die Falle zu locken, hatten Hermann Kappe und Grienerick ein verliebtes Pärchen gespielt. Grienerick hatte den weiblichen Part übernommen.

«Als Frau bin ich nur im Tegeler Forst unterwegs, hier im Grunewald natürlich als Mann.»

Als Nächster lief ihnen Jürgen Rückert über den Weg. Das war der Kollege, der nach seiner Flucht aus Ost-Berlin eine Nacht auf Hermann Kappes Schreibtisch geschlafen hatte, weil er im Westen noch ohne Wohnung gewesen war. Dann folgte Gerhard Piossek, auch ein alter Fahrensmann.

Schließlich begegneten sie Lilly Lenné von der Weiblichen Kriminalpolizei, und Otto Kappe hatte sofort bessere Laune. «Dass wir uns hier treffen, kann kein Zufall sein!», rief er. «Das muss die Macht des Schicksals sein, und das müssen wir feiern, Fräulein Lenné. Champagner wird's hier nicht geben, aber darf ich Sie zu einer Sinalco einladen?»

«Sie dürfen.»

Hermann Kappe hatte das Gefühl zu stören. Er gönnte seinem Neffen den kleinen Flirt – oder war es schon mehr?

Als er Otto später diskret danach fragte, tat der das nur mit einem Lächeln ab. «Na, du hast ja in dieser Hinsicht auch einiges auf dem Kerbholz», sagte er.

«Das nehme ich gern auf meine Kappe – Nomen est Omen.»

Schließlich ging das Programm weiter. Langsam ging die Sonne unter, und nun, bei einbrechender Dunkelheit, wurde es richtig feierlich. Alle auf den Rängen hielten mitgebrachte Kerzen oder wenigstens brennende Streichhölzer in der Hand, die dreitausend

Polizisten, die unten auf dem Rasen zum Großen Zapfenstreich angetreten waren, trugen Fackeln. Zum Schluss sangen alle achtzigtausend Anwesenden die deutsche Nationalhymne. West-Berlin war stolz auf sich.

FÜNFZEHN

DEN WILSBERG kannten nur wenige West-Berliner, zumeist Frohnauer. Er war auf keinem Stadtplan zu finden, und dennoch gab es ihn, den gewaltigen Sandhügel aus der Eiszeit mit einer Höhe von vielleicht zwanzig Metern über NN. Erreichen konnte man ihn von der Straße Am Eichenhain aus, dann musste man die Wilsbergzeile oder den Hangweg nehmen. Der Kamm des Hügels lag in einem Wäldchen genau auf der Grenze zwischen Berlin und Brandenburg, die im Jahre 1962 eine Grenze zwischen zwei Welten war. Am 13. August des Vorjahres hatten die Grenztruppen der DDR haargenau neben dem Grenzstrich einen Zaun aus Maschen- und Stacheldraht gezogen. Eine schmale Asphaltstraße für ihre Fahrzeuge wurde unten im Tal angelegt. Bald stellte sich jedoch heraus, dass der Grenzzaun oben im Wald von unten aus nicht recht einsehbar war, und jemand kam auf die Idee, unten neben der Straße einen zweiten stabilen Grenzzaun ziehen zu lassen. Der obere Zaun aus Maschendraht verrottete schon innerhalb des ersten Jahres, wurde von West-Berliner Jugendlichen an vielen Stellen durchlöchert und war von Frohnauer Seite leicht passierbar.

Damit war ein Zustand geschaffen, der historisch einmalig war, aber von der Politik wie den Medien nie richtig beachtet wurde: Man konnte als West-Berliner ohne Passierschein, Grenzkontrolle und Zwangsumtausch das sonst so rigide verteidigte Hoheitsgebiet der DDR betreten, beispielsweise um sich dort zu sonnen.

Im Sommer 1962 erstieg auch der Frohnauer Arzt Dr. Jürgen Zeuner mit seiner Mutter und seiner siebenjährigen Tochter den Wilsberg. Denn der lockte mit seinem wunderbar reinen, weißen

Sand, der schöner war als der an den meisten Ostseestränden und in dem sich wunderbar spielen ließ. Das genossen derzeit auch schon ein paar andere Kinder, sie hatten sich dort eine tiefe Kuhle gegraben und waren bis zum Kopf darin verschwunden.

Dr. Zeuner saß nun mit seiner Mutter friedlich im Kreis Oranienburg auf einem umgestürzten volkseigenen Baumstamm, blickte mit ihr in die vor ihnen liegende DDR hinüber, wo die Schornsteine von Hennigsdorf dafür sorgten, dass der Smog in West-Berlin ständig bedenkliche Werte erreichte, und freute sich, wie schön die Kinder spielten, sieben bis acht mochten es sein.

«Wie idyllisch es doch an Grenze und Todesstreifen sein kann!», bemerkte der Arzt.

In diesem Augenblick schrie einer der Jungen: «Hier liegt 'ne Leiche!»

Das musste man im nahen Wachturm der Grenzpolizei gehört haben, denn noch in den nächsten Sekunden kam in hohem Tempo ein Kübelwagen der DDR-Grenzer angefahren und bremste abrupt. Ein Offizier sprang heraus und rief zum Wilsberg hinauf: «Verlassen Sie augenblicklich das Territorium der Deutschen Demokratischen Republik!» Mit dem «Sie» waren nicht Dr. Zeuner und seine Mutter gemeint, sondern die Kinder. Die krabbelten auch sofort schreiend aus ihrer Kuhle, die der Grenzschützer offenbar für einen Schützengraben der anrückenden NATO-Truppen gehalten hatte, vielleicht aber auch für den Einstieg in einen Fluchttunnel. Und nun lag dort auch noch eine Leiche!

Dr. Zeuner stürzte nach vorn, riss seine schreiende Tochter an sich und zerrte sie zurück auf West-Berliner Gebiet, denn irgendein DDR-Jurist hätte ihn wegen der Grenzübertretung womöglich für eine Weile nach Bautzen schicken können.

Jenseits des Zaunes machten sich die Grenzer daran, die Leiche zu bergen.

Dr. Zeuner lief den Wilsberg hinunter und klingelte am erstbesten Haus. «Rufen Sie bitte 110 an! Sie sollen sofort zur Wilsbergzeile kommen. Grenzzwischenfall mit einer Leiche!»

Otto Kappe und Hans-Gert Galgenberg waren wieder einmal unterwegs in den Berliner Norden.

«Nach Hermsdorf und Lübars nun Frohnau», stellte Otto Kappe fest. «Es scheint so, als hätte unser mysteriöser Täter diesmal wirklich jemanden tödlich getroffen.»

«Lange genug geübt hat er ja», sagte Galgenberg.

«Verbrecher zu werden ist der beste Weg zur Unsterblichkeit. So war es auch bei Herostratos.»

Galgenberg sah erstaunt zu ihm hinüber. «Kenne ich nicht. Wen soll der umgebracht haben?»

«Umgebracht hat er niemanden, aber er hat 356 vor Christus den Artemis-Tempel in Ephesos in Brand gesteckt.»

«Wenn's weiter nichts ist», sagte Galgenberg gähnend. «Brandstiftung ist nicht unser Ressort.»

Otto Kappe war selber erstaunt, dass er sich diesmal nicht verfuhr. Es ging durch Tegel hindurch, und Galgenberg ließ es sich nicht nehmen, den klassischen Schüttelreim hören zu lassen. «*Auf dem Tegeler See / kocht ein Segler Tee.*»

«Soll er meinetwegen, sofern kein Gift drin ist.»

Von der Ruppiner Chaussee bogen sie rechts ab in den Kiefheider Weg. «So kommen wir am besten auf die Franzosenchaussee.»

«Die haben unsere Freunde schon 1806 gebaut, als Napoleon in Berlin war und uns die Quadriga vom Brandenburger Tor geklaut hat», meinte Galgenberg.

«Nein, das war erst 1945. Die hohen französischen Offiziere haben in beschlagnahmten Villen in Frohnau gewohnt, ihr militärisches Übungsgebiet aber hinten in Heiligensee gehabt. Sie wollten sich den kilometerlangen Umweg über Tegel sparen.»

«*Vive la France!*», rief Galgenberg.

«Sie können fließend Französisch, Monsieur?»

«Eher unfließend, außer *Bonjour* und *Merci* kann ich eigentlich nichts. Warum hätte unsere Leiche nicht an der Grenze zum amerikanischen oder zum englischen Sektor liegen können? Da hätte ich wenigstens auf mein bisschen Schulenglisch zurückgreifen können.»

Otto Kappe schmunzelte. «Hoffentlich haben die Franzosen einen Mann dabei, der aus dem Elsass kommt und Deutsch spricht.»

Sie fuhren durch den Tegeler Forst und erreichten das Frohnauer Territorium über die Straße Am Eichenhain. Sie hielten kurz und fragten einen Fußgänger, der seinen Collie Gassi führte, nach dem Wilsberg.

«Ich bin mir nicht sicher, wir sind erst letzte Woche nach Frohnau gezogen. Aber ich schätze mal, zum besagten Hügel geht's über die Straße da hinten links, die heißt nämlich Am Wilsberg.»

Sie bedankten sich. Und der Mann hatte recht, wie das Treiben ringsum zeigte. Die Franzosen hatten eine Menge khakifarbener Militärfahrzeuge in Marsch gesetzt, und die Männer von der Spurensicherung waren auch schon zur Stelle. Doch die bisher gewonnenen Erkenntnisse gingen gegen null, verriet ihnen ein West-Berliner Schupo. «Auf unserer Seite haben sie nichts entdeckt, und die Fundstelle liegt ja schon in der DDR, wo sie nicht hindürfen.»

«Ist denn sicher, dass es sich bei dem Toten um einen Mann handelt?», fragte Galgenberg.

«Die Kinder meinen, ja.»

Ein französischer Offizier kam auf sie zu und stellte sich vor als Lieutenant Colonel Toussieux. *«Messieurs, je suis heureux de coopérer avec vous.»*

Otto Kappe und Hans-Gert Galgenberg verbeugten sich und versuchten dem Colonel zu verstehen zu geben, dass sie leider kein Französisch konnten. Man lachte und versuchte es mit Englisch, wobei es der Franzose bestenfalls auf eine Vier minus brachte.

Aber auch Otto Kappes und Galgenbergs Englisch war nicht gerade perfekt. *«Please, try to cause the people on the other side, that they will pass the … the* – Gott, was heißt denn Leichnam? – *corpse to us West-Berliners.»*

Lieutenant Colonel Toussieux verstand das in etwa und fragte auf Französisch den gerade aufgetauchten russischen Offizier, ob man die Leiche haben könne, sie sei ja mit hoher Wahrscheinlichkeit von West-Berlin hierher gebracht worden.

«Njet!»

Das war eindeutig, und als Otto Kappe die gleiche Frage an den Obersten der DDR-Grenztruppen richtete, bekam er nicht einmal ein Nein zur Antwort. Man errichtete sogar eine provisorische Sichtblende aus Zeltbahnen, sodass sie nicht einmal verfolgen konnten, wie der Leichnam geborgen und abtransportiert wurde.

«So ein Mist!», murmelte Otto Kappe.

Toter Mann im Niemandsland. Ralf-Werner Wolla war einem Herzinfarkt nahe, als er die Schlagzeile beim Frühstücken in der Morgenzeitung las. «Das kann doch nur unser Mann sein!»

Seine Frau konnte es nicht fassen. «Und du warst dir so sicher, dass ihn da nie jemand finden würde!»

«Wie kann ich denn ahnen, dass Kinder beim Buddeln im Sand auf die Leiche stoßen, so tief, wie ich die vergraben habe?»

«Und nun?», wollte Charlotte Wolla wissen.

«Na, nichts. Die ist ja jetzt im Osten, und dort weiß keiner, um wen es sich handelt.»

War er noch bei Verstand? Wolla zweifelte immer mehr daran, dass das alles real war und kein Albtraum. Wie hatte er nur so dämlich sein können, den Toten von seinem Grundstück fortzuschaffen! Hätte er gleich die Polizei gerufen, hätte alles seine gute Ordnung gehabt. Er hatte den Mann nicht ermordet, und keiner hätte ihm das Gegenteil nachweisen können.

Aber … es blieb immer etwas hängen. Vor allem, wenn die Kripo den oder die Mörder nicht fand.

«Und nun?», wiederholte sein Frau.

«Abwarten. Was bleibt uns auch anderes übrig? Die Kripo im Ostsektor kann hier nicht ermitteln, und die West-Berliner Polizisten nicht drüben – es wird also alles im Sande verlaufen.»

Hermann Kappe las seine Zeitung Zeile für Zeile, und natürlich interessierte auch ihn der Bericht über den toten Mann im Niemandsland in hohem Maße. Er las ihn Klara vor.

«Was würdest du in so einem Fall machen, wenn du noch im Dienst wärst?», lautete ihre erste Frage.

Hermann Kappe überlegte einige Sekunden. «Ich würde erst einmal versuchen herauszufinden, wer der Tote ist, und dann die Gerichtsmediziner fragen, wann und wie der Mann ums Leben gekommen ist.»

«Du kommst aber nicht an die Leiche heran, denn die liegt in der Ostzone», hielt ihm Klara vor.

Hermann Kappe grinste. «Wozu habe ich Hartmut?»

«Wechseln wir lieber das Thema.»

«Wie du meinst.»

Hermann Kappe konnte sich nun ungestört den übrigen Artikeln widmen. Zumeist las er nur die Überschriften.

Begeisterter Empfang de Gaulles in Köln – Engere Zusammenarbeit, aber keine Zweier-Union. Auch in Bonn war der französische Staatspräsident gefeiert worden. «Nur nach Berlin kommt er nicht», bemängelte Hermann Kappe.

Der 1. FC Köln verlor in Dundee mit 1:8 Toren. «Denen sollte man die deutsche Staatsbürgerschaft entziehen!» Wer war schon der FC Dundee?

Gerade hatte er die letzte Seite überflogen, da klingelte es an der Haustür. Wenig erbaut über die Störung, sah er Klara an. «Eine Freundin von dir? Erwartest du jemanden?»

«Nein …» Sie stand auf, um zur Tür zu gehen. «Wer ist denn da?» Sie war zu lange mit einem Kriminalbeamten verheiratet, um nicht misstrauisch zu sein.

«Otto», kam es vom Treppenhaus her.

«Das ist aber eine Überraschung! Immer herein mit dir! Es sei denn, du willst deinen Onkel verhaften, weil er sein Opfer am Wilsberg vergraben hat.»

«Doch, das wollte ich gerade», sagte Otto lachend.

«Willst du 'ne Tasse Kaffee mittrinken?», fragte Hermann sogleich.

«Ja klar, nur keinen Schnaps im Dienst.»

Otto Kappe nahm Platz, und sie redeten in den nächsten Minuten über das Wetter und andere belanglose Angelegenheiten, bis er zum eigentlichen Grund seines Besuchs kam. «Ich sage nur: Toter Mann im Niemandsland …»

«Sollst du ermitteln?», lautete Hermann Kappes naheliegende Frage.

«Ja.»

«Und?» Hermann Kappe war mehr als neugierig.

Otto Kappe machte eine Geste der Hilflosigkeit. «Nichts als das berühmte Stochern im Nebel. Wir vermuten, dass der Täter aus der Gegend im Norden kommt, denn auf die Idee, den Ermordeten am Wilsberg zu vergraben, kommt man nicht ohne eine gewisse Ortskenntnis.»

«Du sprichst von einem Ermordeten. Vielleicht hat der Mann auch Selbstmord begangen …»

Otto Kappe lachte. «… und sich dann selbst eingebuddelt!»

«Er könnte doch Gift geschluckt haben und dann in eine Kuhle gesprungen sein, die die Kinder da gebuddelt hatten. Und vielleicht ist der Mann auch eine Frau gewesen. Wenn das, was in der Zeitung steht, stimmt, habt ihr ja nur die Angaben der Kinder.»

Otto Kappe musste ihm recht geben.

«Und nun?» Hermann Kappe fixierte seinen Neffen, denn er ahnte, weshalb der in die Wartburgstraße gekommen war.

«Hast du als alter Hase nicht eine Idee?»

«Vielleicht …» Hermann machte es spannend. «Ich könnte wieder mal nach Ost-Berlin rüber und über Hartmut etwas herauszukriegen versuchen.»

«Genial, Onkel Hermann!» Otto sprang auf, um ihn zu umarmen.

«Keine Ursache.»

Hermann Kappe fühlte sich zu sehr «gebauchpinselt», wie Gustav Galgenberg das ausgedrückt hätte, um nein zu sagen, und machte sich schon am nächsten Vormittag auf den Weg nach Ost-Berlin.

«Auslandsreisen sind doch etwas sehr Schönes», sagte er zu Klara, die sich vergebens bemüht hatte, ihn von seiner Mission abzuhalten.

Sein Grenzübertritt gelang mühelos, und mit einem ähnlichen Trick wie beim ersten Mal schaffte er es auch, seinen Sohn nach unten in die Empfangshalle des Ost-Berliner Polizeipräsidiums zu holen.

Hartmut war alles andere als erbaut. «Mensch, was ist denn nun schon wieder?»

«Die Leiche am Wilsberg. Wie heißt der Mann?», flüsterte Hermann Kappe.

«Achtzehn Uhr, Dynamo-Sporthalle, Karl-Marx-Allee.»

Damit entfernte er sich wieder Richtung Büro, und Hermann Kappe hatte über fünf Stunden Zeit, sich davon zu überzeugen, dass die Hauptstadt der DDR weiter aus Ruinen erwuchs.

Dynamo-Sporthalle ... Schon allein der Name regte ihn auf, weil er an Dynamo Moskau erinnerte und all die anderen merkwürdigen Namen, die sich die DDR-Fußballvereine zugelegt hatten: Motor Jena, Empor Rostock, ASK Vorwärts Berlin, Wismut Karl-Marx-Stadt, Lokomotive Leipzig, Chemie Halle, Motor Zwickau, Turbine Erfurt, Rotation Leipzig, Aufbau Magdeburg, Aktivist Brieske-Senftenberg.

Die ganze Zeit über hatte Hermann Kappe das Gefühl, observiert zu werden, und so ließ er sich alles Mögliche einfallen, einen etwaigen Verfolger abzuschütteln. Auf dem Bahnhof Marx-Engels-Platz sprang er im letzten Augenblick in einen S-Bahn-Zug, und in der Karl-Marx-Allee verließ er eine große Buchhandlung durch das offenstehende Toilettenfenster. Trotzdem war er sich sicher, dass man ihn weiterhin beschattete. Du hast ja 'ne Macke!, sagte er zu sich selbst. Es waren noch über vier

Stunden bis zum Treffen mit seinem Sohn. Die konnte er nicht damit ausfüllen, dass er durch Ost-Berlin flanierte. Das war zu auffällig, denn er hatte keinen Zweifel daran, dass man ihm den West-Berliner und damit den Klassenfeind auf den ersten Blick ansah. Allein seine Kleidung war verräterisch. Und aus welchem anderen Grund konnte er dieses triste Ost-Berlin schon aufsuchen denn als Mitglied einer Fluchthelferbande? Um nicht auffällig zu werden, kaufte er sich eine *Berliner Zeitung*, setzte sich auf eine Bank und begann zu lesen.

Auf Seite zwei gab es eine Reihe von Schmähungen des Westens. *Auf Mord gedrillt* lautete die Überschrift einer Kolumne, in der man den Leiter des bundesdeutschen Grenzschutzes, Brigadegeneral Otto Dippelhofer, einen *Massenmörder* nannte und die Sorge ausdrückte, *dass die Scharfschützen der Westberliner Polizei aus den Reihen des Grenzschutzes verstärkt werden sollen.* Eine andere Überschrift lautete: *Endlich freilassen! Greizer Antifaschisten protestieren gegen Einkerkerung der Patrioten Karl Schabrod und Ludwig Landwehr.* Zu Letzterem hieß es: *Wer die Hand gegen unseren Kameraden Ludwig Landwehr erhebt, ihn verfolgt und einkerkert, handelt gegen die Interessen der Deutschen, fördert den Faschismus, unterstützt Mörder und treibt das Volk in eine nochmalige nationale Katastrophe.* Hermann Kappe hatte nie etwas von einem Ludwig Landwehr gehört oder gelesen. Ein anderer Artikel war überschrieben mit *Metallarbeiter kampfbereit – Diskussion auf dem 7. Gewerkschaftstag in Essen / Notstandsdiktatur abgelehnt.* Dann ging es unter dem Titel *Werner muss weg* um den West-Berliner Polizeikommandeur Hans-Ulrich Werner, der als früherer *Nazi-Offizier* an der Ermordung von Juden beteiligt gewesen sein sollte und als *Verderber Deutschlands* bezeichnet wurde. Auch Franz-Josef Strauß wurde attackiert. *Strauß und die «Leibstandarte»* war ein Bericht aus Stuttgart überschrieben. *Kriegsminister Strauß will noch mehr SS-Führer ins Offizierkorps der Bundeswehr einschleusen.* In der DDR dagegen stand alles zum Besten. *Endspurt bei Getreide – Verstärkte sozialistische Hilfe organisiert.* Mit dem Bau des Erdölverarbeitungswerks Schwedt ging es planmäßig voran, wie der Minister für das Bauwesen, Ernst Scholz, und Hans Jendretzky als

Vorsitzender der Zentralen Kommission für Staatliche Kontrolle bei einem Besuch feststellen konnten.

Nach knapp einer halben Stunde setzte Hermann Kappe seine Wanderung fort. Als er an einer Station der U-Bahn-Linie E vorbeikam, fiel ihm ein, dass die nach Friedrichsfelde führte. Er konnte den neuen Tierpark besuchen. Doch er zögerte noch einen Augenblick, denn die U-Bahn fuhr an Erich Mielkes Hauptquartier vorbei, und da stiegen sicherlich eine Menge Stasi-Mitarbeiter ein und aus. Für einen Moment hatte er die Orientierung verloren. Wo war er hier? Marchlewskistraße. Er lief die Treppen hinunter und löste einen Fahrschein. Der Zug in Richtung stadtauswärts kam nach kurzer Wartezeit. Es war ein Kleinprofilwagen vom Typ A II, den man für das Großprofil an den Türen mit besonderen Tritten ausgerüstet hatte, sogenannten Blumenbrettern, damit die Fahrgäste nicht zwischen Zug und Bahnsteigkante gerieten. Hermann Kappe wusste aus dem RIAS, dass man für diese Linie, wenn sie denn bis nach Hönow verlängert werden sollte, den Umbau überzähliger S-Bahn-Wagen plante. Herrlich! Noch aber fuhren die Züge mit dem besagten «Breitenausgleich». Hermann Kappe stieg ein und fuhr los.

Staunend, wie im Traum las er bei jedem Halt die Stationsnamen: *Frankfurter Tor, Samariterstraße, Frankfurter Allee, Magdalenenstraße, Lichtenberg, Friedrichsfelde.* Verblüfft war er auch darüber, dass die Leute hier hörbarer als die Menschen aus dem Wedding, aus Neukölln oder Kreuzberg berlinerten. Manche meinten, viele Intellektuelle täten das mit Absicht, um ihre «proletarische Herkunft» unter Beweis zu stellen – oder Ulbrichts «Kaffeesachsen» zu ärgern.

«Endstation. Alles aussteigen!»

Das Wörtchen bitte kannte man hier offenbar ebenso wenig wie im Westen. Aber auch ohne dass man ihn darum bat, stieg Hermann Kappe aus und sah sich, wieder auf der Straße angekommen, suchend um. Da gab es eine Wilhelmstraße. Erstaunlich, dass man den Kaiser noch nicht durch einen antifaschistischen Widerstandskämpfer ersetzt hatte. Hermann Kappe ging bis zur nächsten Hauptverkehrsstraße und kam dort an eine Haltestelle mehrerer Straßenbahnlinien. Er hatte gehört, dass seine Schwiegertochter Ingeborg wegen des herrschenden Arbeitskräftemangels noch immer an der Kurbel stand. Ihr hier zu begegnen wäre eine schöne Überraschung gewesen. Aber nein, die Straßenbahn, in die er stieg, wurde von einem Jüngling Marke Milchbart geführt. Schade! Der Beiwagen, in dem sich Kappe befand, schien noch zur Pferdebahnzeit entstanden zu sein. Man hätte ihn eigentlich gar nicht benutzen dürfen, ohne sein Testament gemacht zu haben, so heftig durchgeschüttelt wurde man. Aber es waren nur drei Stationen, und Hermann Kappe überlebte auch dies.

Am Tierpark interessierten ihn als alten Preußen weniger die Tiere als das Schloß Friedrichsfelde. Es war Ende des 17. Jahrhunderts vom kurbrandenburgischen Marinedirektor Benjamin Raulé als Landhaus erbaut worden. Raulé hatte die skurrile Aufgabe, Brandenburg zur Seemacht und zum Kolonialreich zu machen. Doch er fiel in Ungnade, nachdem sein Gönner, der Große Kurfürst, gestorben war. Der preußische König Friedrich I. kassierte das Schloss ein und gab ihm kurzerhand seinen eigenen Namen. Hier kam im Jahr 1772 Louis Ferdinand von Preußen, ein Neffe Friedrichs des Großen, zur Welt. Als junger Mann war er derart schön, dass man ihn den «preußischen Apoll» nannte. Er schlug die militärische Laufbahn ein und fiel als Kommandeur einer preußischen Vorhut am 10. Oktober 1806 im Gefecht bei Saalfeld, vier Tage vor der Schlacht bei Jena und Auerstedt. Vorher war er allerdings ins Schloss Bellevue am Tiergarten umgezogen. Hermann Kappe schmunzelte. Schon damals zog es so manchen vom Osten in den Westen!

Unter den vielen Rentnern im Tierpark fiel Hermann Kappe nicht sonderlich auf, und er schaffte auch den Rückweg zur Dynamo-Sporthalle, ohne Aufmerksamkeit zu erregen.

Plötzlich stand Hartmut hinter ihm. Hermann Kappe folgte ihm in Richtung Herrentoilette, wo sie sich nach der Verrichtung kurz umarmten.

Hartmut flüsterte seinem Vater zu: «Der Mann heißt Klaus-Dieter Rudelias und war Journalist.»

«Was – der? Herzlichen Dank im Namen der gesamtdeutschen kriminalistischen Innung!»

«Mach, dass du wieder rüberkommst!»

SECHZEHN

AM FREITAGMORGEN konnten sich Otto Kappe und Hans-Gert Galgenberg nicht ganz so viel Zeit für die Lektüre der Morgenzeitung nehmen, denn ihnen war es zugefallen, den Mörder des Journalisten Dieter Rudelias zu finden. Hermann Kappe hatte seine Informationen sofort an seinen Neffen weitergegeben.

Die Zeitung hatte nicht viel Neues zu berichten. Der Aufmacher war eine Rede von Innensenator Heinrich Albertz: *Wir wollen «kleinen Grenzverkehr»*. Er hoffe, dass bald wieder eine Mutter ihren Sohn besuchen könne. Ein großes Thema war auch die gemeinsame Dampferfahrt von de Gaulle nebst seiner Frau, Konrad Adenauer und Bundesaußenminister Gerhard Schröder auf einem Rheindampfer.

«Uff da Spree wär mir det lieba jewesen», merkte Hans-Gert Galgenberg im Tonfall seines Großvaters an und stimmte *Durch Berlin fließt immer noch die Spree* an.

Gegen halb zehn machten sie sich dann auf den Weg nach Neukölln. Galgenberg hatte schon herausgefunden, dass Rudelias in der Fuldastraße 56 gewohnt hatte. Ein Blick auf den an der Wand hängenden Stadtplan zeigte ihnen, dass die zwischen Sonnenallee und Donaustraße liegen musste. Als sie dort vorgefahren und die Treppen zum vierten Stockwerk hinaufgestiegen waren, mussten sie feststellen, dass ihnen auf ihr Klingeln hin niemand öffnete.

«Kein Wunder, Tote schlafen viel zu fest», sagte Galgenberg. «Außerdem wird er noch in der Pathologie im Kühlfach liegen, sofern die drüben in der Charité so etwas haben.»

«Er soll aber verheiratet gewesen sein.»

«Vielleicht hat man seine Frau anderswo verbuddelt als am Wilsberg. Oder sie liegt tot hier in der Wohnung.»

«Du liest zu viele Kriminalromane und hörst wahrscheinlich im RIAS immer *Es geschah in Berlin*, lieber Hans-Gert.»

«Nur zur Fortbildung.»

Nachdem sie noch einmal vergeblich Sturm geklingelt hatten, gaben sie es auf. Auch bei den Nachbarn war niemand zu Hause. Also stiegen sie wieder die Treppe hinab und fragten in der Fleischerei, die sich unten im Haus befand, nach Rudelias.

«Keine Ahnung, wat mit ihm los is», antwortete ihnen die Verkäuferin. «Lange hatta nüscht mehr hier jekooft, aba in Luft uffjelöst ham wird a sich ja nich. Jehn Se doch ma bei seine Frau fraren!»

«Und wo finden wir die?»

«Wenn ick ma nich irre, denn arbeetet die inne Bickhardt'sche Buchhandlung, det is ohm inna Karl-Marx-Straße, noch hinta die Passage.»

Sie bedankten sich und machten sich auf den Weg. Von der Fuldastraße war es zu Fuß nicht weit bis zur Ecke Karl-Marx-Straße. Sie bogen links ein. Eines der ersten Geschäfte war eine Schreibmaschinenhandlung. Otto Kappe blieb stehen, denn er wollte sich schon lange eine Reiseschreibmaschine kaufen.

«Von einer ‹Gabriele› träume ich schon lange.»

Galgenberg lachte. «Ich träume eher von einer Marlene.»

«Marlene Dietrich?»

«Nein, von Marlene Schmidt aus Baden-Württemberg, unserer letzten Miss Germany.»

Nun ging es die Karl-Marx-Straße Richtung S-Bahn-Ring entlang. «Dass Karl Marx in West-Berlin geehrt wird, ist aber auch zu komisch», fand Galgenberg. «Ohne ihn hätten wir den ganzen Mist mit der Mauer nicht.»

Sie kamen am Amtsgericht vorbei und steuerten auf das Neuköllner Rathaus zu. «Kurt Exner ist nicht mehr Bezirksbürgermeister», wusste Otto Kappe. «Der war zehn Jahre im Amt, bis er vor drei Jahren Senator für Arbeit und Soziales geworden ist.»

«Den kenne ich sogar», sagte Galgenberg. «Der war fast so bekannt wie der Bürgermeister von Kreuzberg, Willy Kressmann, genannt Texas-Willi und verheiratet mit der Architektin und Bauunternehmerin Sigrid Kressmann-Zschach.»

«Wie praktisch!», lästerte Otto Kappe. «So kennt sie immer die neuesten Bauvorhaben der Berliner Landesregierung.»

Vor dem Rathaus passierten sie die kleine Grünanlage, auf der früher das im Krieg zerstörte alte und wunderschöne Rixdorfer Amtshaus gestanden hatte, und den absolut schmucklosen Erweiterungsbau von 1950. Die Straßenbahn nach Rudow ratterte an ihnen vorbei.

«Die Straßenbahnen wollen sie in den nächsten Jahren alle abschaffen», sagte Otto Kappe. «Diese Barbaren! Als Kinder träumten wir immer davon, neben dem Mann an der Kurbel zu stehen.»

Sie gingen an den Abgängen zum U-Bahnhof Rathaus Neukölln vorüber, die man kostensparend auf Mittelinseln angelegt hatte. Das nächste Schaufenster, das sie zum Stehenbleiben animierte, war das des Photohauses H. Pogade.

«Irgendwann muss ich unsere Agfa Klack auch mal gegen eine richtige Kamera eintauschen», sagte Otto Kappe. «Meine Frau wünscht sich eine Rollfilmkamera von Voigtländer.»

«Damit kannst du dann auch gleich Aufnahmen vom Tatort machen. Sehr praktisch, denn es spart den Kollegen von der Spurensicherung ein.»

Ihre Blicke gingen auf die andere Straßenseite hinüber. Da gab es erst das Geschäft Woll-Laube und dann der Riesenkomplex des Kaufhauses Hertie. An der Ecke Anzengruber Straße kamen sie am ehemaligen kaiserlichen Postamt «Rixdorf I» vorbei und überquerten die Kreuzung der Karl-Marx- mit der Ganghofer- und der Richardstraße. Als nächstes Schaufenster lockte das von Helmuth Schmidt mit der neuesten Herrenbekleidung.

«Da gehe ich jetzt rein und kaufe mir einen neuen Anzug», sagte Galgenberg.

«Du bist im Dienst!», mahnte Otto Kappe.

«Na und? Den alten, den ich anhabe, habe ich ja auch im Dienst verschlissen.»

Gegen diese Logik konnte Otto Kappe nichts einwenden, und so kaufte sich Galgenberg erst einmal einen neuen Anzug.

Danach überquerten sie die Fahrbahn und näherten sich nun endlich der Bickhardt'schen Buchhandlung.

«Dass es in der Kulturwüste Neukölln so etwas überhaupt gibt!», staunte Galgenberg. «Aber vielleicht haben sie ja auch Bücher für Analphabeten.»

Sie betraten den Laden und steuerten sogleich auf die einzige Buchhändlerin zu, die weit und breit zu sehen war. Mit gezückter Dienstmarke fragten sie nach Erika Rudelias. Ihren Vornamen hatten sie durch ein kurzes Telefonat mit dem Einwohnermeldeamt herausgefunden.

«Das bin ich selbst.»

«Wir kommen Ihres Mannes wegen. Vielleicht haben Sie es ja schon aus der Zeitung erfahren, es wurde ein toter Mann im Niemandsland auf dem Wilsberg gefunden. Wir müssen Ihnen leider mitteilen, dass es sich bei dem Toten um Ihren Mann handelt. Unser herzliches Beileid!»

Zu ihrem Erstauen brach Frau Rudelias nicht in Tränen aus, sie hatte schon Vorahnungen gehabt. «Sie werden es mir kaum glauben, aber so etwas hatte ich schon befürchtet.»

Galgenberg blieb sachlich. «Das müssen Sie uns bitte erklären.»

«Mein Mann und ich, wir haben uns Ende Mai getrennt, und er ist zu einem Freund nach Hermsdorf gezogen.»

«Zu einem Freund – und nicht zu einer Freundin?»

«Das hat er jedenfalls gesagt.»

Otto Kappe zückte seinen Notizblock. «Wie heißt der Mann?»

«Werner Kriebstein.»

Otto Kappe notierte sich Namen und Adresse. Den Namen Kriebstein hatte er schon einmal gehört, im Zusammenhang mit irgendeinem Großbauprojekt. Vermutlich handelte es sich um einen Architekten.

«Also müssen wir wieder mal nach Hermsdorf raus», brummte Galgenberg. «Wir sollten dort eine Außenstelle eröffnen.»

Otto Kappe überlegte, was er Erika Rudelias noch alles fragen sollte. «Ehe ich's vergesse: Wissen Sie trotz Ihrer Trennung, zu welchen Themen Ihr Mann in letzter Zeit gearbeitet hat?»

«Über die Arbeit der Kripo gab es was …»

«Ich weiß, er war bei meinem Onkel, Hermann Kappe, der hat früher bei der Kriminalpolizei gearbeitet.»

«Dann wollte er noch einen Artikel über das Baugeschehen in Berlin schreiben. Es ging um Korruption und Bestechung. Ich glaube, er war einer großen Sache auf der Spur.»

Otto Kappe und Hans-Gert Galgenberg waren sofort hellwach.

«Sind auch Namen gefallen?», hakte Otto Kappe nach.

«Ja, er wollte etwas über den verschwundenen Senator schreiben.»

«Können Sie sich noch an Informanten erinnern, die er in der Baubranche hatte?»

«Nein … Doch! Bei uns in der Fuldastraße war mal ein Mann, der hatte einen merkwürdigen Namen … mit Q am Anfang.»

«Quade vielleicht?»

«Nein, Queetz … Klaus Queetz.» Endlich war es ihr eingefallen. «Aber noch etwas anderes hat ihn interessiert: In Dahlem draußen soll es eine Gruppe von Studenten geben, die sich auf Fluchthilfe spezialisiert hat, und Sprengstoffanschläge auf die Mauer sollen ihre Mitglieder auch schon ausgeführt haben.»

Es war eine ganze Menge, was sich Otto Kappe zu notieren hatte. Galgenberg ging inzwischen die Regalreihen entlang, zog das eine oder andere Buch hervor und blätterte darin. In einem gelben Bändchen von Georg Christoph Lichtenberg fand er einen hübschen Satz und gab ihn gleich zum Besten. «*Das viele Lesen ist dem Denken schädlich.* Bravo!»

«Ich glaube, wir haben erst einmal genügend Informationen gesammelt», sagte Otto Kappe schnell und bedankte sich bei Erika Rudelias.

Auf dem Weg zurück zu ihrem Auto wurden sie sich über einen naheliegenden Verdacht schnell einig: Dieter Rudelias war von einer Person aus der Baubranche ermordet worden, weil er zu viel über deren unsaubere Geschäftsmethoden herausgefunden hatte.

«Knöpfen wir uns also erst einmal diesen Kriebstein vor!», sagte Otto Kappe.

«Also auf nach Hermsdorf!»

«Nein, der Gute wird wohl am Freitagvormittag kaum zu Hause sein, sondern an seinem Arbeitsplatz.»

So gingen sie erst einmal ins Postamt und schauten im Branchentelefonbuch nach. Schnell fanden sie heraus, dass sich das Architektur- und Planungsbüro Kriebstein & Partner am Viktoria-Luise-Platz befand.

«Also geht es aus dem trüben Neukölln ins noble Bayerische Viertel!» Galgenberg war begeistert.

Werner Kriebstein war schockiert, als die beiden Kriminalbeamten ihm den Grund für ihren Besuch geschildert hatten. «Selbstverständlich wollen Sie nun mehr über Herrn Rudelias erfahren», sagte Kriebstein. «Kommen Sie doch herein!»

«Es stimmt also, was uns Frau Rudelias erzählt hat: Ihr Mann flüchtete sich nach dem Krach mit ihr zu Ihnen nach Hermsdorf?», begann Otto Kappe ihr Gespräch.

«Ja, als alter Freund war ich es ihm schuldig, dass er eine Weile bei mir unterkommen konnte.»

Otto Kappe legte sich seinen Notizblock zurecht. «Gut. Dann schildern Sie uns doch bitte, was passiert ist, als Sie Ihren Freund zum letzten Mal gesehen haben.»

«Das muss Pfingsten gewesen sein, am Abend vom 9. zum 10. Juli. Dieter hat mit mir und meiner Frau zusammen ferngesehen, bis zum Sendeschluss, und dann wollte er noch ein bisschen spazieren gehen. Er sei zu aufgewühlt, um schon zu schlafen.»

«Dann ist er also allein durch Hermsdorf gelaufen?»

«Ja, vielleicht auch noch bis nach Frohnau.»

Galgenberg holte seinen gefalteten Stadtplan aus der Tasche. «Sie wohnen in der Frohnauer Straße, und von da sind es bis zum Wilsberg … na, sagen wir, zwei bis drei Kilometer. Meinen Sie, dass er bis dorthin gelaufen ist? Bis zur Sektorengrenze?»

Kriebstein zuckte mit den Schultern. «Sie vermuten, dass er sich als Fluchthelfer betätigt hat? Nein, bestimmt nicht, denn Dieter hat unter anderem für die *Wahrheit* geschrieben und die DDR für ein höchst lobenswertes Experiment gehalten. Auch nach dem Mauerbau noch. Die Mauer hat er begrüßt, weil sie das Ausbluten der DDR, wie er das nannte, verhindere. In der DDR war er wohl nicht, aber er hat ihr viel Sympathie entgegengebracht.»

«Hat er Ihnen auch erzählt, dass er einer heißen Sache aus der Bauwirtschaft auf der Spur gewesen ist?»

«Ja, allerdings nur andeutungsweise.»

Galgenberg hakte sofort nach. «Und – hat er Namen genannt?»

Kriebstein suchte sich zu erinnern und zählte einige der Herren auf, mit denen Rudelias ein Interview geplant hatte. «Ingenieure, Politiker, Bauunternehmer. Am bekanntesten ist wohl Klaffenbach, aber auch Wolla. Dann ein Ingenieur, der auch mal für mich gearbeitet hat: Klaus Queetz. Und von einem gewissen Rudolf Orkusch von der Südost Bau Neukölln war die Rede.»

«Danke.» Otto Kappe kam gar nicht mit dem Mitschreiben der Namen hinterher.

«Nachforschungen hat er aber auch viel draußen in Dahlem angestellt, auf dem Campus der FU. Nicht wegen der Bauwirtschaft, sondern wegen der Anschläge auf die Mauer. Ein gewisser Heinrich Koch soll eine Gruppe von Studenten um sich haben, die gerne mit Sprengstoff gegen die Mauer vorgehen.»

«Heinrich Koch also.» Otto Kappe schrieb sich auch diesen Namen auf.

Galgenberg mischte sich in das Gespräch ein. «Hat er mal angedeutet, dass er sich von jemandem bedroht fühlte?»

«Nicht konkret. Aber er hat immer wieder davon gesprochen, dass sich in West-Berlin langsam, aber sicher mafiöse Strukturen herausbilden und dass sich unbequeme Journalisten wie er eines Tages tot auf dem Grund der Spree wiederfinden könnten – mit einem Betonklotz an den Füßen.»

«Nun hat es nur für eine Grube auf dem Wilsberg gereicht», lautete Galgenbergs Kommentar.

Otto Kappe nahm den Faden wieder auf. «Derjenige, der Rudelias erschossen hat, muss doch mitbekommen haben, dass er nicht mehr in der Fuldastraße gewohnt hat, sondern bei Ihnen hier draußen in Hermsdorf. Meinen Sie, Rudelias' Frau scheidet als Täterin aus?»

«Mit Sicherheit. Und dass er bei mir Unterschlupf gefunden hatte, wussten viele.»

Otto Kappe bedankte sich für die Auskünfte. Draußen im Treppenhaus sagte er zu Galgenberg: «Schon Sokrates sagte: Ich weiß nur, dass ich nichts weiß!»

«Ist das nicht auch schon Wissen?», fragte Galgenberg. «Apropos Wissen … Sollten wir nicht mal bei der FU nachfragen, wegen des Verdachts, Rudelias könnte Fluchthelfern auf der Spur gewesen sein und wollte sie auffliegen lassen?»

«Meinetwegen hören wir uns erst einmal draußen in Dahlem um.»

Vom Viktoria-Luise-Platz waren es etliche Kilometer bis hinaus auf das Gelände der FU Berlin. Erst fuhren sie zur Martin-Luther-Straße, bogen von der auf die Hauptstraße ab, und dann ging es immer weiter hinunter in Richtung Südosten, über die Haupt-, die Rhein- und die Schloßstraße und Unter den Eichen. Es gab viel zu sehen und zu kommentieren.

«Wann war ich mit Gertrud zum letzten Mal im Schlossparktheater?», fragte sich Otto Kappe. «Bei *Raskolnikoff* wahrscheinlich, mit Klaus Kammer in der Hauptrolle. Das war noch vor dem Mauerbau.»

«Besser im Schlossparktheater als im Operationssaal.» Galgenberg zeigte auf das amerikanische Militärhospital.

«… oder als im Botanischen Garten», fügte Otto Kappe hinzu. «Meine Frau liebt alle Pflanzen und würde mich am liebsten jeden Sonntag dorthin schleppen.»

«Mein Großvater hat immer von den Berliner Pflanzen gesungen: *Denkste denn, denkste denn, / du Berliner Pflanze, / denkste denn, ick liebe dir, / weil ick mit dir tanze?*», erinnerte sich Galgenberg.

«War das nun eine Ost- oder eine West-Berliner Pflanze?», fragte Otto Kappe.

«Egal, heute wär's 'n Mauerblümchen.»

Sie bogen rechts ab auf die Thielallee und waren nach ein paar Hundert Metern in der Van't-Hoff-Straße und damit im Herzen der FU.

«Hier ist es so leer», war Otto Kappes erste Erkenntnis.

Galgenberg lachte. «Es sind Semesterferien. Hat dein Sohn dir nichts davon erzählt?»

«Doch. Aber dass nun gar keiner mehr da ist …»

«Im Henry-Ford-Bau und in der Bibliothek werden schon noch einige sein.»

So war es in der Tat. Doch wen auch immer sie auf Sprengstoffattacken gegen die Mauer ansprachen, keiner wusste etwas oder wollte etwas wissen. Auch von einem Heinrich Koch hatte niemand etwas gehört.

Arnulf Klaffenbach war nach Berlin zurückgekommen, hatte sich aber noch nicht nach Hause getraut, sondern Zuflucht bei einer Therapeutin gesucht, die er schon vor Jahren in seinem Tennisclub kennengelernt hatte: bei Dietlind Damman. Sie hatte ihre Praxis in der Fasanenstraße.

«Als Sie sich in Reinbek auf die Schienen gesetzt haben, haben Sie da ernsthaft Selbstmord begehen wollen?»

«Ja, das wäre die Erlösung von allem gewesen. Aber dieser Verlagslektor hat mich von den Schienen gerissen.»

«Und nun sind Sie wieder in Berlin.»

«Ja, in einer Pension ganz in der Nähe. Aber mir geht es schlecht, und ich traue mich nicht mehr auf die Straße, aus Angst, verhaftet zu werden.»

«Warum?»

«Weil in einigen Zeitungen in Zusammenhang mit den Berichten über den Tod von Rudelias die böse Vermutung geäußert wurde, ich sei untergetaucht, weil ich ihn umgebracht hätte.»

«Das ist der Journalist? Am Wilsberg wurde er gefunden, nicht wahr?»

«Am Wilsberg, ja.» Klaffenbach stöhnte und schloss die Augen. «Ich kenne die Gegend um den Wilsberg, weil ich dort aufgewachsen bin, Am Eichenhain. Manchmal glaube ich wirklich, dass ich diesen Rudelias erschossen und vergraben habe.»

«Weshalb?»

«Nicht, weil er mir Bestechung oder Vorteilsnahme nachweisen wollte, sondern … Ich habe den Mann gehasst und zum Teufel gewünscht, weil er immer nur Böses über mich und meine Partei geschrieben hat.»

Die Therapeutin machte sich Notizen. Beide schwiegen gefühlte fünf Minuten lang. Dann fragte sie Klaffenbach, was er in der nächsten Zeit vorhabe.

«Nichts. Wieder gesund werden. Kein öffentliches Amt mehr bekleiden, vielleicht als Architekt arbeiten.»

«Und wann wollen Sie wieder zurück zu Ihrer Familie?»

«Vorerst gar nicht. Können Sie mich nicht in eine Klinik einweisen?»

Hans-Gert Galgenberg und Otto Kappe waren wieder in ihren Wagen gestiegen und überlegten, wie sie nun vorgehen sollten.

«Wir haben vier Männer auf unserer Liste, mit denen wir sprechen müssen», sagte Galgenberg. «Heinrich Koch, Rudolf Orkusch, Arnulf Klaffenbach und Klaus Queetz. Mit wem sollen wir anfangen?»

«Entweder gehen wir nach dem Alphabet vor oder nach dem Ort, wo wir die Herren finden.»

«Lass uns lieber mit dem Täter beginnen. Und den losen wir aus!» Galgenberg schrieb die vier Namen auf kleine Zettel, knüllte sie zusammen und hielt die Kügelchen Otto Kappe auf der flachen Hand hin. «Bitte, wessen Namen du ziehst, der hat Rudelias umgebracht. Das ist die moderne Form des Gottesurteils.»

Otto Kappe zögerte. Natürlich war das albern, aber es wollte seinem Kollegen den Spaß nicht verderben. Er griff also zu, faltete den gezogenen Zettel auseinander und las: «*Klaffenbach.*»

Galgenberg strahlte. «Das ist ja wirklich bonfortionös! Der Herr Bausenator erschießt einen unliebsamen Journalisten. West-Berlin hat einen Mord mit einer Fallhöhe, von der selbst New York nur träumen kann.» Und er hielt sich die Nase zu, um Ernst Reuter zu parodieren. «*Ihr Völker der Welt, schaut auf diese Stadt!*»

«Klaffenbach … Na ja, möglich ist alles.»

«Zumal der Gute nicht mehr so ganz richtig im Koppe zu sein scheint, wenn er sich einfach aus dem Staub macht.»

«Fangen wir also mit Klaffenbach an», entschied Otto Kappe. «Und klappern dann die anderen dem Alphabet nach ab – Koch, Orkusch, Queetz.»

«Imma ruff uff det Mörderkarussell, hätte mein Großvater gesagt.»

Doch in Sachen Klaffenbach gab es immer noch nichts Neues, er galt weiterhin als vermisst. Klaffenbach mussten sie also abhaken, den Namen allerdings mit einem dicken Ausrufezeichen versehen. So fuhren sie zunächst zu dem mysteriösen Heinrich Koch in die Mommsenstraße.

Der Mann war so imposant wie Heinrich George und Emil Jannings zusammen, und Otto Kappe und Hans-Gert Galgenberg mussten schon all ihre Amtsautorität aufbieten, um auf gleicher Augenhöhe mit ihm reden zu können.

«Ja, Herr Rudelias war bei mir, um etwas über die Aktivitäten meiner Gruppe zu erfahren», gab Koch bereitwillig zu. «Und mir war auch bewusst, dass er unser ‹Treiben›, wie er sich ausdrückte, sehr kritisch sah.»

«Die Sprengstoffanschläge auf die Mauer?», wollte sich Galgenberg vergewissern.

«Herr Rudelias hat die kommunistische These vom antifaschistischen Schutzwall vertreten. Die Mauer musste seiner Meinung nach errichtet werden, um ein Ausbluten der DDR zu verhindern – denn die sei schließlich der bessere der beiden deutschen Staaten.»

Otto Kappe wollte keine politische Diskussion, er suchte schlicht und einfach den Mörder von Dieter Rudelias. «Ganz konkret gefragt: Wo waren Sie, Herr Koch, in der Nacht zu Pfingsten, also in der Nacht vom 9. auf den 10. Juni?»

«Woher soll ich das jetzt noch wissen? Wir haben schließlich September. Aber …» Koch griff ins Innere seines Jacketts und förderte einen roten Taschenkalender zutage. «Pfingsten, klar, da bin ich bei meinen Eltern in München gewesen, in Ottobrunn. Sie können gern ihre Adresse und die Telefonnummer haben und sich von der BEA bestätigen lassen, dass ich am 8. Juni hin- und am 12. zurückgeflogen bin. Und ganz nebenbei, meine Herren, ich weiß, Sie tun nur Ihre Pflicht – aber tun Sie bitte in Ihrem eigenen Interesse nicht mehr, es könnte Ihnen schaden!»

Otto Kappe und Galgenberg ahnten in etwa, wer Kochs Hintermänner waren, und stellten keine weiteren Fragen. Doch einen unliebsamen Journalisten umzubringen – so weit würden die nicht gehen.

Koch schien demnach als Rudelias' Mörder kaum infrage zu kommen. Sie konnten sich also der Nummer zwei auf ihrer Liste zuwenden, dem Bauunternehmer Rudolf Orkusch.

«Hart im Nehmen wie im Austeilen, Major bei der Wehrmacht, verbreitet das Gerücht, nach dem Krieg ein paar Jahre bei der Fremdenlegion gewesen zu sein, Gründer des Südost Bau Neukölln, erfolgreicher Unternehmer. Die erste Million hat er wohl schon im Sack, Grundstück draußen am Kleinen Wannsee», trug

Otto Kappe vor, als sie auf dem Weg von Charlottenburg nach Neukölln waren.

Galgenberg staunte. «Du bist ja bestens informiert.»

«Kein Wunder, sein Prokurist ist mein Cousin.»

«Dann müssen wir uns vorsehen. Wenn wir Orkusch nicht hart genug angehen, heißt es gleich, du würdest deinen Verwandten schützen.»

Otto Kappe war auch nicht ganz wohl bei diesem Gedanken, zumal sein Cousin als das schwarze Schaf der Familie galt und schon so manches Mal mit dem Gesetz in Konflikt geraten war. Aber war ihm ein Mord zuzutrauen? Nein. Trotzdem … Er wurde amtlich. «Gut, Kollege Galgenberg, bei Orkusch führen Sie das Gespräch. Ich halte wegen des Verdachts der Befangenheit den Mund.»

«Okay, Chef. Ich danke Ihnen für Ihr Vertrauen!»

Sie fuhren die Hasenheide hinunter, überquerten den Hermannplatz und kamen auf die Karl-Marx-Straße. Hinter der Ringbahnbrücke bogen sie links in die Lahnstraße ab, um zum Mittelbuschweg zu gelangen, dem Firmensitz der SBN.

Galgenberg entdeckte das Schild der Firma Dublosan. «Ah, hier wird der berühmte Männerschutz produziert, den ich immer aus dem Automaten ziehe.»

«Weißt du, was dein Großvater dazu gesagt hätte?»

«Nee, was denn?»

«*Fromms zieht der Edelmann beim Mädel an.* Dieser Werbespruch stammt aus der Zeit, als der alte Galgenberg noch jung war.»

«Nur gut, dass er dem Rat nicht gefolgt ist. Sonst gäbe es mich nicht.»

«Das ist auch wieder wahr.»

Sie rollten auf den Bauplatz der SBN und gingen zu einer Baracke hinüber, an der ein Schild mit der Aufschrift *Büro* prangte.

«Feudal sieht anders aus», sagte Galgenberg.

Otto Kappe zeigte zu den Baggern und den anderen nagelneuen Baumaschinen hinüber, die im Hintergrund aufgereiht waren. «Der Orkusch investiert eben alles in neue Maschinen.»

«Oder in Schmiergelder», murmelte Galgenberg. «Von nichts kommt nichts.»

Karl-Heinz Kappe kam ihnen entgegen, beide Hände nach vorn ausgestreckt. «Herr Kommissar, Sie wollen mir doch sicherlich gleich Handschellen anlegen.»

«Das kann ich deinem Vater nicht antun.»

Damit brachte sie Otto Kappes Cousin zu Orkusch und machte alle miteinander bekannt. Galgenberg übernahm nun die Gesprächsführung. «Herr Orkusch ...» – fast hätte er Orkus gesagt –, «... Sie haben sicherlich gehört, dass der Journalist Dieter Rudelias ermordet worden ist.»

«Ja, der Tote vom Wilsberg, der in der Ostzone gelandet ist. Aber ein Toter kann doch die Arbeitskräfte, die der DDR weggelaufen sind, auch nicht ersetzen.»

«So würde es Rudelias ebenfalls sehen. Der war doch sicherlich bei Ihnen, als er wegen der zunehmenden Korruption in West-Berlin recherchiert hat.»

«Ja, er war hier.»

Orkuschs Antwort überraschte Galgenberg, und er brauchte ein paar Sekunden, bis er seine nächste Frage formuliert hatte. «Und was wollte er von Ihnen wissen?»

«Er wollte wissen, wie viel mich der Auftrag für die Straßen auf dem Falkenhagener Feld und für die Gropiusstadt hier in Neukölln gekostet hat – und natürlich für die Verlängerung der U9 nach Steglitz.»

«Was haben Sie ihm geantwortet?»

«Nichts. Ich habe ihn achtkantig rausgeschmissen.»

Galgenberg lachte. «Bitte, werfen Sie mich jetzt nicht auch hinaus, wenn ich Sie nach Ihrem Alibi frage! Wo waren Sie in der Nacht zu Pfingsten, also vom 9. auf den 10. Juni?»

Orkusch dachte nach. «Bei mir zu Hause. Meine Frau hatte Geburtstag. Wir haben mit vielen Gästen gefeiert.»

«Auch mit Exsenator Klaffenbach?»

«Nein, mit dem nicht, aber es waren durchaus ein paar hochrangige Parteifreunde da, auch Ralf-Werner Wolla, wenn Sie's genau wissen wollen.»

Galgenberg ließ sich nicht aus der Ruhe bringen. «Ja, das wollte ich, das ist schließlich mein Beruf.»

Galgenberg strich Rudolf Orkusch von der Liste der Verdächtigen. Der Mann war offen und ehrlich. Schon sein Äußeres war vertrauenerweckend, er hätte glatt als Lehrer für Sport und Geschichte durchgehen können. In dem Mann mischten sich auf glückliche Weise Härte, Charme und Intelligenz.

Zufrieden fuhren sie weiter zu Queetz, während Otto Kappe Galgenberg wegen seiner geschickten Gesprächsführung lobte. Dass Queetz als Untermieter in der Skalitzer Straße bei einem gewissen Till Lehmann wohnte, hatten sie über das Einwohnermeldeamt schnell herausgefunden. Sie rissen ihn aus seinem Mittagsschläfchen. Queetz sah ziemlich verwahrlost aus, als er ihnen die Tür öffnete. Und in seinem kleinen Zimmer stank es nach einem ätzenden Gemisch aus kaltem Zigarettenrauch, Alkohol und Schweiß.

«Entschuldigen Sie die Störung, wir sind von der Kriminalpolizei.» Otto Kappe hielt Queetz seine Dienstmarke hin.

«Oh!», rief er. «Was habe ich denn verbrochen?»

Eher hat er etwas erbrochen, dachte Galgenberg. «Dürfen wir kurz das Fenster öffnen?», fragte er dann auch sofort.

«Von mir aus – aber draußen donnert alle naselang die Hochbahn vorbei.»

«Das stört uns nicht.»

«Was Sie verbrochen haben?», nahm Otto Kappe den Faden wieder auf. «Erst einmal gilt die Unschuldsvermutung, aber wir suchen den Mörder von Dieter Rudelias – und in diesem Zusammenhang ist Ihr Name gefallen. Er soll bei seinen Recherchen über die Bauskandale in West-Berlin auch mit Ihnen gesprochen haben.»

«Ja, das hat er. Aber woher soll ich dazu etwas wissen? Seit sie mich bei der SBN nicht mehr gebraucht haben, bin ich arbeitslos.»

Ja, dachte Galgenberg, du siehst auch eher so aus, als ob du aus dem Bau kommst, als dass du auf dem Bau arbeitest.

Diesmal stellte Otto Kappe die Standardfrage. «Wo waren Sie in der Nacht zu Pfingsten, also vom 9. auf den 10. Juni?»

«Da habe ich hier mit meinem Vermieter Skat gespielt.»

Otto Kappe staunte. «Zu zweit?»

«Nein, ein Freund von ihm war auch noch dabei, der Manne.»

«Gut. Wir werden das überprüfen. Und wenn Ihnen noch etwas einfallen sollte, dann melden Sie sich bitte bei uns!»

Galgenberg sah gelangweilt aus dem Fenster. Ein gelbes Züglein schlich Richtung Schlesisches Tor dahin. Seit dem Mauerbau war dort Endstation, die Spree markierte die Grenze, und an der Oberbaumbrücke war die Welt zu Ende. Die westliche jedenfalls.

Sie verabschiedeten sich von Queetz und stiegen zur Skalitzer Straße hinunter. «Wer war Skalitz?», fragte Galgenberg.

Otto Kappe hatte keine Ahnung, wollte aber als Vorgesetzter nicht dumm dastehen und fantasierte, dass die Skalitzen ein slawisches Volk in Mecklenburg seien. Das klang überzeugend.

Ein ihnen nachfolgender Geschichtslehrer hatte Otto Kappes Ausführungen mitbekommen und mischte sich ein. «Entschuldigung, der Herr, dass ich Sie korrigiere, aber Skalitz ist ein Ort in Böhmen, in dem es im Jahr 1866 eine Schlacht zwischen Preußen und Österreich gegeben hat.»

Galgenberg stöhnte. «Nach so vielen vermutlichen Falschaussagen heute spielt das auch keine Rolle mehr. Da kann ich nur laut ausrufen: Wo bleibt die Wahrheit?»

Der Geschichtslehrer lachte. «Die können Sie an jedem Kiosk kaufen.»

Otto Kappe erwiderte sarkastisch: «Ja, zum Hinternabwischen!» Gemeint war die Tageszeitung der West-Berliner SED.

«Als Beamte haben wir politische Mäßigung und Zurückhaltung zu üben», tadelte ihn der Lehrer.

«Machen wir Feierabend für heute», sagte Otto Kappe. «Der Mörder von Dieter Rudelias läuft uns ja nicht weg. Das ist das Schöne an der Mauer: So leicht kommt man aus West-Berlin nicht heraus.»

SIEBZEHN

HERMANN KAPPE hatte sich den Roman *Dr. Mabuse, der Spieler* von Norbert Jacques erst vor zwei Stunden gekauft, und nun war er schon bei den letzten Kapiteln angekommen. Er hatte sich sein Leben lang nichts aus Kriminalromanen gemacht, doch nun war er quasi zu dieser Lektüre gezwungen worden, denn sein Sohn Karl-Heinz spielte im neuen Mabuse-Film mit, wenn auch nur als Statist, deshalb hatte er sich kundig machen wollen, bevor er mit Klara ins Kino ging.

«*Das Testament des Dr. Mabuse?*» Klara sah ihn fragend an. «Das habe ich doch schon vor dem Krieg gesehen.»

«Das hier ist eine Neuverfilmung.»

Am Abend des 21. September saßen sie gespannt in ihrem Stammkino «jleich umme Ecke». Nach Werbung, Kulturfilm und Wochenschau ging es endlich los. Artur Brauners CCC hatte viele Schauspieler aufgeboten, die in Deutschland Rang und Namen hatten: Gert Fröbe gab den Kommissar Lohmann, den das ältere Publikum schon aus Fritz Langs legendärem Film *M* kannte. Unterstützt wurde er von Harald Juhnke als Kriminalassistent Krüger. Senta Berger spielte die Nelly, Wolfgang Preiss den Dr. Mabuse und Charles Regnier den Oberschurken Mortimer. Die Geschichte war so verworren, dass Hermann Kappe nicht immer mitkam. Dr. Mabuse weilte in der Nervenklinik des Professor Pohland, verkörpert von Walter Rilla, und brachte durch Telepathie und Hypnose andere dazu, große Verbrechen zu begehen. So wurde Professor Pohland Boss einer Verbrecherbande. Eine Diamantenbörse wurde ausgeraubt, ein staatlicher Goldtransport überfallen, ein wegen Bestechlichkeit aus dem Amt entlassener Kriminalassistent, der sich bewähren wollte, ermordet, ein Prokurist erpresst. Hermann Kappe war, weiß Gott, kein Cineast, aber als nacheinander die Wackel-Heidi, eine Prostituierte, und Männer mit Spitznamen wie Paragrafen-Joe, Halseisen-Toni, Jack, der Fingerbrecher, Augapfel-Rolf, Lachgas-Frankie und Jeton-Eddie auftraten, da wusste auch er, dass *Das Testament des Dr. Mabuse* keine Chance auf einen Oscar hatte.

Klara jubelte dennoch, als ihr Sohn in einer Szene zu sehen war, die in einem Hörsaal der FU spielte. Da trat er als Pedell auf und stellte Professor Pohland ein frisches Glas Wasser auf das Katheder.

«Mensch, jetzt sind die Kappes endlich berühmt!», sagte Hermann Kappe. «Mein Sohn – ein Filmstar!»

Karl-Heinz Kappe genoss das Leben, insbesondere das Nachtleben. In seiner Firma verdiente er nicht schlecht, sodass er sich einiges leisten konnte. Mindestens dreimal die Woche war er in den Berliner Nachtclubs zu finden, wobei er den Eden-Saloon an der Nestorstraße, Ecke Kurfürstendamm bevorzugte. Rolf Eden hatte er bei den Dreharbeiten zu *Das Testament des Dr. Mabuse* kennengelernt. Er gab den Jeton-Eddie.

Sie begrüßten sich auch heute Abend wieder mit Handschlag und kurzer Umarmung. Der Mann imponierte Karl-Heinz Kappe. Rolf Eden kam aus einer jüdischen Familie, mit der er 1933 nach Palästina geflohen war. Erst verdiente sein Vater das Geld zum Überleben als Taxifahrer, dann eröffneten die Eltern ein Café in Haifa. Rolf wurde Musiker und kämpfte im Palästinakrieg in einer Eliteeinheit unter Jitzchak Rabin. Danach war er als Musiker nach Paris gegangen.

«Und warum biste nich dajebliem?», wurde er immer wieder gefragt.

«Weil es für jeden, der nach West-Berlin zurückgekehrt ist, sechstausend D-Mark gegeben hat.» Mit diesem Geld hatte er seine Karriere als König des West-Berliner Nachtlebens und als Playboy gestartet.

Karl-Heinz Kappe war auf der Suche nach der Frau für eine Nacht, als ihm Ralf-Werner Wolla über den Weg lief. Ausgerechnet der! Karl-Heinz Kappe war nicht umsonst als Sohn eines Kriminalkommissars aufgewachsen. Irgendwie witterte er in Wolla den Mörder von Dieter Rudelias. Der war bei seinen Nachforschungen sicherlich dahintergekommen, dass Wolla sich hatte bestechen lassen – und Wolla hatte ihn daraufhin umgebracht. Karl-Heinz Kappe wollte es vermeiden, an Wollas Seite gesehen oder womöglich sogar fotografiert zu werden. Schnell verließ er den Eden-Saloon wieder.

Auch an diesem 23. September 1962 ging die Sonne über der geteilten Stadt Berlin auf. Werner Kriebstein hatte es mit dem Auto nicht weit von seinem Zuhause in Hermsdorf bis zur Großbaustelle in der Paul-Hertz-Siedlung am Heckerdamm, und er wusste, dass es dem Baufortschritt dienlich war, wenn er sich morgens bei seinen Leuten sehen ließ.

Seine Firma hatte ein paar Aufträge beim Bau der Paul-Hertz-Siedlung erhalten. Die Wohnhäuser waren weitestgehend fertig, am 29. November 1962 sollte das Richtfest gefeiert werden – für ganz West-Berlin war das ein großes Ereignis, das signalisierte: Die Stadt ließ sich nicht, um es mit Willy Brandt zu sagen, «auf niedriger Flamme gar kochen», bis sie von der DDR aufgesogen wurde.

Zuvor aber hatte es um das Neubaugebiet, das nach einem ehemaligen Wirtschaftssenator benannt werden sollte, einigen Ärger gegeben. Die Dauernutzer der Kleingartenkolonien, auf deren Grund und Boden die Wohnblöcke errichtet wurden, hatten heftigen Widerstand geleistet. Letztendlich aber vergeblich, denn die Logik war unausweichlich: Wenn eine Stadt wie West-Berlin kein Umland hatte, in dem sich siedeln ließ, musste man eben innerstädtische Baulandreserven erschließen.

Die Paul-Hertz-Siedlung sollte Modellcharakter für künftige West-Berliner Projekte haben. Ein Sammelstraßenring mit Stichstraßen und Wendepunkten war ebenso typisch wie Grünflächen, die die Bebauung auflockerten. Kriebstein gefiel, dass man die neuen Straßen sämtlich nach Widerstandskämpfern gegen den Nationalsozialismus benennen wollte, die im nahen Gefängnis Plötzensee hingerichtet worden waren.

Er fuhr den Kurt-Schumacher-Damm Richtung Süden entlang, umkurvte den Jakob-Kaiser-Platz und bog in den Goerdelerdamm ein. Es ärgerte ihn, dass man bei dieser Straße den Vornamen des Namensgebers vergessen hatte: Carl Friedrich. Aber wahrscheinlich gaben sich die Entscheidungsträger bei Spitzenpolitikern von SPD und CDU mehr Mühe als bei einem Widerstandskämpfer, der vom Volksgerichtshof wegen der Beteiligung am Hitler-Attentat vom 20. Juli 1944 zum Tode verurteilt worden war.

Links von Kriebstein erstreckte sich nun die Großbaustelle. Er fuhr auf die andere Straßenseite hinüber und parkte. Da, wo später die Bernhard-Lichtenberg-Straße verlaufen sollte, stand der Rohbau, in dem seine Leute am Werke waren. Es schien eine Menge los zu sein. Feuerwehrwagen und Polizeifahrzeuge standen da und hatten ihre Blaulichter eingeschaltet. Einer seiner Mitarbeiter kam auf ihn zugelaufen. «Herr Kriebstein, da liegt ein Toter!»

«Was sagen Sie da? Ist es jemand von unserer Firma?»

«Nein, aber ich kenne den, der heißt Queetz. Der hat mal bei der SBN gearbeitet.»

«Ist der etwa ermordet worden?»

«Keine Ahnung, ob es Mord, Selbstmord oder ein Unfall war.»

Kriminaloberkommissar Otto Kappe und Hans-Gert Galgenberg begannen auch diesen Arbeitstag mit der Lektüre der Morgenzeitung.

Ihr größtes Interesse fand ein Artikel mit der Überschrift *Rätsel über Rätsel um Mord «per Einschreiben»*. Der Fall errege ganz Italien, hieß es. In einem kleinen Badeort an der Riviera hatte man einem Molkereivertreter in einem Päckchen einen vergifteten Aperitif zugeschickt, an dem er qualvoll gestorben war. Verdächtigt wurde ein Tierarzt, der eine Affäre mit der Frau des Opfers gehabt haben sollte. «*Er wurde Tag und Nacht ins Kreuzverhör genommen*», las Otto Kappe vor, «*gestand aber nicht.*»

«Na, vielleicht holen sie uns zur Verstärkung», hoffte Galgenberg.

«Schön wär's, nach dem verregneten Sommer hier!» Otto Kappe war schon beim nächsten Artikel. «*Gläubige aus aller Welt gaben das letzte Geleit – Therese Neumann in Konnersreuth beigesetzt.*»

Wieder imitierte Galgenberg seinen Großvater. «Meine Schwester, die Therese, / hat 'n Fahrstuhl inne Neese.»

«Von der Bauernmagd zur großen Seherin, bei deren Trauerfeier fünftausend Anhänger erscheinen – wenn das keine Karriere ist! *Zur Trauergemeinde zählten zahlreiche Geistliche und Ordensschwestern sowie der bayerische Landwirtschaftsminister Dr. Dr. Alois Hundhammer.*»

Weit kamen sie an diesem Morgen mit ihrer Zeitungslektüre nicht, denn ihr Vorgesetzter kam ins Zimmer und wies sie an, sofort in die Paul-Hertz-Siedlung zu fahren, dort sei ein gewisser Klaus Queetz tot aufgefunden worden. «Mit dem hatten Sie doch schon mal gesprochen, wenn ich mich recht erinnere.»

Otto Kappe nickte. «Ja, hatten wir.»

«Und jetzt?» Galgenberg wollte fragen, ob sie noch ein zweites Interview führen sollten, unterließ diesen Scherz aber lieber.

«Jetzt geht es darum, ob Queetz … Auf alle Fälle müssen Sie nachsehen, ob irgendwo ein Abschiedsbrief zu finden ist.»

Darauf wären sie von alleine nie gekommen. Schön, dass es Vorgesetzte gab, die mit ihren guten Ideen einen Haufen Geld mehr verdienten als sie selbst.

«Nun also nach Rudelias auch noch Queetz», sagte Otto Kappe, als sie im Auto saßen und auf dem Weg zum Fundort der Leiche waren.

«Bauen und dem Tod ins Auge schauen», reimte Galgenberg.

«Da wächst uns ja ein zweiter Willibald Alexis heran», sagte Otto Kappe.

«Wer war'n das?»

«Ein Jurist, Schriftsteller und noch vieles mehr.»

«Und was hat der mit der Kripo zu tun?»

«Er hat mit Julius Hitzig zusammen den *Neuen Pitaval* herausgegeben. Darin schildern sie sechshundert authentische Kriminalfälle. Das Buch ist sehr lehrreich.»

Eine Stunde später meldete Galgenberg ihrem Vorgesetzten: «Es tut uns leid, aber wir haben nicht viel herausfinden können. Der Queetz ist in die Gerichtsmedizin gebracht worden. Ohne Zweifel ist er erschossen worden. Der Fundort scheint auch der Tatort zu sein, aber niemand hat Schüsse gehört. Eine Waffe ist nicht gefunden worden, ein Selbstmord damit wohl ausgeschlossen.»

ACHTZEHN

HERMANN KAPPE saß auch an diesem Morgen einsam und verloren am Frühstückstisch und wartete. Auf was, wusste er selbst nicht so genau. In seiner Familie sagten alle, er sei so oft niedergeschlagen. Darauf erwiderte er meist, dass er kein Boxer sei, aber nur im Ring gebe es Niederschläge – und beim Wetter. So hätte Gustav Galgenberg bestimmt auch reagiert, und an den musste er andauernd denken. Von Hermann Frey, dem Urheber des schönen Gassenhauers *Immer an der Wand lang*, gab es ein Lied, das Kappes Stimmung sehr gut beschrieb: *Die alten Straßen noch*. Am meisten ärgerte ihn der Kalenderspruch, den Klara ausgeschnitten, eingerahmt und an die Wand gehängt hatte: *Leuchtende Tage. / Nicht weinen, dass sie vorüber. / Lächeln, dass sie gewesen!* Konfuzius sollte das gesagt haben.

Klara kam herein und begrüßte ihn mit einem Küsschen auf die Wange. «Was hast du heute Großes vor?»

«Nichts. Und wenn, dann habe ich ohnehin nur Kleines vor. Vielleicht besuche ich Galgenberg.»

«Welchen meinst du, Gustav oder Hans-Gert Galgenberg?»

Hermann Kappe überlegte einen Augenblick. «Vielleicht beide nacheinander.»

«Ja, mach das. Dann hast du wenigstens etwas zu tun und kommst nicht auf dumme Gedanken.»

So machte er sich nach dem Frühstück auf den Weg zum St.-Thomas-Friedhof an der Hermannstraße. Er wollte mit dem 4er Bus vom Rathaus Schöneberg bis zur Boddinstraße fahren und dort in die U-Bahn steigen. Beim Abschied zeigte Klara ein Maß an Humor, das er ihr gar nicht zugetraut hätte.

«Gib die Hoffnung nie auf, zufällig auf einen Ermordeten zu stoßen und den Fall aufklären zu können – als Privatdetektiv sozusagen!»

«Schön wär's!»

Damit verließ er die Wohnung, stieg die Treppen hinunter und lief zum Schöneberger Rathaus, das seit der Spaltung der Stadt das Rathaus West-Berlins war. Der Platz vor dem Gebäude war an diesem Tag ungewohnt leer. Es gab keinen Markt und keine Demonstration der West-Berliner auf ihrer neuen Agora. Der Bus der Linie A4 kam nun aus der Badenschen Straße und hielt genau vor ihm. Hermann Kappe stand vor einer schwierigen Entscheidung: Sollte er oben oder unten sitzen? Am liebsten fuhr er auf dem Oberdeck durch Berlin, denn von da aus hatte man eine herrliche Aussicht, und man fühlte sich wie auf einer Stadtrundfahrt. Klara hatte ihm das Oberdeck wegen der Sturzgefahr auf der steilen Treppe nach unten jedoch strengstens untersagt. Da er heute ohne seinen Vormund unterwegs war, nutzte er die Gelegenheit und kletterte nach oben. Und er hatte Glück, denn in der ersten Reihe gab es noch einen freien Platz. Los ging es. Von der Dominicus- bogen sie nach links in die Hauptstraße ein. Die rosafarben getünchte Dorfkirche grüßte von einer kleinen Anhöhe herüber. Rechts von ihm, gleich an der Haltestelle, lockte das Kino Odeon Besucher an. Draußen erblickte er nun den «Prälat», die große Vergnügungsstätte der West-Berliner, bekannt für seine großartigen Bälle. Klara hoffte immer noch, dass sie einmal solch einen Ball besuchten und dort tanzten. Der Schaffner mit seinem Galoppwechsler vor dem Bauch kam nach oben geklettert. «Noch jemand ohne Fahrschein?» Nachdem Hermann Kappe dem Mann sein abgezähltes Fahrgeld in die Hand gedrückt hatte, riss der ihm eine Fahrkarte vom Block ab.

Am Kaiser-Wilhelm-Platz bogen sie rechts ab in die Kolonnenstraße und überquerten die Trasse der S-Bahn zwischen Frohnau und Wannsee. Vorbei waren die Zeiten, da man bis Oranienburg fahren konnte. Ein paar Hundert Meter weiter entdeckte er zur

Linken den Fußballplatz des BSC Kickers 1900. Da hatte er zu seinen glorreichen Zeiten bei Viktoria 89 nie gespielt. Sie fuhren nun über die Gleise der Anhalter Bahn hinweg und in die Dudenstraße hinein. Rechts entdeckte er eines der merkwürdigsten Denkmale, das an das «Dritte Reich» mahnte: den riesigen zylindrischen Betonklotz, den Albert Speer hierher gesetzt hatte, um zu prüfen, ob der lockere märkische Boden den Triumphbogen zu tragen vermochte, der nach dem Endsieg die «Welthauptstadt Germania» schmücken sollte. Nun, die Mauer tat's auch, dachte Hermann Kappe. Sie rollten nun am Stadion Katzbachstraße vorbei, das am Fuße des Kreuzbergs gelegen war. Schinkels Nationaldenkmal, das an die Befreiungskriege erinnern sollte, war nicht zu sehen. An der Dudenstraße reihten sich die Bars der amerikanischen Soldaten, die zur Air Force gehörten und gern die paar Schritte vom Flughafen Tempelhof herüberkamen.

Sie überquerten die Kreuzung, die vom Mehringdamm in den Tempelhofer Damm überleitete. An der Haltestelle vor dem Luftbrückendenkmal, der Hungerkralle, wartete ein halbes Dutzend neuer Fahrgäste. Nun ging es den Columbiadamm hinunter. Rechts erstreckten sich die Bauten des Flughafens, links lagen das Columbia, eines von acht amerikanischen Alliiertenkinos in West-Berlin, und die Columbia-Halle, dann folgten die Backsteinbauten des ehemaligen Garde-Grenadier-Regiments Nr. 4, des Königin-Augusta-Regiments. Hermann Kappe hatte hier schon zu Kaisers Zeiten als Rekrut gedient, aber auch 1948 nach der Spaltung der Stadt seinen Dienstsitz in der alten Kaserne gehabt. Vorüber, vergessen, vorbei. Links blickte er zur Rixdorfer Höhe hinauf, einem der Berliner Trümmerberge, rechts ragte das Minarett einer Moschee in den märkischen Himmel, dann folgten Columbia-Bad und Jahn-Sporthalle. Danach kam die Fontanestraße, dort, wo aus dem Columbiadamm die Flughafenstraße wurde. Hermann Kappe freute sich, dass sein Lieblingsdichter auch hier in Neukölln geehrt wurde, und ihm zu Ehren murmelte er Verse aus *John Maynard,* der wohl berühmtesten Ballade des

Dichters: «*Und das Schiffsvolk jubelt: ‹Halt aus! Hallo!› / Und noch zehn Minuten bis Buffalo. – –*» Er hatte es nur zwei Minuten zur nächsten Haltestelle an der Hermannstraße, wo er in die U-Bahn umsteigen wollte. Hinunter ging es zur Linie D. Bis zum Endpunkt Leinestraße war es nur eine Station, aber Hermann Kappe hatte einen «Umsteiger» gelöst, und der sollte nun auch abgefahren werden.

Eine Viertelstunde später stand er mit gefalteten Händen am Grabe seines verstorbenen Freundes und Kollegen. Dort fielen ihm Dutzende von dessen Sprüchen ein:

Wer Jott vertraut und Bretta klaut, der hat 'ne billje Laube.
Kommen Se rin, könn'n Se rauskieken!
Lebenslauf, ick erwarte dir.
Aus nüscht wird nüscht.
Meckern is wichtig, nett sein kann jeda.
Sieh da, sieh da, Timotheus, die Olle fällt vom Omnibus.
Bei mir Lohengrin: Nie sollst du mich befragen.
Spaß muss sein bei der Leiche, sonst jeht keena mit zur Beerdigung.

Über ihm setzten stetig die Maschinen der Pan Am und der BEA zur Landung an. Paragraf 168 StGB, dachte Hermann Kappe, Störung der Totenruhe.

«Ach, Justav», sagte Hermann Kappe mit belegter Stimme. «Woran ich denke? An das, was Marie in Fontanes Roman *Unwiederbringlich* gesungen hat. Eine Strophe kenne ich noch: *Denkst du verschwundener Tage, Marie, / Wenn du starrst ins Feuer bei Nacht? / Wünschst du die Stunden und Tage zurück, / Wo du froh und glücklich gelacht?* Ja, Gustav Galgenberg, die wünsche ich mir zurück.»

Da schien es ihm, als würde die Stimme Galgenbergs aus dem Grab zu ihm nach oben dringen: «Mensch, hör uff zu jammern! Noch lebst du doch und kannst jeden Tag deinen Neffen besuchen.»

Ralf-Werner Wolla stand an der Stelle, wo später im Süden Neuköllns auf einem Acker die Gropiusstadt stehen sollte. Vorzubereiten war die Grundsteinlegung, die am 7. November 1962 erfolgen sollte. Wolla hatte alles zu organisieren, an der Spitze stand Willy Brandt als Regierender Bürgermeister, an seiner Seite Walter Gropius, der Chefplaner.

Seit man Rudelias gefunden hatte, dachte Wolla immer wieder daran, sich vor die U-Bahn zu werfen. Ende, aus, vorbei! Was jetzt noch kommen würde, war ein einziges Spießrutenlaufen, zumal auch noch Queetz ermordet worden war. Da war jemand am Werke, der alle beseitigte, bevor sie auspacken konnten. Wer hatte Gelder für welche Dienste kassiert? Die Journalisten hatten immer ihre helle Freude daran, Korruption und Vetternwirtschaft aufzudecken. Skandale ließen die Verkaufszahlen der Zeitungen nach oben schnellen und förderten die Karriere dessen, der alles enthüllt hatte. Und die Geschichte mit Rudelias, dessen Leiche er vor seinem Keller gefunden und mit Hilfe seiner Frau auf dem Wilsberg vergraben hatte, war aufsehenerregend genug, um sie auszuschlachten.

Wolla blickte in Richtung Südosten, zur Stadtgrenze und nach Schönefeld, zum Regierungsflughafen der DDR. Was passierte, wenn er überlief und das sagte, was Otto John vor acht Jahren erklärt hatte: *Ich habe mich nach reiflicher Überlegung entschlossen, in die DDR zu gehen und hier zu bleiben, weil ich hier die besten Möglichkeiten sehe, für die Wiedervereinigung Deutschlands und gegen die Bedrohung durch einen neuen Krieg tätig zu sein.* Aber Otto John war kein gutes Vorbild, denn schon ein Jahr später war er in den Westen zurückgekommen und zu vier Jahren Zuchthaus verurteilt worden. Zwar war ein West-Berliner Bezirksbaustadtrat nicht mit einem ehemaligen Präsidenten des Bundesamtes für Verfassungsschutz zu vergleichen, aber immerhin … Lebte er drüben und würde der Westen versuchen, ihm Bestechlichkeit nachzuweisen, dann würde die DDR das als üble Verleumdung betrachten und ihn in Schutz nehmen.

Je länger er darüber nachdachte, desto verlockender wurde der Gedanke, die Seiten zu wechseln. Er benötigte ja nicht einmal einen Fluchttunnel, sondern brauchte sich lediglich am Bahnhof Friedrichstraße zu melden.

Immer wieder beklagte sich seine Frau darüber, dass er ihr nie Blumen mitbrachte, also schaute Hermann Kappe bei seiner Rückkehr vom Friedhof noch einmal bei seiner Floristin in der nahen Grunewaldstraße vorbei. Beim Eintreten in das Geschäft sah er zum Namensschild hinauf, das ordnungsgemäß über der Tür angebracht war, denn immer wieder vergaß er den Namen der Frau. *Uta Laukisch* stand da. Er versuchte, sich den Namen einzuprägen. Vielleicht klappte es mit der Eselsbrücke Lausitz. Das funktionierte so vortrefflich, dass er sie sogleich mit «Guten Tag, Frau Lausitz!» begrüßte.

«Laukisch», korrigierte sie ihn.

«Pardon, aber das sei einem alten Mann nachgesehen, der gerade vom Friedhof kommt.»

«Und die Blumen hatten Se vajessen. Und die woll'n Se jetzt nachliefern.»

«Nein, die Blumen sind für meine Frau.»

«Die liecht ooch schon uff'm Friedhof?»

«Nee, die kocht gerade das Mittagessen.»

So gerieten sie ins Plaudern, und während Frau Laukisch den Strauß für Klara band, fragte sie, ob er nicht früher bei der Kripo gearbeitet habe. Sie könne sich erinnern, dass er das einmal erwähnt habe.

Hermann Kappe strahlte. «Ich bin sogar bei der Mordkommission gewesen.»

«Hör'n Se uff! Aba warum ick Sie det frage: Ick habe Angst vor meim jeschiedenen Mann, dem Lothar. Ick lebe jetzt mit meim Freund zusammen, und der Lothar hat schon jedroht, uns beede zu erschießen. Der Freddy is Schließer in Tejel, und Lothar hat eenen Rochus uff alle Wärter, seit er in Bautzen jesessen hat.»

«Ich werde sehen, was sich machen lässt», versprach Hermann Kappe.

Und tatsächlich machte er sich nach dem Mittagessen auf in die Gothaer Straße zum Büro seines Neffen Otto. Weit hatte er es nicht, er musste nur die Martin-Luther-Straße überqueren und über den Wartburgplatz gehen.

Otto und Hans-Gert Galgenberg freuten sich über sein Kommen. Jedenfalls taten sie so und baten ihn, Platz zu nehmen und einen Kaffee mit ihnen zu trinken.

«Danke, gerne. Ich soll Ihnen einen schönen Gruß von Ihrem Großvater bestellen, Herr Galgenberg. Ich war gerade an seinem Grab.»

«Und was sagt er so?»

«Nüscht Jenauet weeß man nich.»

«Dachte ich mir's doch.»

«Ich komme übrigens nicht nur vorbei, um mit euch Kaffee zu trinken», erklärte Hermann Kappe nach ein paar Minuten munterer Plauderei. «Ich habe eine Bitte an euch: Meine Blumenfrau fühlt sich von ihrem Exmann bedroht. Der soll eine Waffe besitzen und sie und ihren Freund auf seiner Abschussliste stehen haben. Vielleicht könntet ihr mal bei ihr vorbeischauen, eventuell hilft euch das auch, aktuelle Morde aufzuklären. Lothar Laukisch heißt der Mann.»

Galgenberg stand auf und ging zur Tür. «Ich schau mal im Archiv nach.» Als er hinausgehen wollte, stieß er mit Peter Kappe zusammen. «Das ist ja das reinste Familientreffen hier!» Damit eilte er ins Archiv.

Peter Kappe begrüßte Vater und Großonkel und erklärte ihnen, warum er gekommen war. «Nächsten Montag muss ich mein Referat zum Thema *Warum Menschen morden* halten. Deshalb wollte ich noch einmal bei euch in den Archiven etwas über Karl Denke nachlesen.»

«Mach das!», sagte sein Vater.

«Ich fände viel interessanter, warum viele Menschen trotz

guter Gründe *nicht* morden», merkte Hermann Kappe an. «Wen hätte ich nicht schon alles umbringen wollen!»

«Pass nur auf, dass ich dich nicht gleich festnehmen lasse!», rief Otto Kappe. «Rein prophylaktisch.»

«Dann müsste man alle Menschen einsperren, denn das Böse steckt, glaube ich, in uns allen», hielt ihm sein Sohn entgegen.

Hermann Kappe lachte. «Du meinst also, die ganze Welt müsse eigentlich ein Gefängnis werden? In der Zone haben sie das schon verwirklicht.»

«Dein Hartmut dürfte das ein wenig anders sehen», sagte Otto Kappe.

Peter Kappe erzählte den neuesten Gefängniswitz. «Morgens brüllt der Wärter: ‹Die Zellen müssen tipptopp in Ordnung sein, heute kommt der Justizminister!› – Sagt ein Insasse: ‹Na, endlich haben sie den auch gefasst!›»

Es entspann sich eine Diskussion über die Käuflichkeit von Politikern, bei der sie sich am Ende auf die Formel einigten, dass jeder Mensch käuflich sei – es komme nur auf den Preis an.

«Sonst hätten wir allzu viele edle Menschen in unserer Gesellschaft», sagte Peter Kappe. «Und die ganze Dialektik funktionierte nicht mehr, denkt nur an Goethes Mephisto: *Ich bin ein Teil von jener Kraft, / die stets das Böse will und stets das Gute schafft.*»

Sein Vater nickte. «Gäbe es keine Mörder, wäre ich arbeitslos, und dein lieber Großonkel Hermann wäre Fischer in Wendisch Rietz geworden.»

Die Tür ging auf, aber nicht Hans-Gert Galgenberg kehrte an seinen Arbeitsplatz zurück, sondern Lilly Lenné schaute auf der Suche nach ihm herein. «Wo habt ihr denn euren Novizen gelassen?»

«Der forscht in den Archiven.»

«Dann gucke ich da mal nach ihm.» Damit verschwand sie schon wieder.

«Seit wann habt ihr eine Miss Germany bei der Kripo?», fragte Peter Kappe.

Sein Vater dachte kurz nach. «Seit … seit unser Chef in England war und dort die Serie *The Avengers* gesehen hat, mit Diana Rigg als Emma Peel in der Hauptrolle.» Daran war ein Körnchen Wahrheit.

Die nächsten Minuten verbrachten sie damit zu rätseln, wie *The Avengers* am besten zu übersetzen war. Sie fanden es nicht heraus. So griff Otto Kappe zu seinem Wörterbuch. Er hatte früher als Kriminalkommissar beim englischen Sektorassistenten am Kaiserdamm gearbeitet und häufig mit Offizieren Ihrer Majestät geredet.

«*Avenger* bedeutet Rächer, aha!»

In diesem Moment kam Galgenberg aus dem Archiv zurück.

«Dieser Laukisch ist nicht ohne!», rief er. «Der Gute soll im Jahre 1954 auf einen Mann geschossen haben, den er für einen Stasi-Mitarbeiter gehalten hat. Die Sache ist aber eingestellt worden. Ob wir uns Laukisch mal näher ansehen sollten?»

«Ja», fand Otto Kappe, «das machen wir.»

Hermann Kappe freute sich. «Wenn der Laukisch Rudelias und Queetz erschossen haben sollte, dann …»

«… dann bekommst du das Bundesverdienstkreuz Erster Klasse», vollendete sein Neffe den Satz.

«Na endlich!»

NEUNZEHN

OTTO KAPPE kam an diesem Freitag nur schwer in die Gänge. Er saß allein am Frühstückstisch, Gertrud und Peter schliefen noch. Der Herr Sohn war erst um Mitternacht von einem Jazzkonzert nach Hause gekommen, und das, obwohl er heute um viertel nach zehn sein Referat zu halten hatte. Wenn das mal gutging! Heute war zwar nicht Freitag, der 13., aber ein schwarzer Freitag konnte es immer noch werden. Für Otto Kappe selbst ging das schon damit los, dass sein Wagen in der Werkstatt war und er mit der U-Bahn zur Arbeit fahren musste. Große Lust zu arbeiten verspürte er nicht. Weder im Fall Rudelias noch im Fall Queetz waren sie entscheidend vorangekommen. Doch er riss sich zusammen und packte gottergeben seine mit Leberwurst bestrichene Stulle wie seine Thermosflasche mit dem besonders starken Bohnenkaffee in die abgewetzte Aktentasche. Viel Gold hatte die Morgenstunde nicht im Munde. Wenigstens erschien Gertrud noch auf dem Korridor, um ihn zum Abschied zu küssen. Sie brauchte erst um neun Uhr bei Sarotti im Büro zu sein.

«Pass gut auf dich auf!»

«Du mit deiner Nascherei bist viel stärker gefährdet.»

Mit etwas besserer Laune lief er zur U-Bahn, nicht ohne sich am Kiosk seine Morgenzeitung zu kaufen. Der Zug war um diese Zeit ziemlich voll. Erstaunlich fand Otto Kappe die Normalität um sich herum. Alle schienen die Ungeheuerlichkeit des Mauerbaus hingenommen zu haben wie einen Schnupfen. Was sollte man auch machen? Er selbst verhielt sich ja auch nicht anders.

Am Arbeitsplatz angekommen, fand er Hans-Gert Galgenberg schon Zeitung lesend am Schreibtisch vor.

«Schön, dass du mir mit gutem Beispiel vorangehst», sagte Otto Kappe, nachdem sie sich kurz begrüßt hatten, und holte die eigene Zeitung hervor, um sich ihrer Lektüre zu widmen. Er hatte sie kaum auf dem Schreibtisch ausgebreitet, da erschien ein Kollege, um ihnen mitzuteilen, dass die Ost-Berliner Behörden etwas Unerwartetes unternommen hätten.

«Die Leiche von Dieter Rudelias ist bei uns gelandet.»

«Dann seht mal zu, dass ihr etwas findet, das uns weiterbringt!»

«Machen wir.»

Um vom Horstweg in Charlottenburg mit den öffentlichen Verkehrsmitteln nach Steglitz zum Psychologischen Institut zu kommen, brauchte Peter Kappe einige Zeit. Er konnte ja nur Bus und U-Bahn nehmen. Die S-Bahn wurde noch immer – um nicht Ulbrichts Stacheldraht zu finanzieren, wie es hieß – von jedem aufrechten West-Berliner boykottiert, und sein Vater hätte als Beamter sehr sauer reagiert, wenn er dennoch mit ihr gefahren wäre. Also nutzte er die U-Bahn – Linie A – vom Sophie-Charlotte-Platz bis zum Wittenbergplatz und stieg dann in die Linie B nach Krumme Lanke um. An der Haltestelle Dahlem Dorf stieg er aus. Er hatte Glück und konnte noch gerade in den anfahrenden 17er Bus springen. Er deutete das als gutes Omen. Viel schiefgehen konnte bei dem Referat nicht, denn sein Vater war sein Manuskript durchgegangen und hatte es für gut befunden. «Um das Thema ausführlich zu erörtern, bräuchte man ein ganzes Semester und nicht nur eine Stunde, aber als Einstieg sollte es genügen», hatte er gesagt. Hoffentlich war der Vortrag seinem Professor wissenschaftlich genug.

Der Hörsaal füllte sich mehr und mehr, und Peter Kappes Lampenfieber erreichte seinen Höhepunkt, als Professor Röhrmann mit seiner wissenschaftlichen Entourage erschien. Am liebsten hätte Peter die Flucht ergriffen.

Nach einer kurzen Begrüßung kam Röhrmann zum Thema der Sitzung. «Warum morden Menschen? Ich weiß es nicht, niemand weiß es genau, wir können nur spekulieren. Jeder Täter hat andere Motive, und oft kommen mehrere Beweggründe zusammen. Wolfgang Staudte hat recht mit seinem Filmtitel: *Die Mörder sind unter uns.* Und Oscar Wilde hat in seinem Gedicht *Die Ballade vom Zuchthaus zu Reading,* in der es um einen Reiter der königlichen Garde geht, zum Ausdruck gebracht, dass wir alle potentielle Mörder sind. Ich zitiere: *Er trug nicht seinen Scharlachrock, / Denn rot sind Blut und Wein. / Und Blut und Wein waren an seiner Hand, / Als sie ihn fanden, allein / Mit der armen Toten, die er geliebt / Und ermordet im Bett-Schrein.* In der für uns wesentlichen Zeile heißt es: *Doch jeder tötet, was er liebt, / Das hört nur allzumal!* Aber dies soll nur als Einführung in das Thema dienen. Ich will unserem Referenten nicht alles vorwegnehmen – Bitte sehr, Herr Kappe! *Hic Rhodos, hic salta!*»

Peter Kappe räusperte sich, dann begann er mit seinem Vortrag. Zunächst war seine Stimme noch belegt, und er musste sich einige Male in ein «Ähm» flüchten, dann kam er aber langsam in Fahrt.

«In der Kriminalpsychologie fragen wir in erster Linie nach den Motiven einer Tat. Nach Paragraf 211 des Strafgesetzbuchs ist derjenige ein Mörder, der *aus Mordlust, zur Befriedigung des Geschlechtstriebs, aus Habgier oder sonst aus niedrigen Beweggründen, heimtückisch oder grausam oder mit gemeingefährlichen Mitteln oder um eine andere Straftat zu ermöglichen oder zu verdecken, einen Menschen tötet.* Ich sehe nach Durchsicht des vorliegenden Materials sieben wesentliche Gründe für einen Mord. Erstens Neid, Habgier und materielle Bereicherung. Zweitens Kränkung und Verletzung des Selbstwertgefühls oder Rache. Drittens sexuelle Motive, Eifersucht, Hass, Liebe, Zorn. Viertens Sadismus, Lust am Töten. Fünftens Vertuschung einer anderen Straftat. Sechstens Kadavergehorsam. Siebtens ideologische und religiöse Motive. Lassen Sie mich nun näher auf die einzelnen Motive eingehen, wobei Sie immer daran denken sollten, was Herr Professor Röhrmann eingangs gesagt hat: Bei einer Tat sind meist mehrere Faktoren im Spiel …»

Nach vierzig Minuten hatte Peter Kappe die Erkenntnisse der Forensischen Psychologie und der Kriminalpsychologie zusammengefasst.

«Sehr schön, Herr Kappe!», merkte Röhrmann an. «Allerdings hätte ich mir an der einen oder anderen Stelle einen deutlicheren Hinweis auf aktuelle Ansätze und Forschungen gewünscht.»

Otto Kappe musste an diesem Vormittag immer wieder an seinen Sohn denken. Wie der sich wohl schlug? Hans-Gert Galgenberg hatte Verständnis dafür und ließ ihn weitestgehend in Ruhe. Um sich abzulenken, schlug Kappe den *Abend* auf. Plötzlich stutzte er.

«Hast du das schon gelesen? *Mafiöse Zustände in der Berliner Bauwirtschaft.* Der Mord an Queetz könnte doch damit zu tun haben. Der hat schließlich mit dem Rudelias Kontakt gehabt, weil er mal bei der SBN gearbeitet hat.»

«Taucht der Name Klaffenbach in dem Artikel auch auf?», fragte Galgenberg.

«Nein, aber Wolla.»

«Holla!»

«Was nun?» Galgenberg sah zu Otto Kappe hinüber. «Haken wir bei Queetz' Vermieter nach?»

«Na, dann auf zur Skalitzer Straße!»

Sie liefen zum Wagen hinunter. Weit war es nicht bis zur Skalitzer Straße. Als sie ihr Ziel erreicht hatten, mussten sie feststellen, dass Till Lehmann, der Freund und Quartiergeber von Klaus Queetz, auf die Polizei generell nicht gut zu sprechen war und sich, wie es Galgenberg in der Art seines Großvaters formulierte, «jedet Wort einzeln aus de Neese ziehn ließ».

«Haben Sie gehört, wie Queetz die Wohnung am Abend des 21. September oder in der Nacht darauf verlassen hat?»

«Ja.»

«Hat er Ihnen erzählt, was er vorhatte?»

«Nein.»

«Obwohl er mit Ihnen befreundet war?», hakte Otto Kappe nach.

«Wahrscheinlich wollte er mich nicht wecken.»

Galgenberg fixierte Lehmann. «Hat er vorher einen Anruf bekommen?»

«Das weiß ich nicht.»

«Hat er einen Anruf erwartet?»

«Weiß ich nicht.»

Otto Kappe versuchte es noch einmal. «Dass Herr Queetz arbeitslos war, wissen wir ja. Aber hat ihn noch mal jemand angerufen, um ihm zum Beispiel eine neue Stelle zu vermitteln?»

Till Lehmann lachte. «Und ihn dann zu erschießen? Unsinn!»

«Können Sie mir denn einen Grund nennen, warum er abends noch einmal aus dem Haus gegangen ist?», beharrte Galgenberg.

«Manchmal ist er ganz spontan einmal um den Block gegangen oder in eine Kneipe.»

Das war ein Hinweis, dem sie nachgehen mussten. Also klapperten sie, als sie sich von Till Lehmann verabschiedet hatten, alle Kneipen im Umkreis eines halben Kilometers ab und zeigten den Wirten und Zapfern ein Foto von Klaus Queetz.

«Nee, der is hier nich uffjetaucht.» – «Tut mir leid, kenn ick nich!» – «Nie jesehn!»

Auf der Rückfahrt ins Büro hatten sie Zeit, Vermutungen anzustellen. «Entweder Queetz trifft sich mit seinem Mörder, oder der lauert ihm auf», begann Otto Kappe. «Höchstwahrscheinlich kommt der Täter aus der Baubranche, in der Queetz tätig war. Nachdem der erschossen wurde, wurde sein Leichnam auf der Baustelle in Charlottenburg-Nord abgelegt.»

«Warum gerade da?», fragte sich Galgenberg, um sofort eine Antwort parat zu haben. «Weil der Täter sich da ausgekannt haben muss.»

«Und wahrscheinlich hätte er die Leiche besser versteckt, wenn er nicht, wie anzunehmen ist, gestört worden wäre», fuhr Otto Kappe fort. «So weit, so gut – aber wie können wir das verifizieren?» Dieses Verb hatte er bei seinem Sohn aufgeschnappt. Es klang nach was.

«Vielleicht gelingt uns das nie.»

Wieder im Büro, beschäftigte sie als Erstes ein Anruf aus der Spurensicherung. «Bei Rudelias haben wir am rechten Hosenbein einen Aufkleber gefunden. Der stammt von einer Buchhandlung in Hermsdorf. Es handelt sich dabei um ein Preisschild für ein Buch von Klaus Mehnert: *Peking und Moskau*.»

ZWANZIG

OTTO KAPPE UND HANS-GERT GALGENBERG waren wieder einmal auf dem Weg nach Hermsdorf.

«Langsam würde es sich tatsächlich lohnen, in den hohen Norden umzuziehen», sagte Galgenberg.

Otto Kappe lachte. «Tröste dich damit, dass es unsere Kollegen früher noch schwerer hatten. Mein Onkel erzählt immer, dass der Landkreis Niederbarnim damals keine eigene Kriminalpolizei hatte, und wenn dort ein Mord geschehen war, mussten die Kollegen vom Alexanderplatz ran.»

«In der Ostzone ermitteln dürfen – davon können wir heute nur träumen.»

«Und du moserst schon, wenn's nach Hermsdorf geht.»

«Ach ja, der Hans Moser ... »

«Den haben wir letztens im Kino gesehen», gab Otto Kappe zu. «Wie hieß der Film nur? Cornelia Froboess hat die weibliche Hauptrolle gespielt – nicht am Wannsee und nicht mit eingepackter Badehose.»

«Das kann nur *Mariandl* gewesen sein.» Galgenberg sang seinem Vorgesetzten das *Mariandl-Lied* vor.

«Willst du nicht doch Schlagersänger werden, lieber Kollege?»

«Besser Schlager als Schläger. Aber wer sollte dann bei uns den Laden schmeißen, wenn du mal pensioniert bist?»

Otto Kappe erschrak. Gute zehn Jahre noch, dann wurde auch er in den Ruhestand geschickt. Vorerst aber war er noch im Dienst, und es galt, die Mörder von Dieter Rudelias und Klaus

Queetz ihrer gerechten Strafe zuzuführen, sie also lebenslang nach Tegel zu schicken.

Sie bogen vom Hermsdorfer Damm rechts ab in die Heinsestraße, und prompt fragte Galgenberg, wer wohl Heinse gewesen sei. «Doch bestimmt nicht der Erfinder der Heinselmännchen?»

«Keine Ahnung, wahrscheinlich ein Bauer in Hermsdorf oder ein Kommunalpolitiker.»

Nach dieser heiteren Plauderei kamen sie an der besagten Buchhandlung an, die schräg gegenüber des menschenleeren S-Bahnhofs lag. Sie gingen auf die schon etwas ältere und ergraute Buchhändlerin zu, die an der Kasse stand, zückten ihre Dienstmarken und stellten sich vor.

«Angenehm. Ich bin Fräulein Sagan.»

«Ah, Françoise Sagan!», rief Galgenberg, der es nicht lassen konnte. «Na dann: *Bonjour tristesse.*» Als Otto Kappe ihm einen warnenden Blick zuwarf, fügte er schnell hinzu: «Entschuldigen Sie bitte!»

Die Buchhändlerin nahm den Ball jedoch dankbar auf. «Mein Name hat nichts mit dem Pseudonym der französischen Schriftstellerin zu tun, das sich von dem Namen einer Romanfigur von Marcel Proust ableitet, dem Herzog von Sagan, sondern mit einer Kleinstadt in Schlesien. Die kannte in meiner Kindheit jeder, denn immer wieder wurden wir gefragt, wie viele Städte in folgender Frage vorkämen: ‹Sag an, mein Kind, so rau der Wind, Berlin, Stettin, wie viel Städte das sind.› Es sind vier – mit Sagan und Sorau.»

Otto Kappe und Galgenberg zeigten sich beeindruckt und hätten gerne noch etwas weiter geplaudert, statt zum eigentlichen Grund für ihren Besuch zu kommen.

«Frau Sagan, Sie haben ein vortreffliches Gedächtnis, wie sie uns eben bewiesen haben», begann Otto Kappe. «Unter diesen Umständen können Sie sich sicherlich noch daran erinnern, wer in letzter Zeit das Buch *Peking und Moskau* von Klaus Mehnert bei Ihnen gekauft hat.»

«Das wird schwer werden, aber ich kann Ihnen ja die Namen

einiger Stammkunden nennen.» Gertrud Sagan schloss die Augen und begann nachzudenken. «Der Herr Schuster hier aus der Backnanger Straße, dann der Lehrer aus der Heidenheimer, der Herr Gehrke, dann der Baustadtrat, der Herr Wolla …»

Ralf-Werner Wolla hatte sich vorgenommen, als Vorbereitung auf die geplanten Großsiedlungen an allen Führungen teilzunehmen, die den Bauten der Moderne in Berlin gewidmet waren. Nach der Siedlung Schillerpark im Wedding, der Weißen Stadt in Reinickendorf und der Großsiedlung Siemensstadt war heute die Britzer Hufeisensiedlung an der Reihe. Die Siedlungen, die in Ost-Berlin lagen, die Gartenstadt Falkenberg und die Wohnstadt Carl Legien im Bezirk Prenzlauer Berg, waren für West-Berliner nicht zugänglich.

Die Gruppe von zwei Dutzend Lokalpolitikern und deren Parteifreunden, Architekten, Studenten, Journalisten und interessierten Bürgern hatte sich an der Freitreppe versammelt, alle schauten ins Innere der Siedlung. Der Architekt, der die Führung organisiert hatte, begrüßte alle herzlich und begann mit seinem Vortrag. «Die Hufeisensiedlung wurde von Bruno Taut und Martin Wagner entworfen und entstand in den Jahren 1925 bis 1933. Man musste zu dieser Zeit neuen Wohnraum für die Menschen schaffen, die auf der Flucht aus den verlorenen Ostgebieten nach Berlin strömten und auf der Suche nach Arbeit waren. Zu Beginn der 1920er Jahre herrschte also große Wohnungsnot. Die Lösung des Problems sah man – wie heute auch – im großflächigen Siedlungsbau. So sollte hier im Bezirk Neukölln auf dem Gelände des Rittergutes Britz eine Großsiedlung entstehen. Das Modell dafür war die Gartenstadt Falkenberg, die sogenannte Tuschkastensiedlung, die Bruno Taut zusammen mit Ludwig Lesser geplant hatte. Lesser trat maßgeblich dafür ein, trotz hoher Dichte der Wohnbebauung für genügend Grünflächen zu sorgen. Ich schlage jetzt vor, unseren kleinen Fußmarsch durch die Siedlung zu beginnen.»

Nach einer sehr vergnüglichen Führung hatte Wolla keine große Lust, in sein Büro zurückzukehren. Als er dann doch wieder hinter seinem Schreibtisch Platz genommen hatte, klingelte das Telefon.

«Ihre Frau», sagte seine Vorzimmerdame.

«Danke, stellen Sie bitte durch.»

Er hatte Charlotte noch nie so aufgeregt erlebt. «Ich war eben in unserer Buchhandlung in der Heinsestraße, und Fräulein Sagan sagt, dass die Kripo im Zusammenhang mit diesem Rudelias nach dir gefragt hat.»

Das traf ihn wie ein Schlag. Er suchte zwar seine Frau zu beruhigen, aber in Wirklichkeit war er selbst innerlich in Panik. Er stürzte aus dem Büro, rief seiner Sekretärin zu, dass er dringend zur SBN fahren müsse, lief zum Parkplatz, setzte sich in seinen Wagen und fuhr los. Einfach weg von hier! Alles war aus.

Otto Kappe und Hans-Gert Galgenberg saßen im Café an der Frohnauer Brücke und warteten auf einen Anruf aus ihrer Pressestelle. Noch von der Buchhandlung aus hatte Otto Kappe die Kollegen von der Presseabteilung angerufen und gebeten, die Zeitungen der letzten Monate durchzusehen und herauszufinden, über wen Dieter Rudelias in diesem Jahr besonders kritisch berichtet hatte.

Vom Café aus schauten sie auf die S-Bahn-Trasse hinunter. Der Anblick, der sich ihnen darbot, stimmte sie traurig, denn die Schienen waren verrostet, und das Gras begann schon zwischen den Schwellen zu wachsen. Denn seit dem 13. August 1961 fuhr hier kein Zug mehr. Am Prellbock, der kurz hinter dem Bahnsteig stand, war Schluss. Zwischen Frohnau und den Grenzbefestigungen war der Bahndamm zum Spazierweg geworden.

Endlich kam der erwartete Anruf, und die Dame hinter dem Tresen rief laut in den Raum hinein: «Ist hier ein Herr Kappe?»

«Ja», antwortete Galgenberg ebenso laut. «Der köpft gerade das Sahnehäubchen auf seinem Käsekuchen.»

Otto Kappe sprang auf und ließ sich den schwarzen Telefonhörer reichen. Der Kollege am anderen Ende der Leitung nannte ihm ein paar Namen von Bauunternehmern, Architekten und Kommunalpolitikern, über die Rudelias kritisch berichtetet hatte. «Parthenstein, Schocksdorf, Klaffenbach, Clausen, Bornmeister, Orkusch, Feuerbacher, Eigner, Gernoth, Wolla, Apitsch und Bossert.»

«Danke!» Kappe lief zum Tisch zurück. «Wie erwartet: Rudelias hatte Wolla wirklich aufs Korn genommen. Der hatte also ein Motiv.»

«Was nun? Knöpfen wir uns Wolla gleich vor?»

«Selbstredend. Auf zu ihm ins Rathaus!»

Dort erfuhren sie allerdings von seiner Vorzimmerdame, dass der Herr Baustadtrat seinen Schreibtisch nach einem Anruf vor einiger Zeit verlassen habe, um zur Firma SBN zu fahren.

«Dann auf, ihm nach!»

Als sie am Mittelbuschweg eintrafen, kam ihnen Rudolf Orkusch vom Lagerplatz her entgegen.

«Wir suchen Herrn Wolla.»

«Tut mir leid, der ist hier nicht aufgetaucht.»

«Er hat aber seiner Sekretärin gesagt, dass er ganz dringend zur SBN müsse», sagte Otto Kappe.

Galgenberg lachte. «Vielleicht ist er auch abgetaucht wie Klaffenbach. Das scheint langsam Schule zu machen.»

Otto Kappe dachte einen Augenblick nach. «Fahren wir erst einmal zu ihm nach Hause.»

Auf dem Weg nach Hermsdorf hielten sie an einer Telefonzelle, um Wollas genaue Adresse herauszubekommen. Dabei erfuhren sie auch, dass dessen Ehefrau mit Vornamen Charlotte hieß.

In der Kneippstraße angekommen, stiegen sie aus. Ein Namensschild gab es nicht, nur ein *W*. Otto Kappe drückte auf den Klingelknopf. Ein Weilchen geschah gar nichts, dann kam Charlotte Wollas Stimme krächzend aus der Gegensprechanlage. «Bitte? Wir kaufen nichts.»

«Wir hätten gerne Herrn Wolla gesprochen.»

«Der ist nicht zu Hause. Worum geht's denn?»

«Es wäre zu indiskret, hier auf der Straße darüber zu sprechen. Würden Sie bitte einmal nach vorn kommen? Sie sind doch seine Frau?»

«Ja.»

Als Charlotte Wolla an den Gartenzaun gekommen war, stellten sie sich vor, und Otto Kappe erklärte ihr, dass sie wegen des ermordeten Journalisten Klaus-Dieter Rudelias gekommen seien.

«Rudelias? Was haben wir mit dem zu tun?»

Otto Kappe war schon zu lange ihm Geschäft, um nicht sofort hellhörig zu werden. Warum hatte Charlotte Wolla «wir» gesagt? Das konnte doch nur heißen, dass sie in alles eingeweiht war, was ihr Mann getan hatte! Dieser Verdacht rechtfertigte, dass man auch sie vernahm.

«Frau Wolla, dürfen wir einen Augenblick hereinkommen und Ihnen ein paar Fragen stellen?»

«Ich habe wenig Zeit, ich muss meine Kinder vom Poloplatz Frohnau abholen.»

«Ein paar Minuten nur, und vielleicht kommt ja auch Ihr Mann inzwischen nach Hause.»

«Na schön, kommen Sie herein!»

Charlotte Wolla ging ihnen voraus und geleitete sie ins Wohnzimmer. Otto Kappe und Hans-Gert Galgenberg nahmen auf einem gemusterten Sofa Platz, Wollas Frau rückte sich einen Sessel zurecht.

Charlotte Wolla musterte Otto Kappe. «Was wollen Sie denn nun von mir wissen, Herr Kommissar?»

«Wie kommt es, dass wir an Rudelias' Kleidung Spuren gefunden haben, die darauf hinweisen, dass Ihr Mann mit der Leiche in Berührung gekommen ist?»

«Das kann ich mir nicht erklären.»

«Aber Sie wissen, dass Rudelias in seinen Artikeln Ihren Mann harsch kritisiert hat?»

Charlotte Wolla zögerte, bevor sie antwortete. Otto Kappe

schien es, als würde sie abwägen, was vorteilhafter wäre: ihr Wissen preiszugeben oder alles abzustreiten.

«Ja, natürlich haben wir darüber gesprochen», sagte sie dann. «Wir sind schließlich verheiratet.»

«Ihr Mann hatte also allen Grund, Rudelias aus dem Weg zu schaffen», sagte Galgenberg, der auch einmal das Wort ergreifen wollte.

«Ach, wenn jeder missliebige Journalist beiseitegeschafft würde», rief Charlotte Wolla aus, «bräuchten wir neue Friedhöfe!»

Otto Kappe konterte: «Eine Grube auf dem Wilsberg macht es auch.»

«Mein Mann mag an mancher Intrige beteiligt sein, aber einen Mord würde er nie begehen. Und eine Pistole hat er auch nie besessen.»

«Sie wissen also, dass Rudelias erschossen worden ist?»

«Das hat doch gerade erst in der Zeitung gestanden.»

Otto Kappe war nahe daran aufzugeben. Er verstand immer noch nicht, wie die Zeitung an die Information gekommen war, dass es sich bei dem Toten auf dem Wilsberg um Rudelias gehandelt hatte. Irgendeiner hatte da wieder einmal seinen Mund nicht halten können. So war Charlotte Wolla auf jeden Fall nicht beizukommen. Er musste den Druck erhöhen. «Ihr Mann, Frau Wolla, ist dringend des Mordes an Dieter Rudelias verdächtig – und Sie der Mittäterschaft. Die Indizien, die wir gesammelt haben, reichen locker für einen Haftbefehl.»

«Aber die Kinder! Das können Sie nicht machen!»

«Es liegt in Ihrer eigenen Hand.»

So ging es noch eine halbe Stunde hin und her, bis Charlotte Wolla schließlich einknickte. «Ich will Ihnen erzählen, wie es wirklich gewesen ist.»

Otto Kappe und Galgenberg bekamen zu hören, wie Wolla und seine Frau die Leiche von Rudelias auf ihrer Kellertreppe gefunden und in ihrer Panik auf dem nahen Wilsberg vergraben hatten.

Galgenberg sagte: «Das klingt wie Hollywood.»

Charlotte Wolla brach in Tränen aus. «Nein, es ist die Wahrheit!»

Ralf-Werner Wolla hatte einen Parkplatz am Ende der Ritterstraße gefunden, war aber noch nicht ausgestiegen, sondern sah über den Moritzplatz hinweg zum Grenzübergang Heinrich-Heine-Straße hinüber. Sollte er – oder sollte er nicht? Hier in West-Berlin würde ihm niemand glauben, dass er diesen Rudelias nicht ermordet hatte, drüben aber würden sie ihn mit offenen Armen aufnehmen. Würden sie wirklich? Sicher würden sie das, wenn er ihnen nur eine passende Geschichte auftischte. Er musste glaubhaft machen, dass er dem wachsenden Faschismus in Westdeutschland entschlossen entgegengetreten sei, sich aber dadurch die Feindschaft einflussreicher Kreise eingehandelt habe. Und jetzt versuche man sogar, ihm einen Mord anzuhängen. Aber würde ihm Charlotte mit den Kindern nachfolgen, wenn er in die DDR überwechselte? Nein, wahrscheinlich nicht. Doch es galt: Neues Spiel, neues Glück. Diese Chance lockte. Aber würde sein Übertritt in den Osten nicht auch ein Schuldeingeständnis sein?

Hätte er doch nur die Polizei gerufen, als sie Rudelias unten an der Kellertreppe gefunden hatten!

EINUNDZWANZIG

AUF DER ERSTEN SEITE der *Berliner Morgenpost* vom 14. September 1962 lautete eine der Überschriften: *Gefängnisstrafen für Mauer-Brecher.* Darunter hieß es: *Zu drei Monaten Gefängnis mit Bewährungsfrist für die Dauer von zwei Jahren sind die «Mauerbrecher» verurteilt worden, die am 21. Juli in der Köthener Straße, Ecke Stresemannstraße und am 25. Juli Sprengstoffanschläge gegen die Schandmauer verübten.* Die Beschuldigten waren ein Ingenieur, ein Elektrotechniker, ein Diplom-Ingenieur und ein Gerichtsreferendar. Einer der Täter hatte zu Protokoll gegeben: *«Wir betrachten nach wie vor die Mauer als fortdauernde Aggression gegen Menschlichkeit und Gesetz. Die Rechtsliteratur kennt den Begriff des politischen Notwehrrechts. Davon haben wir Gebrauch gemacht. Denn wir sind nicht der Meinung, die Lage in Berlin sei so unkompliziert, dass hier Ruhe die erste Bürgerpflicht wäre.»* Im Leitartikel auf Seite zwei empörte sich der Verfasser des Artikels über dieses *unverständliche Urteil.*

Rainer Arys und Willy Pandelwitz bekamen einen Heidenschreck, als sie das lasen. Seither rechneten sie jeden Tag mit ihrer Verhaftung, denn bestimmt hatten sie trotz aller Vorsicht irgendwo Spuren hinterlassen.

«Als Märtyrer in die deutsche Geschichte einzugehen – das wäre doch was!», sagte Arys.

«Was wir bisher gemacht haben, reicht dazu bestimmt noch nicht aus», lautete Pandelwitz' Antwort.

«Es fehlt uns der große Coup.»

«Wir müssten ein so großes Loch in die Mauer sprengen, dass Hunderte in den Westen fliehen können.»

Arys zeigte ihm einen Vogel. «Im Kugelhagel würde doch kaum jemand überleben!»

Dieses Gespräch führten sie, als sie sich bei Schablin & Co. wieder ein paar Mark verdienten und mithalfen, ein Kino in Kudamm-Nähe mit neuen Sitzen auszustatten. Es waren Semesterferien.

Gegen fünf Uhr abends hatten sie ihren Einsatz beendet und kamen mit dem Lieferwagen zurück in die Besselstraße, wo die Büromöbelfirma ihren Sitz hatte.

«Um sechs Uhr sind wir mit Heinrich Koch in der Mommsenstraße verabredet», sagte Arys.

«Bei ihm zu Hause oder im ‹De Schichterne›?», wollte Pandelwitz wissen.

Als Max Bugsin, der Firmeninhaber, das hörte, fing er sofort an, gekonnt auf Ostpreußisch das Gedicht *De Schichterne* von Gustav A. Goerke vorzutragen, in dem es um ein Mädchen, ein Marjellchen, ging.

Ich bin e Mädchen vonne gute, alte schichtre Sort,
und kann mir in das Neimodsche rein gar nich finden.
Zwei Jahr bin ich von meine Elterchens all fort,
huck inne Großstadt drin, mang ihre viele Sinden.
Wird abends, wag ich mir rein nie nich auffe Straß,
weil doch an jede Eck e Kerdel jieprich auf mir lauert.

«Kommen Sie aus Ostpreußen?», fragte Arys.

«Näi, nur aus Dramburg. Das war dicht daneben, in Pommern, und meine Mutter kam aus Käinichsbarch. Na ja, alles Ausland jetzt. Mein Grundstück in Karolinenhof bin ich auch losgeworden. Und dabei waren wir nie Nazis.»

«Es ist schon ein hartes Los, Deutscher zu sein», stellte Pandelwitz fest.

«Ja, und ganz besonders West-Berliner», fügte Max Bugsin hinzu.

«Und Ost-Berliner noch viel mehr», schloss Arys ihre kleine Diskussion.

Sie fuhren mit dem 29er Bus vom Checkpoint Charly zum Kurfürstendamm und stiegen an der Ecke Bleibtreustraße aus. Bis zum besagten Lokal war es nur ein kurzer Fußweg. Als sie das Restaurant betraten, wurden sie schon erwartet. Nicht von Heinrich Koch, sondern von zwei Beamten der britischen Militärpolizei, die Koch gerade festgenommen hatten und auf dessen Mittäter warteten.

Otto Kappe und Hans-Gert Galgenberg vernahmen Ralf-Werner Wolla schon seit einer halben Stunde, ohne weitergekommen zu sein.

«Herr Wolla, dass Sie der Funkwagen am Moritzplatz aufgegriffen hat, kann doch kein Zufall sein! Sie können dort unmöglich dienstlich zu tun gehabt haben. Sie wollten sich in die DDR absetzen! Und wenn wir Sie nicht festgenommen hätten, dann würden Sie jetzt von der Stasi vernommen werden und nicht von uns.»

Wolla fuhr auf. «Woher wollen Sie denn wissen, dass ich am Moritzplatz nicht dienstlich zu tun hatte? Fahren Sie doch mal hin, und gucken Sie sich den Moritzplatz an – diese Ödnis, diese Wüste. Das schreit doch nach einer städtebaulichen Umgestaltung!»

Galgenberg unterbrach ihn. «Sie lenken ab, Herr Wolla. Die naheliegende These ist doch die: Wir waren dabei, Sie des Mordes an Dieter Rudelias zu überführen, und Sie haben davon Wind bekommen und Ihre einzige Chance, Ihren Kopf aus der Schlinge zu ziehen, darin gesehen, sich in den Osten abzusetzen und als Opfer des Faschismus auszugeben.»

«Das ist doch absurd!», rief Wolla.

Otto Kappe nahm einen neuen Anlauf. «Was uns Ihre Frau erzählt hat, das streiten Sie aber nicht ab, oder? Dass Sie die Leiche von Dieter Rudelias auf Ihrer Kellertreppe gefunden haben, in Panik geraten sind und Rudelias auf dem Wilsberg vergraben haben?»

«Das ist doch ein Trick von Ihnen, das kann meine Frau gar nicht erzählt haben!»

«Doch, das hat sie. In allen Einzelheiten.»

«Und sie hat uns auch erzählt, dass Sie das Buch von Klaus Mehnert in der Buchhandlung am Bahnhof Hermsdorf gekauft haben», fügte Galgenberg hinzu. «Der abgerissene Aufkleber muss bei Ihnen vor der Kellertür gelegen haben – bis er Rudelias am Hosenbein geklebt hat.»

Otto Kappe stieß nach. «Warum war Rudelias eigentlich bei Ihnen?»

«Er war nicht bei mir!», schrie Wolla. «Jemand hat ihn erschossen und dann bei mir vor die Kellertür gelegt! Wenn meine Frau das gesagt haben sollte, dann hat sie recht.»

«Das ist doch ein Märchen. Warum sollte jemand das tun?»

Wolla lachte bitter. «Weil er mich gehasst hat und mir schaden wollte.»

«Und da sind Sie also in Panik geraten?»

«Ja.»

«Vielleicht, weil Sie auch anderes zu verbergen haben …»

«Ich verbitte mir diese Unterstellungen!»

Galgenberg lächelte ihn an. «Keiner von uns will Ihnen etwas unterstellen, aber wo immer in West-Berlin von Korruption die Rede ist, fällt Ihr Name.»

So ging es noch einige Zeit weiter. Kappe und Galgenberg versuchten auch herauszubekommen, ob Wolla den Toten erkannt hatte oder nicht.

«Rudelias hat einige Artikel über Sie geschrieben, Herr Wolla, durchweg sehr kritisch, manchmal auch ätzend und polemisch. Und Sie wollen ihn nicht erkannt haben?», hielt Otto Kappe ihm vor.

«Wie denn? Er hat mich nie interviewt, und ein Bild von ihm habe ich auch nie gesehen.»

«Seltsam», fand Galgenberg und suchte einer anderen Spur nachzugehen. «Waren Sie eigentlich mit unserem Exsenator Klaffenbach befreundet?»

«Nein, eher verfeindet. Aber Sie glauben doch wohl nicht etwa, dass Klaffenbach Rudelias umgebracht und bei mir abgelegt hat, um mich in den Knast zu bringen!»

«Vielleicht war er psychisch labil», mutmaßte Otto Kappe.

«Unmöglich, so gut kenne ich ihn!», rief Wolla.

«Aber irgendjemand hat Rudelias erschossen!», beharrte Galgenberg. «Selbstmord war es nicht.»

Otto Kappe hatte sich gerade entschieden, die Vernehmung abzubrechen, weil sie offenbar ins Leere lief, da klingelte das Telefon. Es war ein Kollege, der sich mit Anschlägen auf die Mauer beschäftigte. «Wir haben hier zwei festgenommene Studenten sitzen, die sich als sogenannte Mauerbrecher betätigt haben. Sie haben reinen Tisch gemacht und im Rahmen eines umfassenden Geständnisses zugegeben, in stark angetrunkenem Zustand und unter Einwirkung von Drogen die Leiche des Dieter Rudelias gefunden und dem Baustadtrat Wolla vor die Kellertür gelegt zu haben, um ihn in der Öffentlichkeit in Verruf zu bringen.»

Otto Kappe bedankte sich und legte auf. Zum Baustadtrat gewandt sagte er: «Wir setzen noch schnell ein Protokoll auf, Herr Wolla, dann können Sie wieder nach Hause fahren. Wir haben das Geständnis zweier Studenten, die sich den makabren Scherz erlaubt haben, Ihnen den toten Rudelias vor die Kellertür zu legen. Dass Sie nicht sofort die Polizei angerufen, sondern die Leiche auf den Wilsberg gebracht haben, wird aber noch Konsequenzen nach sich ziehen.»

«Doch wer Rudelias nun wirklich erschossen hat, wissen wir noch immer nicht», murmelte Galgenberg.

ZWEIUNDZWANZIG

LOTHAR LAUKISCH saß über seiner Abschussliste. Die enthielt noch gut ein Dutzend Namen von Menschen, die ihm geschadet hatten. Einer davon war der seiner Exfrau. Uta, ach ja! Anstatt ihm zur Seite zu stehen, hatte sie ihn einfach verlassen und gegen einen anderen Mann ausgetauscht. Diese Verräterin!

Zwar wusste er, wo Uta jetzt wohnte, aber noch einmal nach Hermsdorf zu fahren schien ihm zu riskant. Außerdem war sie tagsüber in ihrem Blumenladen in der Grunewaldstraße, den er ebenfalls kannte. Am frühen Vormittag lief er zum Hermannplatz, um mit der Straßenbahn dorthin zu fahren. Die Linie 3 war noch nicht eingestellt worden. Sie begann jetzt in Neukölln direkt vor der Mauer, in der Elsenstraße, durchquerte sieben West-Berliner Bezirke und hatte oben im Wedding, in der Grüntaler Straße, ihren Endpunkt. Eine Ringlinie war sie nicht mehr. Laukisch bekam hinten im Beiwagen einen Sitzplatz. Er musste nur aufpassen, dass sich seine Waffe, die er in der Jackentasche stecken hatte, nicht allzu sehr unter dem dünnen Stoff abzeichnete. An der Ecke Martin-Luther-Straße stieg er aus, ohne dass er jemandem aufgefallen wäre.

Nachdem er Uta niedergestreckt hatte, würde sie inmitten ihrer Blumen liegen. Wie bei einer Beerdigung. Das erheiterte ihn. Bis zu ihrem Laden war es nicht mehr weit. Ohne zu zögern, drückte er die Ladentür auf, trat ein und riss die Pistole aus der Tasche, als er seine geschiedene Frau erblickte. «Die Stunde der Abrechnung ist gekommen, du Aas!»

In derselben Sekunde traf ihn ein Faustschlag an der rechten Schläfe, und er sackte zusammen. Seine Kugel verfehlte Uta Laukisch um mehrere Meter.

Ihr Retter war Hermann Kappe. Der hatte sich darüber geärgert, dass sein Neffe die Spur des potenziellen Amokläufers Lothar Laukisch seines Wissens nach nicht verfolgte. «Da muss ich wohl selbst noch mal ran», hatte Hermann Kappe zu seiner Frau gesagt und sich auf den Weg nach Kreuzberg gemacht, um Laukisch zu observieren. Dass der in der Boppstraße wohnte, hatte er Hans-Gert Galgenberg entlocken können. Von dort aus war er Laukisch auf Schritt und Tritt gefolgt.

«Es ist ja schlimm, dass du's nicht lassen kannst!», hatte ihm Klara noch hinterhergerufen.

Otto Kappe und Hans-Gert Galgenberg knöpften sich Lothar Laukisch vor. Vielleicht war er auch der Mörder von Dieter Rudelias und Klaus Queetz?

«Herr Laukisch, Sie geben also zu, in Hermsdorf auf Herrn Habedank geschossen zu haben?»

«Ja, versehentlich auf den armen Lehrer – und nicht auf Konrad Habedank, dieses Schwein.»

«Und dann in Lübars auf den Justizwachtmeister Rainer Ramisch?»

«Ja. Der Mann war leider zur falschen Zeit am falschen Ort. Als ich seine Uniform gesehen habe, sind bei mir die Sicherungen durchgebrannt.»

«Gut.» Otto Kappe machte sich Notizen. «Dass Sie Ihre Exfrau angegriffen haben, ist ja auch unstrittig. Aber was, fragen wir uns, haben Ihnen Dieter Rudelias und Klaus Queetz angetan, dass Sie sie ermordet haben?»

Lothar Laukisch sah sie verständnislos an. «Wen soll ich ermordet haben?»

Galgenberg wiederholte die Namen. «Dieter Rudelias und Klaus Queetz. Der eine war Journalist, der andere Bauingenieur.»

«Mit denen habe ich nichts zu schaffen.»

«Der eine ist in Frohnau auf dem Wilsberg erschossen aufgefunden worden, der andere auf einer Baustelle in Charlottenburg-Nord.»

«Das habe ich in der Zeitung gelesen, aber beide haben in meinem Leben keine Rolle gespielt.»

Bei dieser Aussage blieb Laukisch, bis sie ihn in seine Zelle zurückbrachten.

Hermann Kappe war hochzufrieden mit sich. Ohne seinen Instinkt und sein beherztes Eingreifen in der Grunewaldstraße hätte Lothar Laukisch seine geschiedene Frau erschossen und wäre weiterhin als gefährlicher Psychopath durch die Stadt gelaufen. Von wegen, er gehöre längst zum alten Eisen!

Am frühen Vormittag klingelte es an seiner Wohnungstür. Da Klara gerade am Herd stand, ging er selbst zur Tür. «Wer ist dort bitte?», fragte er, bevor er öffnete.

«Karl-Heinz», kam es von draußen.

«Du?» Hermann Kappe zog die Kette ab. «Zu dieser frühen Stunde?»

«Ja, ich muss mit dir reden.»

«Steckst du wieder mal in der Bredouille?»

«Erraten.»

«Dann komm mal rein!»

Karl-Heinz begrüßte zuerst seine Mutter in der Küche, dann setzte er sich in einen Sessel, seinem Vater gegenüber, der seinen Stammplatz auf dem Sofa eingenommen hatte.

«Ich habe einen Verdacht …», begann Karl-Heinz Kappe. «Und ich möchte nicht als Mittäter im Knast landen.»

«Möchtest du dich als Kronzeuge zur Verfügung stellen?»

«Möglicherweise …»

Hermann Kappe goss sich und seinem Sohn einen Weinbrand ein. «Trinken wir erst einmal etwas zur Beruhigung.»

Sein Sohn nippte nur an seinem Glas. «Danke. Ich hänge da mittendrin …»

«Wo drin?»

«In dem, was in der Baubranche passiert.»

«Was passiert denn da?»

«Viel.»

Hermann Kappe hatte diese Art von Gesprächen fast ein halbes Jahrhundert lang geführt und beherrschte die Kunst des geduldigen Abwartens aus dem Effeff. «Könnten wir das bitte etwas präziser fassen?»

«Vorteilsnahme, Bestechung. Wer gut schmiert ... Kennst du doch. West-Berlin eben.»

«Ich lese Zeitung, ja. Aber in welcher Geschichte steckst nun du?»

«Wir haben Wolla Geld gegeben. Aber der wird ja längst ein Geständnis abgelegt haben.»

«Keine Ahnung. Otto und Hans-Gert Galgenberg suchen noch immer die Mörder von Rudelias und Queetz, und vermutlich werden sie auch Wolla verdächtigen.»

«Mir geht es um Rudelias und Queetz.» Karl-Heinz Kappe trank nun seinen Cognac aus.

Sein Vater erschrak. «Sag bloß, du hast etwas damit zu tun?»

«Nein, aber ...» Karl-Heinz Kappe zögerte lange, bevor er fortfuhr. «Aber es könnte sein, dass sie mich als Mittäter ansehen.»

«Als Mittäter von wem?»

«Meines Chefs.»

«Du meinst Orkusch. Was ist passiert?»

«Rudelias war ihm auf der Spur, was die Bestechungen betrifft. Und Queetz hat mal bei der SBN gearbeitet, der könnte auch etwas mitbekommen haben.»

«Soweit ich deinen Chef kenne, ist er zwar ein harter Hund. Aber ob er wirklich zwei Morde begehen würde?»

«Ich weiß, dass Orkusch einen Revolver hat. Ich habe ihn mal bei uns in der Lagerhalle heimlich bei Schießübungen beobachtet. Außerdem war er im Krieg Fallschirmjäger und soll einige Zeit in der Fremdenlegion gewesen sein.»

Hermann Kappe schwieg eine Weile. «Soll ich zu Otto gehen und ihm alles sagen – oder gehst du selber?»

«Geh du bitte!»

Otto Kappe überstürzte nichts. Sie bekamen vom Untersuchungsrichter das Plazet, Wohnung und Geschäftsräume von Rudolf Orkusch zu durchsuchen, doch er, Galgenberg und die hinzugezogenen Kollegen konnten nichts finden, was sie weitergebracht hätte. Und bei seiner Vernehmung blieb Orkusch gelassen.

«Herr Orkusch, es spricht gegen Sie, dass wir in Ihrem Adressbuch Namen und Anschrift von Kriebstein gefunden haben, bei dem Dieter Rudelias Zuflucht gefunden hat», versuchte es Otto Kappe von Neuem.

Orkusch blieb souverän. «Ich habe mit Dutzenden von Architekten zu tun.»

«Es war sicherlich ein Leichtes herauszubekommen, wo Rudelias Zuflucht gefunden hatte, denn seine Frau hat daraus kein Geheimnis gemacht. Sie konnten also nach Hermsdorf rausfahren, ihm auflauern und ...»

«... ihn aus dem Weg schaffen», ergänzte Galgenberg.

Orkusch lächelte. «Ihre Fantasie möchte ich haben!»

«Die haben wir auch im Hinblick auf Herrn Queetz.»

«Den habe ich entlassen müssen, er war Alkoholiker und hat ständig blaugemacht ...»

«... aber in seiner Zeit bei der SBN genügend erfahren, um Sie erpressen zu können.»

«Was sollen denn diese üblen Unterstellungen? Ich werde nichts mehr ohne meinen Anwalt sagen.»

Plötzlich aber schrie Orkusch vor Schmerzen auf und presste seine Hände auf die Brust. Es schien, als würde er in den nächsten Sekunden den Herztod erleiden. Während Galgenberg nach einem Notarzt rief, stieß Orkusch, als würde er dadurch ein göttliches *Te absolvo* erreichen, hervor, dass er Rudelias und Queetz erschossen habe. «Ich bereue das zutiefst! Helft mir doch!»

Wenige Tage später erreichte Otto Kappe die Nachricht, dass Orkusch aus dem St. Franziskus-Krankenhaus in die Untersuchungshaftanstalt Moabit überführt worden war.

«Mensch!», rief Galgenberg, als er davon erfuhr. «Siehste, zu viel Berliner Filz is halt ungesund!»